古典文藝研究輯刊

七　編
曾永義 主編

第 13 冊

《六十種曲》表記情節研究

洪逸柔 著

國家圖書館出版品預行編目資料

《六十種曲》表記情節研究／洪逸柔 著 — 初版 — 新北市：花
木蘭文化出版社，2013〔民 102〕

目 2+210 面；19×26 公分

（古典文學研究輯刊 七編；第 13 冊）

ISBN：978-986-322-102-9（精裝）

1. 明代傳奇 2. 戲曲評論

820.8   102001636

ISBN-978-986-322-102-9

古典文學研究輯刊

七 編 第十三冊   ISBN：978-986-322-102-9

《六十種曲》表記情節研究

作 者　洪逸柔
主 編　曾永義
總 編 輯　杜潔祥
出 版　花木蘭文化出版社
發 行 所　花木蘭文化出版社
發 行 人　高小娟
聯絡地址　新北市永和區中正路五九五號七樓
　　　　　電話：02-2923-1455／傳真：02-2923-1452
網 址　http://www.huamulan.tw 信箱 sut81518@gmail.com
印 刷　普羅文化出版廣告事業
初 版　2013 年 3 月
定 價　七編 16 冊（精裝）新台幣 26,000 元

《六十種曲》表記情節研究

洪逸柔　著

作者簡介

洪逸柔，1985 年生，台中人。世新大學中文系、中央大學中文研究所碩士班畢業，現為臺灣師範大學國文學系博士生。另著有《廖玉蕙老師的經典文學：戲曲故事》一書。

提　　要

　　本文以《六十種曲》為研究範圍，試圖從同時代作品的分析與歷代表記文學的比較中，結合明代獨特的文化背景，闡明明傳奇表記情節的時代特色，並確立其在表記文學發展中承先啟後的重要地位。

　　表記情節在明代大量產生，一方面是對前代社會與文學中贈物傳統的延續，一方面也受到當代經濟發展、思潮刺激、文體限制，以及創作群體——文人審美價值的影響。不僅將歷代盛行的表記類型都賦予了特定的象徵意涵，並發展出更細緻的表記描寫手法。而由贈物開展的一連串表記情節，在文人大量蹈襲下可看出逐漸規範化的過程，形成幾種常見的情節單元。《六十種曲》中運用表記的大部分作品，能連綴個別的情節單元，形成貫串全劇的敘事線索，且變化出較前代文學更巧妙靈活的結構模式；抒情手法上，則已有部分作品能以多隻曲牌圍繞著表記意象抒詠心事 深入闡發表記的精神意義。無論是敘事或抒情技巧 皆為清代《長生殿》《桃花扇》表記運用的高超成就奠下了基礎。

　　分析《六十種曲》表記情節的文化意蘊，亦可看出文人藉此實現人生理想的寄託。同時亦反映了明代士子對傳統儒家價值的重新思考，與佛道信仰對文人生命的浸潤。在這些表記情節中所塑造的女性形象，更是文人生命理想的投射，與傳統社會中對女性的價值要求有所落差。由此皆可窺見《六十種曲》表記情節透顯的文人色彩，成為明傳奇在歷代表記文學中獨具的時代特色。

謝　誌

　　終於到了該要提筆寫謝誌的時候。潛心論文的過程中，受到好多人的啟發、幫助與支持，總盤算著要在謝誌中一一列名致上謝意。到了此刻卻反而有些不知如何下筆；回首來時路，發現自己擁有多麼得天獨厚的幸福，我想必須先感謝命運引領著我來到這個逐夢的園地，讓我能在資源豐富、同好雲集的環境中，纏綣於心神嚮往的明傳奇愛情劇，完成這份論文的探索；也在研究戲曲的同時，有機會學習著戲曲藝術的實踐，浸淫於表演藝術的本質中，一圓大學時學戲、演戲的夢想。

　　這樣美好的學習環境，首先須感謝洪惟助老師長久以來的付出。戲曲研究室豐富的收藏，使我在寫論文的過程中資料查索不虞匱乏；也在跟隨老師執行的研究計畫中，逐漸累積自己的能力，過程中的學習都成了論文寫作的養分；而老師每年舉辦的各項戲曲活動，更讓我見識到這項藝術存活於當代的真實樣貌，使我雖以案頭劇本作為研究對象，視野卻不致於侷限文本，能更全面的了解戲曲研究的發展方向。

　　論文的完成，則最感謝孫致文老師的細心指導。從大綱的架構、內容的撰寫到格式的排版，非常謝謝致文老師願意在事務繁冗之際，仍耐心地逐章逐句與我討論、給我指點，並提供我許多適用的參考書目。每一次對我遇到瓶頸的求助與進度的回報，老師總是傾心解答及回應，不僅使我的疑惑得到釋然，更感受到一份引領的力量，使我在嘗試研究的摸索中，不致於茫然失措。無論是在做事或作學問，老師嚴謹、踏實的態度與方法，都讓我獲益良多。而我未能善加掌控時間，初稿與修改總是拖到迫在眉睫的截稿關頭，造成老師檢閱時間的緊迫，也謝謝老師的包容並謹此致歉。

　　由衷感謝兩位口考委員——康保成老師與林鶴宜老師——願意撥冗閱讀我的論文並給予指點。保成老師本學期在中大客座，無論是講課或講評學生報告都十分精采認真，可惜我因趕著論文未能每週到課旁聽，想不到最後竟有幸能請老師為我講評論文。謝謝老師寬厚的肯定，那份嘉勉後學的親切態度我會永銘在心；老師指出本論文在時代意義上不夠突出之處，也讓我在論文宗旨與研究價值上有更明確的修改方向。而本篇論文的構思實受到鶴宜老師〈論明清傳奇敘事的程式性〉一文的啟發，其中也參考了許多鶴宜老師的著作。老師的研究思路、創新見解常令我衷心折服。在中央大學去年籌辦的兩岸八校研討會中，我將本論文的部分章節摘出發表，便有幸得到鶴宜老師的鼓勵與指點，並提供我的碩論許多寶貴的意見。很榮幸在論文完成後又能請老師加以審核，因此鶴宜老師的評價，對我來說別具意義，也謝謝老師精闢地提出許多觀念問題，讓我看見自己論文的疏漏與瓶頸。

　　而本篇論文的選題，則是受到廖玉蕙老師的啟發。玉蕙老師是我大學時的教授，也是我初窺研究門徑的啟蒙老師。在我撰寫考碩班的研究計畫時，老師對我指點了「表記文學」這一研究方向，讓我留意到《六十種曲》中廣泛運用而突出於歷代文學的表記情節，自此便對此一課題多所思考並深深著迷，方有這一本論文的誕生。三年來，每每北上看戲，也多蒙老師熱情地收留招待，並時時關心我的論文進度與碩班生活，更對我的學術前程給予諸多指點，如同母親關心著兒女。師生情誼至此，總讓我備感溫暖。

　　除了師長們的指點、敦促，身旁許多好友們也在我寫論文的過程中，給予好多的協助與關心。最感謝同班的語婷，多幸運衝刺的日子中有妳相伴；將近一年的寫作過程中，我們每週不間斷地交換著彼此的論文閱讀、討論，縱使研究領域——「數位詩」與「明傳奇」天差地別，妳仍十分耐心地對我的初稿字字斟酌，讓我看見自己無法察覺的盲點。而那些研究室裡相互督促、攜手沉淪的晝夜；宵夜街上同行覓食，傾聽彼此論文困境的三餐；還有深夜的停車場中，聊到欲罷不能的心事和八卦，都會是我永遠難以忘懷的回憶。也祝妳在接下來的半年中，能順利產出自己的論文，迎向畢業後的光明未來。

　　還要謝謝戲曲室的學長姐、學弟妹，以及許多的好朋友們。謝謝照璵學長、佳彬學長願意耐心地閱讀我的論文，並給我許多寶貴的建議。尤其是照璵學長，總在我遇到瓶頸時，隨時願意伸出援手。謝謝佩怡學姐、子玲學姊、思超學長與柏霖學長願意傾聽我的想法，或解答我在處理材料時遇到的問

題；謝謝雅雲姐、心慧學姐、懷之學長、柏宏學長、佑融與國維，總是時時關心著我的論文進度、晒稱狀態與生活種種，給我精神上的支持與鼓勵。謝謝熒純、純梅和延兆，總在我壓力最大的時候安排許多娛樂節目，讓我的碩班生活也充滿了大學時代的青春與瘋狂。何其有幸在這裡遇見你們！讓我回想起論文寫作的過程，除了辛苦，更多的是溫暖與幸福。

　　另外還要特別感謝，在這段日子裡，陪我一起學戲的夥伴們——中央京劇票房的學長姐、學弟妹，還有水磨曲集的老師、學姊，與最可愛的「水磨十美」。每週和你們一起吊嗓、練功的日子，是我在寫論文之餘最大的期待與快樂。也很開心能在寫完論文後，與你們一起完成中央的京劇公演與崑曲〈詠花〉的十餘次演出。慶幸自己並未因論文告急而放棄衷心喜愛的表演藝術，而這幾次表演經驗，也同論文一樣，成為我這一年來辛苦耕耘而呈現的成果。

　　最後，要對我最最親愛的家人致上謝意與歉意。這一年來因忙於論文與學戲鮮少回家，聽你們一次次的詢問歸期，言語間深切的失望與盼望總讓我負疚在心。難得回台中，阿媽不是請客就是燉補湯；爸媽則頻用爬山、出遊、陶板屋誘我回家，再不就舉家北上探望女兒；在桃園工作的老妹則展現前所未有的義氣，常常親赴中壢遞送家裡為我添購的物資，最近更以其應用外語系的背景，為我翻譯論文的摘要。心裡承載著家人滿滿的親情，當我在外奮鬥得累了、倦了，能隨時回到這個幸福的避風港灣。而從小到大，你們的支持與認同，更是我努力的最大動力。總希望在我得到些許成就之時，回過頭來，猶能看見你們驕傲的微笑。這本論文，你們也許看不懂；我鍾愛的戲曲，你們也許無法理解和欣賞；我想走的路，你們也許不是那麼了解或認同，但謝謝你們仍默默地支持及參與。也請相信、請放心，未來不管有多辛苦，我一定會很努力地過得很好，因為在這本論文中、在碩班歲月裡，我更確信了自己的理想，和我真正想要的未來。

　　最後的最後，要感謝我情同姐妹的摯友寶池。雖然隔行如隔山，但社工系的妳懂得我對學術的所有嚮往與矛盾。謝謝妳把生日願望留給了我的論文，也謝謝妳在這段期間，不厭其煩地傾聽我對研究的焦慮、分享我對論題的見解，和肯定我對論文的付出，並在我感到挫折或躊躇之時，喚醒我逐夢的初衷，讓我更有勇氣去追求自己想要的人生。謹以這本並不珍貴也不成熟的努力成果，作為一份小小的禮物，祝妳生日快樂。

目

次

第一章 緒 論

第一節 「表記」的定義與使用

　　「表記」作為一普通名詞，《辭海》云：「俗稱記號、信物為表記。」〔註1〕，《辭源》亦有「標誌」與「信物」二義〔註2〕，《近代漢語大辭典》則解釋為「信物、證據」〔註3〕，可見以「表記」作為信物或者憑證之稱乃一般用法。而「表記情節」，則謂劇中人物之間以物相贈，以及信物流轉的情節內容。本節擬說明本文選用「表記」二字代稱信物之考量，以及對於「表記情節」的詳細定義，以釐清本文的研究對象的界定。

一、「表記」一詞在文學中的運用

　　歷代詩詞中雖不見「表記」之名，但早自韻文學之祖——《詩經》的時代，贈物表情的主題便屢見不鮮。「表記」之名開始被普遍運用，則在以情節見長的小說、戲曲中。

　　用於小說，早在宋話本便多可見。如〈蔣興哥重會珍珠衫〉中，蔣興哥對續弦平氏言及珍珠衫的來龍去脈，曰：「你丈夫奸騙了我的妻子，得此衫為表記。」〔註4〕；〈戒指兒記〉中，阮三相思病重，張遠見玉蘭贈阮的戒指，

〔註 1〕 《辭海》（台北：中華書局，1965），【表記】條，頁 3969。
〔註 2〕 《辭源（大陸版）》（台北：遠流出版公司），頁 1529。
〔註 3〕 許少峰：《近代漢語大辭典》（北京：中華書局，2008），【表記】條，頁 111。
〔註 4〕 馮夢龍編：《古今小說·卷一·蔣興哥重會珍珠衫》，收於《馮夢龍全集》第
　　　　 一冊（江蘇：鳳凰出版社，2007），頁 30。

對阮言道：「他雖是個相府的小姐，若無這個表記，便定下牢籠的巧計，誘她相見你，心下未知肯與不肯。今有這物，怎與你成就此事，容易。」〔註5〕俱以「表記」作爲男女私情相通時交換的定情物之代稱，但常常帶有譴責私情敗俗的貶意。

及至章回小說中，「表記」一詞的運用更爲普遍，意涵也更加豐富。《中國古典小說用語辭典》中指出小說中的表記通常有「證據」與「留作紀念的東西」兩種意義〔註6〕，用作證據的如《水滸傳》第四十六回：

> 「怕哥哥日後中了奸計，因此來尋哥哥。有表記叫哥哥看，」將過和尚、頭陀的衣裳，「盡剝在此。」〔註7〕

這裡的「表記」雖無愛情的意義在其中，卻也帶有藉一物傳達、證實某種訊息之意。而用作紀念性質之物，如《西遊記》第七十回：

> 那國王聽說表記二字，卻似刀劍剜心，忍不住失聲淚下，說道：「當年佳節慶朱明，太歲兇妖發喊聲。強奪御妻爲壓寨，寡人獻出爲蒼生。更無會話並離話，哪有長亭共短亭！表記香囊全沒影，至今撇我苦答仃！」〔註8〕

國王因妻子爲妖所奪，分離之時未及話別，更遑論留下任何可資紀念的物品。這裡的表記，便象徵著對過往情感懷念的依憑。《紅樓夢》七十二回中，表記更做爲兩心相許的憑證：

> 司棋因從小兒和她姑表兄弟……訂下將來不娶不嫁。近年大了……，雖未成雙，卻也海誓山盟、私傳表記，已有無限風情了。
>
> 〔註9〕

描述丫鬟司棋與其表兄之間未浮出檯面的情感發展，「私傳表記」作爲「海誓山盟」的具體表現，「表記」在此，不僅有紀念的用意，更進一步被賦予了盟

〔註5〕洪楩編輯，石昌渝校點：《清平山堂話本・雨窗集・上・戒指兒記》（江蘇：江蘇古籍出版社，1990），頁287。

〔註6〕堯宗田編著：《中國古典小說用語辭典》（台北：聯經出版事業，1985）【表記】條，頁605。

〔註7〕施耐庵：《水滸傳・四十六回　病關索大鬧翠屏山・拼命三火燒祝家店》（台北：里仁書局，2001），頁795。

〔註8〕吳承恩：《西遊記・七十回　妖魔寶放煙沙火・悟空計盜紫金鈴》（台北：祥林出版社，1973），頁564～565。

〔註9〕曹雪芹：《紅樓夢・七十二回　王熙鳳恃強羞說病・來旺婦倚勢霸成親》（台北：里仁書局，2003），頁1121。

約的意涵。從以上數例可看出，「表記」一詞在小說中已成「信物」之代稱，且在「信物、記號」的核心意義上延伸出多方面的涵義。

「表記」一詞用於戲曲，始見於宋元南戲《劉文龍菱花鏡》殘曲：「願得狀元郎及第歸，解元莫忘奴表記時。」〔註10〕此為劉文龍赴試前，其妻送別之語。這裡的「表記」指的是臨別贈物的場景，欲君牢記贈物當下的夫妻情意。至元雜劇《李太白匹配金錢記》，則始將「表記」一詞直接作為愛情信物：

> 我見了那秀才，不由人心中掛念。待要與他些甚東西為信物，身邊
> 諸事皆無。只有開元通寶金錢五十文，與他為表記。〔註11〕

宦家小姐柳眉對秀才韓飛卿一見鍾情，將父親與她驅邪避惡的開元通寶金錢五十文，相贈韓飛卿。可知表記作為定情信物不拘形式，凡具有表達心意、約定盟誓意義的，皆可謂之。而從《李太白匹配金錢記》的劇名與劇情中亦可看出，表記除了用於定情，更有推動全劇情節的作用：柳、韓二人因金錢五十文而定情，後又因這五十文錢被柳父發現二人私交之事，而遭拆散。這反映出戲曲中的表記運用，不再只是表達兩人愛情發展中的一個環節，更擴大為影響劇情進展的重要物件。

這樣的手法運用至明傳奇中更加純熟，《六十種曲》中以愛情為主題的傳奇幾乎都以一物件貫穿，或為訂情之信物、或為分離之紀念、或為團圓之線索，縮合全劇的衝突與高潮，並以此一物件作為劇名，如《荊釵記》、《玉簪記》、《玉玦記》等皆是。「表記」一詞的運用也更為廣泛；如陸采的《明珠記》〔註12〕、《懷香記》〔註13〕，湯顯祖《南柯記》〔註14〕、無名氏的《霞箋記》〔註15〕等，皆以「表記」作為定情信物之稱。

〔註10〕錢南揚：《宋元戲文輯佚》（上海：上海古典出版社，1956），頁214。

〔註11〕喬夢符：〈李太白匹配金錢記〉，王學奇主編：《元曲選校注》（石家莊：河北教育出版社，1994），頁17。

〔註12〕陸采：《明珠記・煎茶》：「官人有明珠一顆，著我送還，說是小姐與他為表記的。」，收於《六十種曲》（台北：中華書局，2007）第三冊，頁77。

〔註13〕陸采：《懷香記・佳會贈香》：「此香出于西域，一著人身，經月不散。乃朝廷特賜。家父命奴家收貯。今諧伉儷，無以寄情，敢將此為表記。」，收於《六十種曲》第五冊，頁81。

〔註14〕湯顯祖：《南柯記・情盡》：「你前說要個表記兒。這觀音座下所供金鳳釵小犀盒兒。此非淳郎一見留情之物乎。」，收於《六十種曲》第四冊，頁137。

〔註15〕無名氏：《霞箋記・灑銀求歡》：「表記玉簪真可愛，荊釵不數梁鴻漢。」，收於《六十種曲》第八冊，頁21。

由上可知，贈物以表情達意當爲中國文學中不可忽略的一種表現形式，而在戲曲、小說中以「表記」二字統稱這一相贈之信物，亦爲普遍的用法。本文藉由「表記情節」一詞統稱這種文學手法，同時包含贈物當下的情境描寫，以及全劇中與表記有關的情節線索，或許能更精鍊地表達本文所欲探討的主題，且更貼近文學作品的精神。

二、「表記文學」的定名與「表記情節」的定義

贈物以傳情、訂盟的主題從先秦便活躍在中國文學之中，「表記」一詞在作品中的運用自宋代後亦不乏見，但眞正將之視爲一種文學形式，則爲廖玉蕙在《細說桃花扇——思想與情愛》一書中首先提出：

> 「表記文學」之名，並未見諸任何文學史或文學批評論著中，……而是傳統小說或戲曲中長久以來慣用的一種文學表現方式，所謂藉信物之贈送以傳情及約盟也。不論就其被運用時間的長久或被取用的廣泛程度而言，歸納爲文學表現的一種形式，或者並不是太過突兀的事。〔註16〕

此說具體將運用表記爲主題的文學作品獨立成一種文類，謂之「表記文學」。在該書〈《桃花扇》與表記文學〉一節中，徵引先秦漢魏的詩歌、唐宋之際的傳奇話本、元雜劇、明代小說、戲曲中表記運用的例證，探討表記文學的源流與發展，更進一步分析表記的種類，與其所代表的時代意義，將「表記文學」之源流作一概略性的考察。本文將沿用此說，以此文之研究成果作一基礎，而專取明傳奇作爲表記文學的探討對象。一方面深入論析明傳奇中表記文學的具體內涵，一方面也探究明傳奇中表記運用的承襲與開創，以了解明傳奇在表記文學發展脈絡中的重要地位。

在「表記」的定義上，除了上述辭書的解釋之外，以顧學詰、王學奇《元曲釋詞》中的定義最爲完整：

> 表記，謂信物、紀念品，主要是指男女情人之間互相贈送借以取信的證物，……有時也指一般憑證、證物。〔註17〕

此定義包含了表記在上述辭書與作品中「信物」、「證物」、「紀念品」、「愛情憑證」等面向的意義，也指出了戲曲使用「表記」意象主要表現在愛情層面，

〔註16〕廖玉蕙：《細說桃花扇——思想與情愛》（台北：三民書局，1997），頁127。
〔註17〕顧學詰、王學奇編著：《元曲釋詞》（北京：中國社會科學出版社，1983），頁131。

但有時亦用於親人之間紀念、憑證之意。而上引廖玉蕙之說亦「以訂情物為主，一般的憑證為輔」〔註18〕來界定「表記文學」的範疇。本文即在此一基礎上，對明傳奇中「表記」的意義提出兩個原則：

一為主要人物之間的互贈之物。互贈方式可能是直接贈送，或者藉由聘物、定情物、相寄之物等方式傳遞至對方手中，如《荊釵記》以釵為聘、《懷香記》以香定情等；或雖未透過相贈動作，但在物件的轉移後被另一方保有而作為憑證者，如《青衫記》樂天典衫、興奴贖衫；《紫釵記》小玉遺釵、李益拾釵等，亦可算在表記之列。

二為對贈受雙方而言，具有紀念、憑證意義的物件。且不侷限於男女之間，亦將親情、友情題材的作品列入討論，如《紅梨記》中相邀的詩箋作為素秋心繫汝州的證明；《雙珠記》中王母分贈雙珠予兒女作為骨肉相念的憑藉；《鸞鎞記》中文姝將鸞鎞贈與代嫁的義姐蕙蘭，表達感恩之情之外，亦為姐妹紀念。

物件在劇中的表現符合以上二點者，即界定為表記。而下列二種情形，則雖具有相贈過程，但並不算在表記之列：

（一）作為相贈之物，對於雙方情感卻無特別涵意者，如《繡襦記》中李亞仙為流落街頭之鄭元和披上的繡襦、《琵琶記》中五娘藉以認夫的公婆真容等。

（二）相贈之時雖具特殊意涵，但對劇情主線並無推動或點染作用者，如《玉簪記》中潘必正所竊得的妙常情詞、《紫簫記》中郭貴妃贈小玉之玉簫等。

藉由此一標準，可自《六十種曲》中篩選出三十五本劇作具有表記情節，作為本文取材的研究對象。所謂「表記情節」，並非單一表現的情節模式，而是一概括性名稱，包含贈物、歸物、合物、對物思人、物件流轉等各種與表記有關的情節內容。故而一劇中可能會有不止一項的表記情節，不同劇作中的表記情節亦未必相同。

〔註18〕廖玉蕙：《細說桃花扇——思想與情愛》，頁128。

第二節　明傳奇中「表記文學」之研究意義

一、研究動機

　　明傳奇中表記文學的研究價值，可由兩個層面來觀察：以文學發展脈絡來看，源遠流長的表記文學，至明傳奇「十部九相思」〔註19〕的主題傾向與模式化的敘事架構下更加蔚爲大觀。不僅在整體的運用上較之前代各種文類更加普遍，並成爲傳奇敘事上的固定模式，爲清代《桃花扇》、《長生殿》等表記文學顛峰之作的出現奠下基礎，可謂表記文學發展史中承先啓後的階段。

　　而以明傳奇藝術特色來看，相較於「赴試分離」、「約定盟誓」、「拒婚守節」、「巧遇錯認」等常見的重要關目，表記情節不僅數量眾多，運用也較其他情節類型更加靈活，除了基本的贈物情節，更由此物變化出「歸物訣別」、「因物洩情」、「因物流離引起誤會」、「憑物相認」等後續情節，並在劇中首尾貫穿，連綴而成劇情發展的主軸，作爲引起主要衝突、牽繫人物命運、縮合全劇線索的關鍵性物品，較之其他情節類型在全劇中有更高的重要性，從多數婚戀劇以此物件作爲劇名的現象可見一斑。高禎臨即在《明傳奇戲劇情節研究》一書中指出：

> 諸多劇本是以某一「物件」同時作爲外在劇名提要與內部貫穿全劇
> 情節發展的關鍵物，此關鍵物或者在劇作家悉心安排之下有著別出
> 心裁的戲劇效果或作用，更多時候關鍵物的設立則是作爲男女主角
> 之間有所約定承諾或姻緣相許時的一件信物。〔註20〕

文中指出以「表記」作爲「外在劇名提要與內部貫穿全劇情節發展的關鍵物」之普遍性，諸如《明珠記》、《玉玦記》、《紫釵記》、《青衫記》等俱以貫穿全劇結構的信物爲名，並以此物在劇中引起種種波折，推動情節進行。林鶴宜也指出：「『以物件貫串關目』的手法，在傳奇中最爲普遍。這些物件多半指信物，或作爲男女主角愛情的象徵，或作爲骨肉離散後團圓的憑證，隨著人物的分離，經歷波折，而成爲人物精神寄託與抒情的對象。」〔註21〕，足見表記情節在傳奇中的廣泛程度以及在劇作結構中的重要性。

〔註19〕李漁：「傳奇十部九相思，道是情癡尚未癡。」，見《李漁傳奇・卷四・笠翁傳奇十種・憐相伴・歡聚第三十六》（杭州：浙江古籍出版社，1992年），頁110。

〔註20〕高禎臨：《明傳奇戲劇情節研究》（台北：文津出版社，2005），頁97。

〔註21〕林鶴宜：《阮大鋮石巢四種》，東海大學中文研究所碩士論文，1986，頁111。

現今學者對明傳奇的研究，雖留意到表記被大量使用的情形，亦提出傳奇結構體製及襲用關目的形成對此現象的影響，卻未將此現象置於中國文學的發展脈絡中觀察，亦未將表記在劇中的運用視爲獨立的情節程式或文學表現手法，詳細探討其運用情形。故本文擬針對明傳奇的表記情節進行詳細分析歸納，了解此一情節類型的具體內涵，探討其於明傳奇中大量產生的原因以及逐漸形成敘事慣例的過程，並闡明表記文學在明傳奇中的繼承與開創。再深入尋究表記情節中所映涵的文化意蘊，一窺劇作家寄託其中的精神情感，藉此了解明代文人的價值思想。

二、研究成果回顧

表記在古典戲劇中的重要性，很早就爲研究者所注意。但多爲旁及的論述，較少專文討論。或有指出表記突出劇旨、寄託象徵的作用者，如顏天佑《元雜劇八論》提出劇作家設計物象引導全劇情節發展的目的，是爲了「具體傳達出一本戲劇的主旨，甚至推展出一種觀念、情感」〔註22〕，強調表記寄託人物情感、表達戲劇主旨的作用；王昊〈古代戲曲道具功能簡論〉則指出在愛情劇中作爲信物的道具，一方面能統合繁複龐雜的線索，使得「事事皆有依憑，形成強有力的向心結構」，使愛情主線得到突出、彰顯。一方面也透過表記傳情、抒情的手段，集中表現人物形象。〔註23〕

或有說明其縮合線索、貫串關目之結構功能者，如王安祈《明代傳奇之劇場及其藝術》由劇場的角度，指出明代的新編戲「多半以物件（如明珠、紅絲、香囊、白紗、珍珠衫、鮫綃、紅葉等）貫串針線縮合關目，劇情不外是奸人作梗，或因嫌貧悔婚、或因錯認姓名而陡生波瀾，生旦離散、歷經磨難，最後以團圓收場。」〔註24〕指出此一結構模式與「奸人作梗」、「錯認姓名」等情節套式同爲明劇作家慣用的手法；林鶴宜《阮大鋮石巢四種》亦指出，以物件貫串關目的結構模式具有「埋伏照應，發展情節，及主題再現等多種效果」〔註25〕；俞爲民《李漁《閑情偶記》研究》除了提出此種結構手法，更指出「這類劇作在命名上都有一個共同點，即都是以作爲劇作結構中

〔註22〕顏天佑：《元雜劇八論》（台北：文史哲出版社，1996），頁59～60。

〔註23〕王昊：〈古代戲曲道具功能簡論〉，《安徽師大學報・哲學社會科學版》第25卷第四期，1997，頁526～530。

〔註24〕王安祈：《明代傳奇之劇場及其藝術》（台北：台灣學生書局，1986），頁190。

〔註25〕林鶴宜：《阮大鋮石巢四種》，頁111。

心的一件道具來命名的」，而其效果則是「有助於戲曲的嚴謹結構，或有利於塑造人物形象」〔註26〕。

上述研究皆點出表記在劇中貫穿結構並發揮劇作中心意旨的意義，但並無具體論述與例證。而專就文學中的表記意象或表記情節所作的研究，就筆者所見，則有下列單篇論文與學位論文中的個別章節：

首先提出「表記文學」一詞，並探討歷代文學中對表記的描寫與時代意義的廖玉蕙〈表記文學源流考〉〔註27〕一文已在上文提及。此外直接論及明傳奇表記運用的單篇論文有張青〈明傳奇中的定情信物〉〔註28〕、王慶芳〈古代愛情劇中信物的作用及文化意蘊解析〉〔註29〕與李佳蓮〈情往似贈、「物來如答」──明清傳奇中「贈物」情節之探討〉〔註30〕三篇，學位論文則有熊翠玉碩士論文《元明兩代愛情還魂劇研究》第四章〈愛情還魂劇關鍵物件運用分析〉〔註31〕。內容皆不出表記之文學溯源、類型歸納、作用分析與象徵意義四方面：

四篇文章的溯源部份僅為簡單勾勒或引用他說，成就皆未超出廖玉蕙之論述。張青與李佳蓮的歸類則大致相同，都將表記分成「珍寶類」（金錢銀兩）、「詩詞類」（詩作酬唱）與「日常用品類」（其它物品，含男性文武用品、女性梳妝用品、珠玉珍寶之屬、日常生活用品與其它五項），下舉劇作例證說明。但各類缺乏嚴謹的定義，以致部份物件有無法歸類或重複歸類的情形。

作用分析與象徵意涵方面，張青僅指出表記反映了人們對「自由愛情的渴望與追求，對禁錮、扼殺人的天性的封建禮教和婚姻制度的抵制和反抗」，論點較為籠統；王慶芳則就表記作為愛情信物、戲劇道具與文化載體三個層面，分述其「強調憑證作用」、「突出紐帶作用」、「尋繹道德意蘊」的功能，

〔註26〕俞為民：《李漁《閒情偶記》曲論研究》（江蘇：江蘇教育出版社，1994），頁42。

〔註27〕廖玉蕙：〈表記文學源流考〉，《中國文學史暨文學批評學術研討會發表論文》（台北：淵明出版社，1996），後收於廖玉蕙：《細說桃花扇──思想與情愛》，頁127～166。

〔註28〕張青：〈明傳奇中的定情信物〉，《民俗研究》第二期（2003），頁177～182。

〔註29〕王慶芳：〈古代愛情劇中信物的作用及文化意蘊解析〉，《孝感學院學報》第24卷第四期（2004），頁47～52。

〔註30〕李佳蓮：〈情往似贈、「物來如答」──明清傳奇中「贈物」情節之探討〉，《蘇州大學第五屆中國崑曲國際學術研討會論文集》（2009）。

〔註31〕熊翠玉：《元明兩代愛情還魂劇研究》（逢甲大學中國文學系碩士在職專班論文，2006），頁105～144。

將表記的情感象徵、結構功能與社會價值三者並列討論；李佳蓮則更詳細地以「基於道義」、「本於愛情」、「出於天意」闡釋表記的象徵意義，而以「牽動劇情離合」、「寄託弦外之音」與「體現人格特質」說明表記的文學作用。然三文皆因限於篇幅，在各項分類下都只有簡單的舉例說明，或論點拘於片面，缺乏深入而全面的論析。

熊翠玉則鎖定「愛情還魂劇」中的「關鍵物件」，內文亦說明此物件即爲男女信物，同樣也指出表記在劇中作爲「約定盟誓的信物」、「情意的象徵」與「情節發展的引線」的功用，運用方式皆未出一般表記的範圍，並未凸顯出「還魂劇」的特色。然由於是專章討論，各分類下舉證論述較詳，並論及物件在劇中性質與作用的轉移，說明表記藉此表現劇作主旨的重要意義。

若不侷限於傳奇或戲曲，談論表記的尚有李梅慈的碩士論文《以物象爲題之元雜劇作品結構研究》〔註32〕，以及單篇論文：王立〈情物意象與中國古代相思文學主題〉〔註33〕、王馥慶〈「三言」中定情信物價值論〉〔註34〕與張一民〈談《紅樓夢》中定情信物的設計〉〔註35〕等。李梅慈將元雜劇中運用物象之類型、數量作了詳盡統計，並探討元雜劇中物象與劇情結構的關係，以及運用物象爲題的元雜劇作品之戲劇性，歸結出物象在元雜劇中「確立主題思想」、「顯示象徵作用」、「虛實結合，以實見虛」與「避免結構鬆弛」的重要性，乃從戲曲文本討論物象使用較完整的研究著作。但探討範圍泛及劇中一切物件，不專指有相贈意義的表記。

另外三篇單篇論文則分別探討詩歌、小說中的表記意象。王立除了指出詩詞傳統中的表記富有傳達特定情感訊息的作用，較獨特的見解是提出表記的憑證意義乃來自「巫術原型遺存有關的神祕的祝願」，道出人們希冀透過情物的神祕力量來維繫情感，是受到漢代以來「天人合一」觀念的影響，而對表記母題賦予的意義。王馥慶論《三言》中的表記運用，從表記的「結構價值」與「人生意蘊價值」兩方面立論，與討論戲劇中表記情節的結論並無差

〔註32〕李梅慈：《以物象爲題之元雜劇作品結構研究》，彰化師範大學國文研究所碩士論文，1991。

〔註33〕王立：〈情物意象與中國古代相思文學主題〉，《山東師大學報（社會科學版）》第一期（1998），頁99～102。

〔註34〕王馥慶：〈「三言」中定情信物價值論〉，《榆林學院學報》第五卷第17期（2007），頁77～82。

〔註35〕張一民：〈談《紅樓夢》中定情信物的設計〉，《淮陰師範學院學報（哲學社會科學版）》第三十卷（2008），頁660～674。

異，似未凸顯小說中表記文學的獨特性；張一民則漫談並隨舉《紅樓夢》中表記運用的實例，整體論述較缺乏系統，而流於表記情節舉隅。二文在表記議題上皆無創見，唯可看出《三言》中的表記多未能成就美好姻緣，而強調了女性的悲劇性；《紅樓夢》中的表記則多在贈送當下寄託意涵，於情節繁複、人物眾多的故事架構下，卻未突出為前後埋伏的線索。以此與明傳奇相較，更能突出明傳奇中表記情節的時代特色。

由此可見，前人對於明傳奇表記情節的研究成果，多集中在寄託象徵、憑證意義、縮合線索、貫穿全劇、突出主題等幾項論點上。然前二者實乃表記在文學中之共性，後三者亦於小說、戲劇中俱有不同程度的體現，皆難以真正揭示表記文學在明傳奇中的特殊意義。

三、研究目的與預期成果

綜上所述，表記在戲劇結構與主題思想上的重要性雖屢被提及，但直接針對表記所作的研究，卻常常流於細瑣的分類、舉例，所提出的論點亦大同小異而略顯籠統，無法凸顯表記文學在特定階段中的專屬特色。本文擬在前人開展的研究面向上深入挖掘，並對表記議題作更全面性的思考。除了在分類上期能更為嚴謹，且具體說明表記在明傳奇中的運用情形，亦求能更精確地道出分類的意義與時代的特色，並彰顯明傳奇在表記文學發展歷程中的重要成就。以下略述本文研究目的，並說明前人研究基礎與預期成果：

（一）追溯表記文學源流與發展脈絡

廖玉蕙以漢魏、唐宋、元、明作為時代風格的劃分，本文則以此為基礎，對不同時代、不同文體作更詳盡的區分，論述歷代各文類中的表記類型與運用手法的時代特色，並以之與《六十種曲》中的表記相較，以了解明傳奇中表記意象對於文學傳統的繼承或轉化。

（二）探求表記文學在明傳奇中普遍化與模式化之原因

除了王立以巫術影響解釋表記文學意象的生成，多數學者則由傳奇體制上縮合結構的需求，或敘事程式的形成，來解釋明傳奇表記情節的大量產生。本文則企圖統合諸說，並另由經濟發展、文人審美價值與傳奇傳播場域等因素設想，綜合觀察表記於明傳奇中大量運用的原因。

（三）分析《六十種曲》中表記運用的具體內涵

《六十種曲》中表記運用的具體內涵，從表記類型、關鍵作用與結構模式三方面分別論述。表記類型以物件性質作為分類原則，舉例之外並說明該類物件的象徵意義，以及此一意象在明傳奇中汲取自文學傳統發展而成的獨特面貌；表記的關鍵作用，除了前人研究所云「作為憑證」、「牽動離合」，本文則具體列出《六十種曲》中常見的表記情節，說明表記在劇中實際發揮的影響，從中觀察其模式化的情形；結構模式的部份，則論析表記分布於全劇結構中的幾種模式，來代替前人「貫串關目」、「綰合線索」等籠統的說法，並由此模式的發展變化中，看出表記情節逐漸成為敘事程式的過程。

（四）評述《六十種曲》中表記運用之技巧

藉由上一項目的研究成果，檢視《六十種曲》中以表記為題的作品，是否皆能善加發揮表記突出題旨、綰合線索、貫穿結構的功能，使劇名與作品名符其實。並具體論述善於掌握此種手法與否的評斷基準，以了解明劇作家對於表記敘事技巧的掌握情形。

（五）闡釋明傳奇中表記的文化意蘊

對於表記的文化意蘊，前人所論重點多在於此物作為「盟誓憑證」、「愛情象徵」或「儒家道德載體」，乃至於執於意識形態的「對禮教之反抗」、「對自由戀愛的追求」等思想寄託，俱為顯露於情節中的弦外之音。本文則期能跳脫對表記於片面情節中的闡釋，而由全劇的表記流轉、明中葉到明末表記象徵意義的變化，以及劇作家佈置表記情節的心態、價值觀等宏觀面向作思考，探究明代文人潛藏於表記情節之下，集體無意識的表現。

第三節　研究範圍與方法

一、研究範圍與對象

明傳奇劇本數量龐博，本文擬以毛晉的《汲古閣六十種曲》，作為劇目選擇與文本分析的取材範圍。其考量有三：

（一）作品時代：

明末毛晉刊刻的《六十種曲》收羅明成化至萬曆年間流傳的傳奇作品，正為明傳奇由生長而勃興的階段，一方面是表記情節的運用逐漸普遍、形成

慣例到奠定模式的時期，另一方面也反映出劇壇風氣由風教觀到至情論的轉變。適足以作爲本文探討表記情節形式構成與精神內涵變化的取材範圍。

（二）選本屬性：

明代傳奇選本種類眾多，宜採全本收錄者，方能窺見表記情節脈絡在全劇中的完整呈現。個別蒐集諸劇之單行本過於零碎，而全本收錄明傳奇的總集現有《六十種曲》與《全明傳奇》兩種。《全明傳奇》〔註36〕爲近代編纂，收錄範圍上起元明之間，下迄明清之際，一來範圍過於龐雜，二來所收版本多來自《古本戲曲叢刊》〔註37〕，較難體現明代眞實的流行狀況。而《六十種曲》則陸續編成於明代選本成熟階段〔註38〕的晚明時期〔註39〕，爲明代匯刻傳奇最豐富而重要的選集，故以此爲本，當最符合本文的需求。

（三）流行程度：

汲古閣之刻書，首重文化品味〔註40〕，卻同時販售典籍以求流播，而造成「毛氏之書走天下」〔註41〕的盛況。且版本精良，多選名家之作，除了流布既廣的「五大南戲」〔註42〕，諸如湯顯祖《玉茗堂四夢》〔註43〕、邵璨《香

〔註36〕林侑蓰主編：《全明傳奇》（台北：天一出版社，1985）。

〔註37〕見洪惟助主編：《崑曲辭典》（宜蘭：國立傳統藝術中心，2006），頁64。

〔註38〕趙山林：「從萬曆開始，傳奇這一戲曲形式在創作和表演體制方面都走向成熟，而戲曲選本經過百餘年的醞釀、試驗，在選目、編印、傳播各方面都已趨於穩定和多樣化，因此從萬曆到明末屬於戲曲選本的成熟階段。」，見《中國戲曲傳播接受史》第九章〈明代的戲曲選本〉（上海：世紀出版集團，2008），頁293。

〔註39〕《六十種曲》的具體出版年代，因記載不詳，缺乏一手資料，故難以論斷。但其中收羅作品時代可考者最晚至萬曆四十五年的《投梭記》（見李佑球：《〈六十種曲〉愛情劇研究》，湖南師範大學碩士論文，2007，頁2～3），而清初活躍的劇作家吳炳、阮大鋮等作品並未收入，故一般仍以爲《六十種曲》乃晚明選本。

〔註40〕繆詠禾：「建陽地區和汲古閣的刻書，代表著兩種不同的價值取向，特點十分鮮明。前者偏重在商業營利的目的，後者偏重在文化品味。」見《明代出版史稿》（江蘇：江蘇人民出版社，2000），頁10。

〔註41〕錢謙益：「故於經史全書，勘讎流布，務使學者窮其源流，審其津涉。……毛氏之書走天下，而失其標準者或鮮矣。」，見〈隱湖毛君墓誌銘〉，收於毛晉：《汲古閣書跋》（上海：上海古籍出版社，2005），頁1。

〔註42〕或謂「五大傳奇」，即《荊釵記》、《白兔記》、《幽閨記》、《殺狗記》、《琵琶記》。

〔註43〕張琦：「臨川學士，旗鼓詞壇，今玉茗諸曲，爭膾人口。」，見《衡曲麈談》，收於《中國古典戲劇論著集成》第四冊（北京：新華書店，1982），頁270；沈德符亦有言：「湯義仍《牡丹亭夢》一出，幾令希《西廂》減價。」，見《顧

囊記》〔註44〕、鄭若庸《玉玦記》〔註45〕、梅鼎祚《玉合記》〔註46〕等劇，由刊本之多與文人記載，皆可看出此俱爲士人爭購的暢銷之作，亦多爲當時盛演劇目〔註47〕。儘管所錄或經改動，並未忠於原著，卻能反映明代案頭與場上的流行趨向。從中觀察明傳奇的發展情形，與明文人的社會價值，當不致失於偏頗。

　　基於以上三點考量，本文鎖定《六十種曲》爲討論範圍，並以北京中華書局 2007 年重印一九五四年「文學古籍刊行社」整理重校本爲據。再透過第一節提出的「表記」定義，由《六十種曲》中篩選出具有表記情節之劇作三十五種，作爲本文的研究對象。大致可依表記是否貫穿全劇分爲二類，條列如下；劇中不止一件表記者，若各自構成不同線索，則分爲兩欄，否則列於同一欄之中。

　　（一）具有表記情節，且以表記貫穿全劇，成爲劇作的核心意象者，計二十四本。劇作與其中的表記按時代順序條列如下；若劇中以一物貫穿，而尙有其他點綴性質之表記者，亦列於此劇之下。

	劇　　目	作　者	表　　記
1	《荊釵記》	柯丹邱	荊釵
2	《香囊記》	邵璨	紫香囊
3	《雙珠記》	沈鯨	明珠一對
			繡衣詩（點綴）
4	《玉玦記》	鄭若庸	玉玦
5	《明珠記》	陸采	明珠

　　曲雜言・填詞名手》，收於《中國古典戲劇論著集成》第四冊，頁 206。

〔註44〕徐渭：「《香囊》……三吳俗子，以爲文雅，翕然以教其奴婢，遂至盛行。」《南詞敘錄注釋》（北京：中國戲劇出版社，1989）。頁 52。

〔註45〕王世貞：「吾吳中以南曲名者，……鄭所作《玉玦記》最佳，它未稱是。」，見《曲藻》，收於《中國古典戲劇論著集成》第四冊（北京：新華書店，1982），頁 37。

〔註46〕徐復祚：「梅禹金，……作爲《玉合記》，士林爭購之，紙爲之貴。」，見《三家村老曲談》，收入俞爲民、孫蓉蓉主編：《歷代曲話彙編》，頁 259。

〔註47〕如李復波、俞爲民、馬衍皆認爲《六十種曲》所收俱爲明代場上盛演之作。見李復波：〈古代篇幅最大流傳最廣的戲曲選集《六十種曲》〉，《文史知識》（1987），頁 66；俞爲民：〈傳奇精華的匯集——《六十種曲》〉，《古典文學知識》（1995），頁 106；馬衍：〈毛晉與《六十種曲》〉，《徐州師範大學學報（哲學社會科學版）》第 25 卷第三期（1999），頁 128。

6	《懷香記》	陸采	異香
			韓壽詩帕（點綴）
7	《浣紗記》	梁辰魚	紗
8	《紅拂記》	張鳳翼	紅拂
			樂昌鏡
9	《玉簪記》	高濂	玉簪、鴛墜
10	《玉合記》	梅鼎祚	玉合
			練囊詩、鮫帕詩（點綴）
			玉劍、淚帕（點綴）
11	《紫釵記》	湯顯祖	紫燕釵
12	《還魂記》	湯顯祖	麗娘春容
13	《青衫記》	顧大典	青衫
14	《錦箋記》	周履靖	錦箋
15	《鸞鎞記》	葉憲祖	鸞鎞一對
16	《紅梨記》	徐復祚	詩箋二張
17	《玉環記》	楊柔勝	玉環一對
			春容一幅
			紫金魚扇墜（點綴）
18	《玉鏡臺記》	朱鼎	玉鏡臺
19	《種玉記》	汪廷訥	玉縧環
			玉麈拂
20	《飛丸記》	張景	詩丸二顆
21	《龍膏記》	楊珽	煖金盒
			龍膏丸
			湘英之詩
22	《金雀記》	無心子	金雀一對
23	《霞箋記》	無名氏	霞箋兩張
24	《贈書記》	無名氏	黃圯老人祕書

（二）具有表記情節，但僅為局部點染，無重要影響，使表記僅作為平面道具者，計十一本；劇作與其中的表記條列如下：

	劇　目	作　者	表　記
25	《尋親記》	范受益	周羽詞集
26	《灌園記》	張鳳翼	綿衣
27	《焚香記》	王玉峰	桂英髮束
28	《紫簫記》	湯顯祖	九子金龍鏡 三珠玉燕釵
29	《南柯記》	湯顯祖	金鳳釵一對、文犀盒一枝
30	《西樓記》	袁于令	詞箋
			玉簪、佩玉
			髮束
31	《蕉帕記》	單本	蕉帕
32	《春蕪記》	汪錂	春蕪帕
33	《金蓮記》	陳汝元	玉管
34	《四喜記》	謝讜	髮束
35	《琴心記》	孫柚	肚兜

　　本文即以上列劇作為討論範圍。值得注意的是，《六十種曲》中所收錄宋、元時代的作品，雖非明人創作，但同樣經明人改動，反映明人精神思想，故於探討表記文化意蘊時亦作為參考對象；但若討論表記情節之成因，或套式、結構的形成，研究對象則以明人創作為主。

二、研究方法

　　本文在研究方法上，試圖由縱向與橫向兩方面的文學比較來建立論述架構。縱向部份層次有二：一為由先秦至明代，跨時代、跨文體的表記文學比較；二為由明初至明末，跨時期的傳奇表記情節比較。試圖以此釐析出明傳奇中表記運用汲取前代文學養分並開創獨特時代面貌之處，以確立明傳奇表記手法承先啟後的時代價值。亦由明代前後期傳奇劇作的比較，觀察表記情節逐步形成敘事程式與結構模式的過程。

　　橫向部份則是比較《六十種曲》各劇中的表記情節，以歸納出其間異同。同者即為明傳奇「表記情節」的共同內涵，以證此一手法在傳奇中並非偶然或個別狀況，並詳述其具體使用情形；異者則藉由各劇表記情節的不同之處，別出運用表記手法的高下，了解明劇作家對於表記手法的掌握程度，亦藉此突出「表記」在明傳奇中的特殊意義。

　　文學中每一主題的形成都反映了特有的文化現象與民族心理，故本文試

圖跳脫前人研究的單一角度，從更多元的切入點觀察明傳奇中的表記現象，如明代經濟發展、社會價值、文人心態、時代思潮、宗教信仰、傳奇傳播場域等面向，理解相關背景並結合劇中的表記種類、情節，探索影響明代表記文學的外在環境，以及潛藏於表記情節之下的心理投射。

第二章　表記文學源流與發展

　　以物爲贈的抒情手法或敘事傳統，在中國文學中源遠流長。贈物表情的文學手法始自先秦的《詩經》，歷代詩文送有繼承與創發，廖玉蕙以此爲「傳統小說或戲曲中長久以來慣用的一種文學表現方式，所謂藉信物之贈送以傳情及約盟也。」認爲就該手法運用時間的長久與被取用的廣泛程度而論，皆可歸納爲「表記文學」此一獨特的文學形式。〔註1〕

　　大抵而言，作爲抒情傳統的詩歌，多用表記承載情意的傳遞，發揮物的特性，並扣合對所贈之人欲表達的情緒，在物件中蘊含各異的情思與寄寓；敘事體裁的小說，則藉物推動情節的進行，有加強渲染或造成衝突的作用；及至以代言體與音樂套式呈現的戲曲文學中，又在不同體製的基礎上，形成各具特色的表記關目，在敘事手法與對全劇結構的影響上，發揮更大的影響力。除了文學體裁決定運用手法的不同之外，隨著歷代審美風尚的變化，物件的選擇及書寫的角度上也有迥異的趨勢，反映出不同的時代意義。

　　明傳奇作爲表記文學重要的一環，無論在表記的物件選擇、擔負作用、象徵意涵等方面，都自傳統表記文學中汲取養分並有所開拓。本節擬循明代以前的文學發展脈絡，分別就「詩歌」、「小說」與「南戲、元雜劇」三條線索中的表記運用手法，分析表記在文學傳統中多重而繁複的意涵表徵，藉以了解明傳奇援用表記作爲創作材料的基礎。

第一節　歷代詩歌中的表記描寫

　　詩歌中的表記描寫，初由簡單的饋贈動作表達單純直接的熱情，其後物

〔註1〕廖玉蕙：《細說桃花扇——思想與情愛》（台北：三民書局，1997），頁127。

件的描寫漸趨詳盡細膩，並寄予濃厚的象徵意涵，表記的種類也隨時代遞進而迭有變化。以下就先秦、漢魏、唐宋的詩歌發展各作說明：

一、先　秦

文學中的贈物描寫早在先秦便屢有所見。先秦文學中多以隨手可得的自然界之物為贈，然北方民間集體創作的詩歌總集《詩經》，與南方文人士大夫創作的《楚辭》，卻因兩地風俗與創作背景的不同，在詩歌情調與物件的象徵意義上，透露出迥異的風格。

《詩經》中的〈國風〉，紀錄了民間男女熱戀的歌詠，便屢見情人間以贈物相互示好的行為；女性常藉花草、瓜果表達愛戀之情，如〈邶風·靜女〉〔註2〕中少女自郊野攜回「彤管」一束相贈青年，青年亦因「美人之貽」寶愛此微薄之物；〈陳風·東門之枌〉則寫一對年輕男女共赴盛會，男子云「視爾如荍，貽我握椒」〔註3〕，可知女子以一束花椒相贈表情，藉花椒多子的特性，表達心中對婚姻的期待。

男子則或以獵物取悅情人，如〈召南·野有死麕〉：「野有死麕，白茅包之；有女懷春，吉士誘之。」〔註4〕，以獵物作為傳情媒介、見面機緣，益顯自己的強健善獵；或以象徵著「君子之德」的玉飾相贈，如〈王風·丘中有麻〉描寫男女愛悅而相約，最後以女子口吻道出：「彼留之子，貽我佩玖。」〔註5〕。〈鄭風·女曰雞鳴〉亦記錄了一對以獵為生的新婚夫婦，濃情蜜意地唱道：「知子之來之，雜佩以贈之；知子之順之，雜佩以問之；知子之好之，雜佩以報之。」〔註6〕佩玖或雜佩為古代男子隨身佩帶之物，可謂個人身分的象徵，解佩相贈一方面表達愛慕之情，另一方面也有相託終身之意。

〔註2〕 《詩經·卷二·邶風·靜女》：「靜女其姝，俟我於城隅，愛而不見，搔首踟躕。靜女其孌，貽我彤管。彤管有煒，悅懌女美。自牧歸荑，洵美且異。匪女之為美，美人之貽。」，毛亨傳，鄭玄箋：《毛詩鄭箋》（台北：中華書局，1966），頁16～17。

〔註3〕 《詩經·卷七·陳風·東門之枌》：「東門之枌，宛丘之栩，子仲之子，婆娑其下。穀旦于差，南方之原，不績其麻，市也婆娑。穀旦于逝，越以鬷邁，視爾如荍，貽我握椒。」，頁2。

〔註4〕 《詩經·卷一·召南·野有死麕》：「野有死麕，白茅包之；有女懷春，吉士誘之。林有樸樕，野有死鹿；白茅純束，有女如玉，舒而脫脫兮！無感我帨兮！無使尨也吠！」，頁17～18。

〔註5〕 《詩經·卷四·王風·丘中有麻》，頁7。

〔註6〕 《詩經·卷四·鄭風·女曰雞鳴》，頁12。

男女之間互贈信物的詩作，則以〈衛風・木瓜〉爲代表：

投我以木瓜，報之以瓊琚。匪報也，永以爲好也。

投我以木桃，報之以瓊瑤。匪報也，永以爲好也。

投我以木李，報之以瓊玖。匪報也，永以爲好也。〔註7〕

女子對心儀對象拋擲木桃、木瓜、木李，男子則回贈瓊琚、瓊瑤、瓊玖，可看出上述男女所贈物類之別。透過相贈情物追求「永以爲好也」之願望的舉動，亦賦予了表記模糊的誓願意義。聞一多認爲此種藉互投信物傳達情意、約爲夫婦之舉，乃先秦民間風俗的反映〔註8〕，則《詩經》中俯拾即是的贈物之作，便可從當時風俗中尋得其文化根源，也成了後代蔚爲大觀的表記文學之濫觴。

由上舉詩例亦可看出，《詩經》中的贈物描寫，多以一唱三歎的形式，對贈物動作反覆強調疊詠，表現出先秦民間文學質樸熱情的特性；而在內容上，則多抒陳即時性的贈受，表達的是雙方當下的悅慕之情，直接、熱烈而充滿生活化的活潑氣息。

《楚辭》中的贈物描寫，則帶有楚地濃厚的巫覡文化下，浪漫想像的神話色彩。以屈原爲代表的《楚辭》作者，皆爲不得時遇的文人士大夫，作品中充滿了別有寄託的想像，文中對美人或神靈的思慕、追求，事實上寄寓了作者對君主重用的期待；而詩人筆下的贈物行爲，更可看作向君主輸誠的表現，蘊含了更深層的人生價值追求，並由此形成了「香草美人」的傳統，即漢王逸所說：「善鳥香草以配忠貞，惡禽臭物以比讒佞，靈修美人以媲於君。」〔註9〕藉所贈芳草隱喻一己高潔人格，並抒發滿腔抑鬱之情。

如屈原〈離騷〉中，詩人藉幻想之筆神遊天地，並上下求索，盼望能「及榮華之未落兮，相下女之可詒」〔註10〕，尋覓心靈相契的神女，贈送芳華正豔的鮮花表意。認定了洛水女神宓妃，遂「解佩纕以結言兮，吾令蹇修以爲理」〔註11〕，解下身上的衣帶，請蹇修爲媒贈與伊人以通言，卻遭到宓妃的

〔註7〕《詩經・卷三・衛風・木瓜》，頁17。

〔註8〕聞一多：「古俗於夏季熟之時，會人民於林中，士女分槽而聚，女各以果實投其所悅之士，中焉者或以佩玉相報，即相約爲夫婦焉。」見《聞一多全集（二）・詩經新義・摽》（台北：里仁書局，1996），頁88。

〔註9〕屈原：《楚辭・離騷序》，王逸注：《楚辭章句》（台北：藝文出版社，1967），頁21。

〔註10〕屈原：《楚辭・離騷》，頁51。

〔註11〕屈原：《楚辭・離騷》，頁51。

冷落拒絕。欲別求有娀氏的美女，鴆鳥又不願受託爲媒，眼見「鳳皇既受詒兮，恐高辛之先我」〔註12〕鳳凰帶著高辛的聘禮搶先一步，只好又頹然放棄。此處藉由欲贈榮華、佩纕之誠，寄喻了屈原追求知音的渴望；贈禮管道的蔽阻，則成了詩人終於求索失敗的原因。

　　〈九歌〉一系列纏綿又不失莊嚴的祭歌中，亦多有人神之間爲達愛意而饋贈的描寫：

　　　　捐余玦兮江中，遺余佩兮澧浦。采芳洲兮杜若，將以遺兮下女。

　　　　（〈湘君〉）〔註13〕

　　　　捐余袂兮江中，遺余褋兮澧浦。搴汀洲兮杜若，將以遺兮遠者。

　　　　（〈湘夫人〉）〔註14〕

　　　　折疏麻兮瑤華，將以遺兮離居。（〈大司命〉）〔註15〕

　　　　被石蘭兮帶杜衡，折芳馨兮遺所思。（〈山鬼〉）〔註16〕

〈湘君〉與〈湘夫人〉二篇的賓主之詞眾說紛紜，朱熹與洪興祖皆認爲捐玦遺佩或捐袂遺褋皆是以表記貽贈神靈，贈珮玦以其貴，贈袂褋顯其親〔註17〕；再以香草遺致下女或遠者，使通吾意，表現追求之慇勤；〈大司命〉以女巫的立場，欲折下麻繩上的鮮花，贈與乘車遠駕的大司命；〈山鬼〉則是以山中女神的口吻，想贈香花予愛戀中的情人。這些贈物的描寫亦未寫出對方的接受，只是單方面的饋贈動作，又在後文隱隱透露失望的情緒，或暗示著追求的落空，藉由欲贈不得的失落，隱喻詩人懷才不遇的落寞。

二、漢　魏

　　漢魏六朝的詩歌中，開始出現大量的女性梳妝用品或閨房之物，諸如釵、

〔註12〕屈原：《楚辭・離騷》，頁54。

〔註13〕屈原：《楚辭・九歌・湘君》，頁90。

〔註14〕屈原：《楚辭・九歌・湘夫人》，頁94。

〔註15〕屈原：《楚辭・九歌・大司命》，頁96。

〔註16〕屈原：《楚辭・九歌・山鬼》，頁106。

〔註17〕朱熹《楚辭集注・九歌・湘君》注：「捐玦遺佩以貽湘君。」（頁41）、〈湘夫人〉注：「捐袂遺褋即捐玦遺佩之意。然玦佩貴之，而袂褋親之也。」（頁44）見《楚辭集注》，景印元天曆庚午（三年及至順元年）陳忠甫宅刊本，國立中央圖書館善本叢刊第六種（台北：中央圖書館，1991）。洪興祖《楚辭補注・九歌・湘君》注：「捐玦遺佩，以遺湘君。」（頁63）、〈湘夫人〉注引《方言》：「捐袂遺褋與捐玦遺佩同意。玦佩，貴之也。袂褋，親之也。」（頁68），見《楚辭補注》（北縣：鼎淵文化，2005）。

鏡、扇、珠、被、綺、緞……等，並進一步在贈物行為以外，寫出選贈此物的動機；如班婕妤〈怨歌行〉〔註18〕，藉女子裁扇、贈扇，暗嵌與郎合歡與「出入君懷袖」的願望，傳達內心的纏綿愛戀，更表現了唯恐見棄的幽微心事，較單純的贈物傳情有更深刻的寄託。繁欽〈定情詩〉鋪陳一女子邂逅一少年，兩人由相愛、相誓，及至最後女子慘遭拋棄的情感變化；戀愛過程中每一種情緒的表達，都是透過贈物來表現：「何以致拳拳？綰臂雙金環。何以致殷勤？約指一雙銀。何以致區區？耳中雙明珠。何以致叩叩？香囊繫肘後。……」〔註19〕十一組此種問答句型的排比，細膩陳述每種表記所象徵的不同情思。所贈之物皆為女子貼身的首飾衣裙，且成雙成對地贈出，傳達了小兒女冀盼成雙的幽閨心事。

此類物品亦有為男子贈出者，如秦嘉〈贈婦詩〉：

> ……何用敘我心？遺思致款誠：寶釵好耀首，明鏡可鑒形。
>
> 芳香去垢穢，素琴有清聲。詩人感木瓜，乃欲答瑤瓊。
>
> 愧彼贈我厚，慚此往物輕。雖知未足報，貴用敘我情。〔註20〕

該詩前半表達詩人異地思妻的心境，懷想著如何表達此情，最後釵、鏡、香、琴的選擇別有深意，只因「寶釵好耀首，明鏡可鑒形。芳香去垢穢，素琴有清聲」，遠在他鄉的丈夫，深體「女為悅己者容」，想像妻子或許也是「自伯之東，首如飛蓬」〔註21〕，猶盼妻能珍重，善自度日。末六句也將贈物心思直接點明──所贈不僅是物質的饋與，更是對妻情意的回應。

較之《詩經》、《楚辭》中臨時以易得易朽的花草為贈，漢魏詩歌中精心挑選的表記，不僅被賦予了更深刻的象徵意涵，其不易損毀、值得永久保存

〔註18〕班婕妤〈怨歌行〉：「新裂齊紈素，鮮潔如霜雪，裁為合歡扇，團團似明月。出入君懷袖，動搖微風發。常恐秋節至，涼飆奪炎熱，棄捐篋笥中，恩情中道絕。」見逯立欽校輯《先秦漢魏晉南北朝詩・漢詩卷二・班婕妤》，頁116～117。

〔註19〕逯立欽校輯：《先秦漢魏晉南北朝詩・魏詩卷三・繁欽》，頁385～386。

〔註20〕秦嘉〈贈婦詩〉：「我出東門遊，邂近承清塵。思君即幽房，侍寢執衣巾。時無桑中契，迫此路側人。我既媚君姿，君亦悅我顏。何以致拳拳？綰臂雙金環。何以致殷勤？約指一雙銀。何以致區區？耳中雙明珠。何以致叩叩？香囊系肘後。何以致契闊？繞腕雙跳脫。何以結恩情？佩玉綴羅纓。何以結中心？素縷連雙針。何以結相於？金薄畫搔頭。何以慰別離？耳後玳瑁釵。何以答歡悅？紈素三條裙。何以結愁悲？白絹雙中衣。……」逯立欽校輯《先秦漢魏晉南北朝詩・漢詩卷六・贈婦詩》（台北：木鐸出版社，1988），頁187。

〔註21〕《詩經・卷三・衛風・伯兮》，頁16。

的特質，更寄託了對兩人之間「情愛永誌」的期望。

在贈物方式的描寫上，漢魏詩作跳脫了先秦文學即時性的贈與受，多為寄遠、贈行之作；漢詩常以表記的路遠難致，帶出時空阻隔之下的離亂之感。反映了混亂的時局中，難常聚首的人們對分離的無奈應對。張衡〈四愁詩〉即為典型：

> 一思曰，我所思兮在太山，欲往從之梁父艱，側身東望涕霑翰。美人贈我金錯刀，何以琨報之英瓊瑤。路遠莫致倚逍遙，何為懷憂心煩勞。
>
> 二思曰，我所思兮在桂林，欲往從之湘水深，側身南望涕霑襟。美人贈我金琅玕，何以報之雙玉盤。路遠莫致倚惆悵，何為懷憂心煩傷。
>
> 三思曰，我所思兮在漢陽，欲往從之隴阪長，側身西望涕霑裳。美人贈我貂襜褕，何以報之明月珠。路遠莫致倚踟躕，何為懷憂心煩紆。
>
> 四思曰，我所思兮在雁門，欲往從之雪雰雰，側身北望涕霑巾。美人贈我錦繡段，何以報之青玉案。路遠莫致倚增嘆，何為懷憂心煩惋。〔註22〕

以重複四疊同樣的結構，先寫出詩人與所思女子在「梁父艱」、「湘水深」、「隴阪長」、「雪雰雰」的阻隔之下，欲聚不得的悲傷；再說起有感於美人所贈金錯刀、金琅玕、貂襜褕、錦繡段諸物，想回贈英瓊瑤、雙玉盤、明月珠、青玉案，透過互贈信物的心意，表現彼此未被距離沖淡的纏綿之情。而往來皆堪稱名貴之物，卻因「路遠莫致」，未能送達伊人手中，使物縱然價值不菲，猶不能傳達滿心熾愛。類似的無奈感亦大量出現於東漢古詩之中，如「攀條折其榮，將以遺所思。馨香盈懷袖，路遠莫致之。」〔註23〕、「終朝采其華，日暮不盈抱。采之欲遺誰？所思在遠道。」〔註24〕、「欲寄一言去，托之箋彩繒。因風附輕翼，以遺心蘊蒸。鳥辭路悠長，羽翼不能勝。」〔註25〕，充斥著鴛鴦拆散、天涯流離的悲苦心聲。而贈物之難，使對方捎來的任何物件都

〔註22〕 逯立欽校輯：《先秦漢魏晉南北朝詩・漢詩卷六・張衡》，頁180～181。

〔註23〕 蕭統編，李善注：《昭明文選・古詩十九首・其九》，頁403。

〔註24〕 逯立欽校輯：《先秦漢魏晉南北朝詩・漢詩卷十二・古詩三首・其二》，頁336。

〔註25〕 逯立欽校輯：《先秦漢魏晉南北朝詩・漢詩卷十二・李陵錄別詩二十一首・有鳥西南飛》，頁339。

變得極其寶貴，是以連傳遞音訊的書信，在漢詩中都被視如珍寶般呵護保存，而有「置書懷袖中，三歲字不滅。」〔註26〕之類的描寫，使單純的傳訊媒介也被賦予了思念憑藉的意義，也令漢詩中的表記描寫增添濃厚的時代感。

友朋之間的「贈行」之作，則在六朝蔚爲大觀；如曹植〈朔風詩〉：「昔我同袍，今永乖別。子好芳草，豈忘爾貽？」〔註27〕、潘尼〈贈陸機出爲吳王郎中令〉：「昔子忝私，貽我蕙蘭。今子徂東，何以贈旃。寸晷惟寶，豈無璵璠。彼美陸生，可與晤言。」〔註28〕、謝瑱〈和蕭國子詠奈花詩〉：「幸同瑤華折，爲君聊贈遠。」〔註29〕等，在離別之際相贈品物，或爲流露別情，或爲聊作紀念，雖多僅止於提及贈送行爲，未對表記本身多加著墨，但已足夠渲染別離氣氛。

另自漢魏六朝以來，「以詩贈答」成爲文人之間普遍的社交活動，大量詩作以「贈某人」爲題即可見一斑，詩句中亦可看出多有臨別贈詩〔註30〕、贈文〔註31〕的表現。較之帶有象徵意義的其他物件，詩、文更直接的書陳了士人自身的情意或心志，也凸顯了士人文化的雅趣。當這種饋贈型態被廣泛運用於文人之間時，無論是無形的詩文內容，或者有形的詩箋書札，都有漸漸物象化的趨勢，作爲受贈者鄭重的收藏，而成爲另類的表記。

三、唐　宋

唐宋詩中的表記描寫，突破六朝以來多爲愛情饋贈的局面，出現大量友

〔註26〕 古詩十九首之十七：「孟冬寒氣至，北風何慘慄。愁多知夜長，仰觀眾星列。三五明月滿，四五蟾兔缺。客從遠方來，遺我一書札。上言長相思，下言久離別。置書懷袖中，三歲字不滅。一心抱區區，懼君不識察。」，見蕭統編，李善注：《昭明文選・古詩十九首》（台北：文化圖書，1979），頁402、403。

〔註27〕 逯立欽校輯《先秦漢魏晉南北朝詩・魏詩卷七・陳思王曹植》，頁447。

〔註28〕 逯立欽校輯《先秦漢魏晉南北朝詩・晉詩卷八・潘尼》，頁764。

〔註29〕 逯立欽校輯《先秦漢魏晉南北朝詩・梁詩卷二十七・謝瑱》，頁2102。

〔註30〕 如王粲〈贈蔡子篤詩〉：「何以贈行，言賦新詩。」（見《先秦漢魏晉南北朝詩・魏詩卷二・王粲》，頁357）、傅咸〈贈崔伏二郎詩〉：「人之好我，贈我清詩。示我周行，心與道期。」（見《先秦漢魏晉南北朝詩・晉詩卷三・傅咸》，頁606）、潘尼〈贈司空掾安仁詩〉：「歧路多懷，賦詩贈行。」（見《先秦漢魏晉南北朝詩・晉詩卷八・潘尼》，頁763）等。

〔註31〕 如傅咸〈答潘尼詩〉：「貽我妙文，繁春之榮。」（見《先秦漢魏晉南北朝詩・晉詩卷三・傅咸》，頁606）、庾肩吾〈侍宴餞張孝總應令詩〉：「別念動神襟，華文切離賦。」（見《先秦漢魏晉南北朝詩・梁詩卷二十三・庾肩吾》，頁1982）等。

人之間贈物或謝贈的描寫，表達自薦、期勉、相契、祝福、知遇等充分展現文人志趣的交往訊息。物件的選擇亦隨之豐富多元，除了充滿濃厚文人風格的墨、硯、紙、畫饋贈，又有諸如刀、劍、杖、秤、壺、鞭等別具新意的物品。詩中往往對該物作一番細緻的描繪，從中引導出寄託的意涵。如唐皎然〈采實心竹杖寄贈李蕚侍禦〉：

> 竹杖栽碧鮮，步林賞高直。實心去內矯，全節無外飾。
>
> 行藥聊自持，扶危資爾力。初生在榛莽，孤秀豈封殖。
>
> 乾雪不死枝，贈君期君識。〔註32〕

初四句描寫實心竹杖的外觀與特性，以竹之內無虛節、外無雜枝，比喻自己篤實而正直的本性；皎然以杖贈李蕚一方面予其自持之力，一方面又帶有共蕚扶危的自薦之意。「贈君期君識」乃盼蕚識竹亦識人，勿使生於榛莽的良株被埋沒，能給予自己栽培提拔。似此般將物的特性作深刻發揮，並扣合人之際遇，表現贈者的「物外之言」，在宋詩中有更淋漓盡致的表現，如蘇轍〈子瞻惠雙刀〉：

> 彭城一雙刀，黃金錯刀鐶。脊如雙引繩，色如青琅玕。
>
> 開匣飛電落，入手清霜寒。引之置膝上，凜然愁肺肝。
>
> 我衰氣力微，覽鏡毛髮斑。誓將斬鯨鯢，靜此滄海瀾，
>
> 又欲戮犀兕，永息行路難。有志竟不從，撫刀但長嘆。
>
> 投刀淚如霰。北斗空闌干。歸來刈蓬蒿，鉬田植芳蘭。
>
> 惜刀不忍用，用亦非所便。棄置塵土中，坐使鋒刃刓。
>
> 床頭夜生光，知有蛟龍蟠。慚君贈我意，時取一磨看。〔註33〕

蘇轍作詩謝蘇軾雙刀之贈，首八句將寶刀的外觀、色澤、鋒芒以及持於手中、置於膝上的感覺詳盡描述，使人若有親見、親撫此刀的具體感受；次述及有感兄長贈刀的深意，乃欲激起自己「誓將斬鯨鯢，靜此滄海瀾，又欲戮犀兕，永息行路難」的壯志，無奈年邁力衰，心力不從。正欲歸隱田園，又不忍寶刀淪為刈草植蘭的工具，故而「投刀淚如霰」、「惜刀不忍用」，面對兄長對己的期勉，只是備感有愧。全詩扣緊寶刀本身熠熠生輝、寒芒逼人的特質，延伸出「斬奸除佞」的象徵意涵，再對應到自己壯志不再的心境，藉物帶出

〔註32〕清聖祖：《全唐詩・卷八百一十六・皎然二・採實心竹杖寄贈李蕚侍禦》（北京：中華書局，1960），頁9186。

〔註33〕蘇轍：《欒城集・卷八・子瞻惠雙刀》，陳宏天、高秀芳點校《蘇轍集》第一冊（北京：中華書局，1990），頁155。

滿腔矛盾糾結的心事。

　　由此可看出，唐宋詩作中贈物描寫的焦點，已從贈物舉動轉移到物件本身，對該物的特質與寄託有更具體的描述，且往往賦予此物特定意旨，而非泛泛的表意傳情，在表記特質與象徵意涵的結合上有更深刻的挖掘。物件也在因人而異的需求之下，有不同的選擇與詮釋，表現出鮮明的個人化色彩。

　　晚唐、宋代興起的詞體，則延續漢魏以來藉由贈物傾注兒女之情的傳統；文人筆下的風流韻事，情調較之漢魏樂府又更添幾分旖旎纏綿。詞人常藉前後兩闋的體製，並置過往的繾綣愛戀與如今的凄清冷落，傾訴眼下強烈的相思之感。而贈物行為的描寫，則常作為回憶中那段恩愛景況的象徵，如柳永〈尾犯〉：「記得當初，翦香雲為約。」〔註34〕、蘇軾〈南鄉子〉：「裙帶石榴紅，卻水殷勤解贈儂。」〔註35〕、晏幾道〈蝶戀花〉：「分鈿擘釵涼葉下。香袖憑肩，誰記當時話。」〔註36〕等，都寫出熱戀時贈物低語的濃情密意；又或是臨別時的依眷難捨，如晏殊〈破陣子〉：「惟有擘釵分鈿侶，離別常多會面難。」〔註37〕、秦觀〈望海潮〉：「別來怎表相思，有分香帕子，合數松兒。」〔註38〕、賀鑄〈綠頭鴨〉：「翠釵分、銀牋封淚，舞鞋從此生塵。」〔註39〕等，藉分物表現離別的沉痛。也因詞作中多為文人追想青樓女子，反映在表記上也多為釵鈿、髮束、香囊、香帕、羅巾、羅裙等暗示肌膚之親的物件，無論是贈於熱戀或分別之時，都象徵著一段雲雨之情的憑證。

第二節　歷代小說中的表記運用

　　早在小說文體初萌的六朝，贈物事件的描寫，即成為敘事環節的一部份，後代以戀愛、家庭為題材的小說中亦多見相贈表記的情節。在同一時代的文體形式中，表記運用的模式往往大抵相類，而從六朝的志怪小說，到唐代傳奇、宋代話本，表記則隨描寫題材、作家身分、文長篇幅與時代風氣而有不同的物類選擇和運用方式，以下即就此三種文學形式中的表記運用略作說明：

〔註34〕唐圭璋編：《全宋詞‧柳永‧尾犯》（北京：中華書局，1965），頁14。

〔註35〕唐圭璋編：《全宋詞‧蘇軾‧南鄉子》，頁291。

〔註36〕唐圭璋編：《全宋詞‧晏幾道‧蝶戀花》，頁223。

〔註37〕唐圭璋編：《全宋詞‧晏殊‧破陣子》，頁88。

〔註38〕唐圭璋編：《全宋詞‧秦觀‧望海潮》，頁455。

〔註39〕唐圭璋編：《全宋詞‧賀鑄‧綠頭鴨》，頁535。

一、六朝志怪

中國小說早自殘叢小語形式的志怪小說中，就已常見贈物的情節。西漢劉向《列仙傳・江妃二女》〔註40〕的故事，初將人神愛情引入志怪小說，即用江妃二女「手解佩以交與甫」的贈物動作，來表現兩下邂逅而生的情愫。而當鄭交甫懷著明珠佩飾，行數十步後，珠竟無蹤，女亦不見，將此段人神邂逅的際遇，渲染上離奇神秘的色彩。

此種人神邂逅贈物的模式，影響了後來的六朝志怪小說，使其中的贈物情節，幾乎皆為女性異類臨別贈予男性人類的模式；一方面以所贈之物作為異類邂逅的憑證，一方面也由於此情不被人世所允許，故分別即為戀情的結束，贈物也往往帶有永訣的意味。

有的表記在二人分別後消失，渲染人神（人鬼）之戀的神秘感，表現異類戀情之虛無飄渺，如《甄異傳・秦樹》〔註41〕寫秦樹投宿於一獨身女子家，與女結姻；翌日將別，女贈樹以指環一雙，結置衣帶，相送出門。秦樹行數十步後回首，宿處乃是塚墓。數日後指環消失，帶結如故。與〈江妃二女〉有相近的旨趣。

更多表記則是存留下來，成為日後女子身分曝光的線索。或女子所贈乃為陪葬之物，被亡女親人窺見而使男子曉其家世，如《山河別記・王恭伯》〔註42〕中王恭伯夜中鼓琴，一女聞聲來求共撫。王留宿，天明將別時，女子以錦褥、香囊為訣，恭伯以玉簪贈行。後吳縣令見王之褥、囊，乃亡女靈前所失之物，女子身分方才揭曉；或男子回贈之物於神案上被發現，方知邂逅之人乃某神女，如《續齊諧記・趙文韶》〔註43〕寫趙文韶月夜吟唱，一女與婢來問，並以箜篌伴奏歌之。四更方去，別前女脫金簪以贈文韶，韶亦答以銀椀、白琉璃匕各一枚。翌日，韶偶至清希廟，見神座上有椀，屏風後有琉璃匕，而女姑神像與青衣婢則昨晚見者。在以表記揭開異類女子身分之後，男子可能憑物而得亡女之父認作女婿，從此改變身分地位；或變賣神仙所贈寶器獲得巨富，皆因物而改善自身原來窘況。

〔註40〕見李昉：《太平廣記・卷59・女仙四・江妃》（北京：中華書局，1986），頁364～365。

〔註41〕見李昉：《太平廣記・卷324・鬼九・秦樹》，頁2568。

〔註42〕見李昉：《太平廣記・卷318・鬼三・王恭伯》，頁2520。

〔註43〕見李劍國輯釋：《唐前志怪小說輯釋・吳均・續齊諧記・趙文韶》（台北：文史哲出版社，1987），頁621～622。

　　表記種類上，因贈者多爲女子，故物件幾乎皆爲明珠、金合、腕囊、指環、錦襦、繡枕等女性裝飾或閨閣用品，雖爲異類但所贈仍盡爲人世之物，反映出鬼神形象實際上亦是人的情感投射。

二、唐傳奇

　　到了眞正「假小說以寄筆端」〔註44〕的唐傳奇，繼承六朝小說濃厚的志怪色彩，表記運用上卻有較豐富的變化；大部分作品仍沿襲六朝小說的傳統，賦予表記臨別留贈的作用，但隨贈與對象不同，則發揮了不同的意涵與影響：

　　人鬼之間多在臨別時互相贈物爲念，情節模式與贈物意義大抵承襲六朝志怪小說。而敍述手法上，較之六朝小說中僅僅帶出贈物的事件，唐傳奇對物件選擇的說明，或贈物之際的情境描寫則更加細膩。如裴鉶《傳奇‧曾季衡》寫曾季衡與王使君女之亡魂相戀，及女欲去，作者對兩人臨別贈物的描寫如下：

> ……女遂於襦帶，解戀金結花合子，又抽翠玉雙鳳翹一隻，贈季衡曰：「望異日睹物思人，無以幽冥爲隔。」季衡搜書篋中，得小金縷花如意，酬之。季衡曰：「此物雖非珍異，但貴其名如意，願長在玉手操持耳。」又曰：「此別何時更會？」女曰：「非一甲子，無相見期。」言訖，咽鳴而沒。〔註45〕

不僅將二人解帶出合、自髮抽簪，以及從書篋中搜出如意後相贈的動作，細緻地描寫出來，並藉由互贈時的對話，帶出彼此以該物爲贈的心意——女贈物盼君「睹物思人」，以人間情愛之表證，彌補陰陽殊途的阻隔；男贈物則取其「如意」之名，暗示兩人雖未能如願廝守，卻冀望女子持物爲念，將此情永銘於心。整段描寫不僅比六朝志怪更具畫面感，表記的象徵意義在小說中也開始被凸顯、發揮。

　　人神之間的臨別饋贈，則受佛道盛行影響，多表現神仙所贈寶物的高貴靈妙，贈物的情境描寫亦不似人鬼贈物時縈繞著小兒女的纏綿情態，而是一派雍容閒雅，皆表現了神仙境界的高妙絕俗，提高人們對仙道的嚮往。如《仙

〔註44〕胡應麟：「凡變異之談，盛於六朝，然多是傳錄舛訛，未必盡設幻語，至唐人乃作意好奇，假小說以寄筆端。」見《少室山房筆叢‧卷三十六》（台北：世界書局，1981），頁486。

〔註45〕見李昉：《太平廣記‧卷三四七‧鬼三十二》，頁2748。

傳拾遺·司命君》〔註46〕與《神仙感遇傳·韋弇》〔註47〕二篇，皆以主角遇仙女或遇求仙之故交，獲諸多珍奇寶物之贈，後由識寶胡商點出該物神妙靈貴，主角亦因此物而得鉅富或累世福份。有些作品甚至會令人物在物的庇蔭下解厄得福，或因物的流轉而得入道機緣，如《續仙記·元柳二公》〔註48〕寫元徹、柳實二人海上遇難，得南溟夫人相救並贈以玉壺。歸途中每有危難，二人扣壺則有鴛鴦出而相解。十二年後，又因玉壺牽引而拜太極先生為師，而得入道機緣。則此一物件除了相贈之物的意義，更具有作為人物急難救助、拜師線索等實用價值，帶上了更濃厚的宣教意味。

　　人間情感中的贈物描寫則顯得更多樣化：或用於贈別，通常是情愛遭厄、重合無望，贈物以示訣別。如許堯佐〈柳氏傳〉寫韓翊與柳氏別後，柳為番將沙吒利所擄，一日夫妻偶會於道政里門，柳氏遂「以輕素結玉合，實以香膏，自車中授之，曰：『當遂永訣，願置誠念。』」〔註49〕贈物表示前緣難續的絕望，雖無異類殊途的阻力，更多的卻是對現實的無奈。

　　或用於定情，借詩歌傳統中贈物表情的手法，除了在贈受的當下傳遞悅慕之意，使有情人兩心相許，此物更往往成為促成兩人成親的機緣；如《傳奇·鄭德璘》〔註50〕中鄭德璘見鄰船韋生之女貌美，題詩紅綃掛於其船溝，韋女見綃心喜，繫於右臂並回擲一題詩紅箋。後韋女之船翻覆，水神感鄭生之情，尋臂上有紅綃之女子送回水面，為鄭船救起，兩人於是結為夫婦。紅綃雖非彼贈我受之表記，卻作為鄭生表情之媒介、韋女救命之關鍵，在兩人的情感往來中，居有重要的成就姻緣之功。

〔註46〕杜光庭：《仙傳拾遺·司命君》寫司命君與元璒幼為同學，後司命君離家訪道，元璒任河南道採訪史，一日璒於郊見君，君邀其至家，屋宇甚大，又召璒妻來同飲。臨別君贈璒金尺玉鞭。後十年，璒又見君，受邀入一草堂，又至仙境同歡飲。臨別君贈璒一飲器。後不復見。一日，胡商來詣，為璒宅中有奇寶之氣。璒示以君贈飲器，胡商曰乃天帝流華寶爵，得此寶者將受福七世。見李昉：《太平廣記·卷二十七·神仙二十七》，頁178～179。

〔註47〕杜光庭：《神仙感遇傳·韋弇》寫韋弇落第閒遊，遇一女引至仙境，託韋傳曲於天子。又贈韋「三寶」：「『願以三寶為贈。子其售之，可畢世之富也。』飲畢，命侍者出一杯，謂之碧瑤杯，光瑩洞徹。又出一枕，謂之紅蕤枕，似玉而粟，其文微紅，而光彩瑩朗。又出一紫玉函，似布，光彩甚於玉。」後胡商訪韋，求此三寶，曰此乃玉清真人之寶，以數十萬金易之，韋遂成巨富。見李昉：《太平廣記·卷三十三·神仙三十三》，頁210。

〔註48〕見李昉：《太平廣記·卷二十五·神仙二十五·元柳二公》，頁166～169。

〔註49〕見李昉：《太平廣記·卷四八五·雜傳記二·柳氏傳》，頁3996。

〔註50〕見李昉：《太平廣記·卷一五二·定數七·鄭德璘》，頁1089～1098。

或用於盟誓，以物作爲承諾之憑證，使表記在小說中首次出現盼望廝守的積極意義。但最後卻往往因爲男子負心或現實原因悲劇收場，使表記的存在反成諷刺。如陳鴻〈長恨傳〉〔註51〕寫唐玄宗得楊玉環進宮，定情之夕，授鈿合金釵以固之；蔣防〈霍小玉傳〉〔註52〕寫李益與霍小玉成婚之夜，益於烏斯欄素縑上題詩爲盟，藏於寶篋；元稹〈鶯鶯傳〉〔註53〕寫張生去後，鶯鶯寄玉環、亂絲、文竹茶碾子諸物，藉物再三表情，盼望「永以爲好」。然帝妃愛情斷送馬嵬坡；李益後來別娶盧氏女；張生甚至將鶯鶯之信廣爲示人，發表忍情說表絕此情。可見唐傳奇雖已將冀求永恆的心願寄託於表記，然此小小物件，仍不抵現實、人心的險惡，僅作爲大環境中愛情悲劇的一小註腳。

在唐傳奇的表記物類上，人鬼、人間的饋贈仍以女性閨閣之物居多，以才子佳人爲題材者又多有以題詩之箋、囊，甚或以詩作本身相贈者。此乃因文人執筆小說創作後，將六朝以來詩歌裡文友贈詩的風雅之舉，帶入小說中的相戀男女之間。而神仙贈與人類之物，則多屬奇異珍寶之類，如七寶碗、玉壺、金尺玉鞭、碧瑤杯等等，標舉仙境之物不同於凡間，隱隱透現神道權威。

另唐傳奇中尚有一類贈物情節，發生於家庭之間；寫夫妻遠行遇害，丈夫亡故，妻子在外含辛茹苦撫養兒子成人，兒子路經故鄉，得遇從未謀面而不相識的祖母，祖母以其面似子而贈衣衫，衣衫上有特殊記號或痕跡，使其母認出，方告子父亡始末，而後子報父仇，並促成一家團圓。這類作品如〈陳義郎〉〔註54〕、〈崔尉子〉〔註55〕、〈李文敏〉〔註56〕等，悉收於《太平廣記‧報應》一類，以此件帶有辨識度的衣衫作爲表記，收攏親情線索、彰顯因果報應，並促成闔家團圓，已粗具明代傳奇中以物貫串並推動情節的重要功能。

〔註51〕見李昉：《太平廣記‧卷四八六‧雜傳記三‧長恨傳》，頁3998～4001。
〔註52〕見李昉：《太平廣記‧卷四八七‧雜傳記四‧霍小玉傳》，頁4006～4011。
〔註53〕見李昉：《太平廣記‧卷四八八‧雜傳記五‧鶯鶯傳》，頁4012～4017。
〔註54〕溫庭筠：《乾饌子‧陳義郎》，見李昉：《太平廣記‧卷一二二‧報應二十一‧陳義郎》，頁858～859。
〔註55〕皇甫氏：《原化記‧崔尉子》，見李昉：《太平廣記‧卷一二一‧報應二十》，頁856～857。
〔註56〕于逖：《聞奇錄‧李文敏》，見李昉：《太平廣記‧卷一二八‧報應二十七》，頁908～909。

三、宋話本

及至宋代，話本在庶民娛樂的基礎上誕生，取代傳奇成為小說主流。不同於充滿文人抒情浪漫筆調的唐傳奇，宋話本中的愛情故事，則帶有較多的功利色彩，並以社會倫理規範為出發點，表現民間現實生活中的愛情觀。李元貞指出：

> 宋元話本裡的愛情故事，情節都非常曲折，沒有唐傳奇的愛情那麼浪漫抒情，對情慾的描寫相當大膽但缺少美感，反帶著因果報應的勸誡意味，更使得宋話本的愛情故事，不在表現愛情本身，而在表現人生的悲歡離合，男女情慾的關係，不過是人生悲歡離合的一些引線而已。〔註57〕

曲折的故事情節藉以吸引觀眾，真實大膽的情慾描寫則貼近市井小民的審美趣味，而以故事情節或說書人口吻直接揭示因果報應思想，來達到勸誡人們遵守社會道德規範的目的，更是庶民文化中風教觀〔註58〕的直接反映。這些特殊創作動機下產生的文體特質，反映在宋話本的表記描寫上，也造就了迥異於唐傳奇的特色：

在曲折離奇的故事情節中，表記的重要性大幅提高；此一物件的出現不再只是劇情環節之一，而常重筆濃墨地備陳此物來歷、外形以及人物贈受心情，又在故事中對該物處處提點，甚至使之成為製造衝突的原因，或人物離合的關鍵，於是物件成為故事敘述的重點線索，從〈蔣興哥重會珍珠衫〉〔註59〕、〈陳御史巧勘金釵鈿〉〔註60〕、〈戒指兒記〉〔註61〕等許多以物為題的篇名之中即可看出。

因果報應的勸誡意味，也透過表記在故事中具體地被落實。於是宋話本中的表記除了見證、成就情感的作用，更重要的功能則在於彰顯天道。說話人企圖在故事中包含的道德教化意味，常透過此一牽動情節的核心物件呈

〔註57〕李元貞：〈元明愛情團圓劇的思想框架〉，《中外文學》第一期（1981），頁54。

〔註58〕即如馮夢龍所云：「話須通俗方傳遠，語必關風始動人。」見《馮夢龍全集・警世通言・十二卷・范鰍兒破鏡重圓》（江蘇：鳳凰出版社，2007），頁162。

〔註59〕見馮夢龍編：《古今小說・卷一・蔣興哥重會珍珠衫》，收於《馮夢龍全集》第一冊，頁1～34。

〔註60〕見馮夢龍編：《古今小說・卷二・陳御史巧勘金釵鈿》，收於《馮夢龍全集》第一冊，頁37～58。

〔註61〕見洪楩編輯，石昌渝校點：《清平山堂話本・雨窗集・上》，頁276～305；《古今小說・卷四》亦收錄本篇，名〈閒雲菴阮三償冤債〉，頁80～95。

現；往往在表記用於私情傳遞之際，說書人便以勸誡口吻預示腳色不得善終的下場，如〈張舜美燈宵得麗女〉述及張舜美拾得劉素香故意遺落的同心方勝兒，作者忽跳出情節說道：「不看萬事全休，只因看了，直教一箇秀才，害了一二年鬼病相思，險些送了一條性命。」〔註62〕；〈戒指兒記〉寫阮三相思病重，張遠見玉蘭贈阮的表記，允諾成就此姻，作者亦在此時嘆道：「只因這人舉出，直交那阮三命歸陰府。」〔註63〕，對此種不合於道德綱常的敗俗行為提出警示。而在其後的故事發展中，表記也常成為通姦證據或破案關鍵，冥冥中懲惡助善，見證了天道昭然。如〈蔣興哥重會珍珠衫〉中，「珍珠衫」一物不僅貫穿連綴劇情的幾度轉折，作者更藉蔣興哥之口，道出珍珠衫如何在幾番流轉下驗證果報不爽：

> 這件珍珠衫，原是我家舊物。你丈夫奸騙了我的妻子，得此衫為表
> 記。我在蘇州相會，見了此衫，便知其情，回來把王氏休了。誰知
> 你丈夫客死，我今續絃，但聞是徽州陳客之妻，誰知就是陳商！卻
> 不是一報還一報！〔註64〕

珍珠衫原本為蔣興哥祖傳之物，其妻三巧贈與情夫陳商作為表記。後陳商途遇興哥，因見此物，教興哥識破姦情，休棄三巧，此為一報；陳商之妻平氏見衫亦覺蹊蹺，將之藏起。而後陳商客途遇盜，加上偷情事發，一病而亡，平氏嫁與蔣興哥為續弦，令珍珠衫重回興哥手中，並令平氏明瞭一切真相，此為二報。最後三巧亦回來與興哥團圓，身分卻由妻變妾，皆珍珠衫埋下的禍根。由此觀之，宋話本中的表記所體現的精神，本質上並不在情感的傳達或成就，而是作者用以落實因果報應思想的敘述方式。

奔放大膽的情慾表現，則投射在表記物類上；除了已成表記文學傳統的釵、鈿、鏡、玉飾等女性用品以外，宋元話本、雜劇中亦出現大量紅綃帕、鴛鴦被、汗衫、繡鞋、玉梳等貼身物品，以其貼肉而攜的特質，使「肉慾象徵的表記活色生香地成為小市民階層的代言人，迸射奔放的愛情藉著肌膚相親的貼身衣物傳達大膽、坦率的慾念」〔註65〕，較之前代文學中贈以佩飾、

〔註62〕馮夢龍編：《古今小說·卷二十三·張舜美燈宵得麗女》，收於《馮夢龍全集》第一冊，頁358。

〔註63〕洪楩編輯，石昌渝校點：《清平山堂話本·雨窗集·上·戒指兒記》，頁287。

〔註64〕見馮夢龍編：《古今小說·卷一·蔣興哥重會珍珠衫》，收於《馮夢龍全集》第一冊，頁30。

〔註65〕廖玉蕙：《細說桃花扇——思想與情愛》，頁153。

互託終身的蘊藉含蓄與慎重其事，此類表記更直接的表現出求其歡好的慾念，有時也用以強調骨肉分離時至親間的難捨之情。

第三節　元雜劇與南戲中的表記關目

及至以代言體為敘述方式的戲曲文學中，表記書寫的型態又有新的發展。一方面保留了小說中藉表記推進情節的敘事作用，另一方面則需藉由特定情境下，劇中人物的口吻、動作，來帶出此一物件的價值與功能，於是造就了表記關目〔註66〕的形成；而特殊文體形式的影響下，也使表記在全劇結構中產生了關鍵性的地位。明代以前較成熟的戲曲文學以元雜劇與南戲為代表，本節即分別考察此二類文體中表記關目的特色，以了解明傳奇中表記情節程式形成與發展之基礎。

一、元雜劇

元雜劇「四折一楔子」的劇本體製，對其內容形成特殊的制約效果，即所有情節的安排處理，都必須納入此一形式規範之中。顏天佑認為，四折一楔子的篇幅使劇作在情節簡鍊的要求下，「有時為了具體傳達出一本戲劇的主旨，甚至推展出一種觀念、情感，或竟設計出一個『物象』，來引導全劇的情節發展。」〔註67〕，形成以物象貫串全劇始終的手法。此一物件在家庭、戀愛劇中多為男女相贈的信物，奠定了表記在戲曲文學結構上作為中心線索的樞紐地位，較之前代文學，可謂重要性大增。

在此一結構的需求下，一劇中的表記情節往往不只一次地出現在四折之中，並隨著全劇起、承、轉、合的佈局模式，前後互為因果地彼此呼應。有時表記作為人物分離相贈、團圓相合的情感憑證，如賈仲明《荊楚臣重對玉梳記》在一、二折之間的楔子中，演荊楚臣為鴇母趕逐赴舉，與妓女顧玉香

〔註66〕「關目」一詞之定義，學界尚有爭議，本文採許子漢之說法，即：「『關目』之定名，當即有『關鍵、節目』之意義，意指具代表性且有特殊意義價值的『點』，此亦即劇作家在完整劇情中選定於舞台上展演的段落……其中的調整包括：1. 選定何者為必要演出段落，何者於表演上並不適宜，應由暗場處理；2. 加入那些本非情節因果所必須，卻為表演所需要之段落。如此調整後於舞台上演出之內容乃為關目。」見《明傳奇牌場三要素發展歷程之研究》（台北：台大文學院，1999），頁28。此處所謂「表記關目」，即指呈現於舞台上的演出段落中，唱詞或對話出現表記的情節單元。

〔註67〕顏天佑：《元雜劇八論‧試論〈漢宮秋〉雜劇結構的抒情傾向》，頁59～60。

裂玉梳而別；第四折楚臣中舉歸來，命人金鑲玉梳使其重合，慶賀團圓。有時表記則成為驅使人物動作的關鍵力量而推進情節，如無名氏《玉清庵錯送鴛鴦被》中鴛鴦被三次出現：玉英為還父債，委身下嫁劉員外，令道姑先持自繡之鴛鴦被支會員外夜赴道庵私會（第一折）；書生張瑞卿借宿庵中，陰錯陽差下與玉英歡好，臨別玉英以鴛被相贈（第二折）；張瑞卿中舉歸來，出被使玉英知其身分，兩人方成夫妻（第四折），鴛被在劇中分別作為玉英獻身、相贈定情與成就婚姻的表徵，貫穿人物離合際遇。又如曾瑞卿《王月英月夜留鞋記》中表記亦四度推動情節：王月英與郭華私約相國寺，月英來時見郭華大醉，留香帕包繡鞋為表記；郭華醒後見帕、鞋深悔，吞帕而亡（第二折）；郭家琴童誤以為害命而告官，包拯循繡鞋捕來月英，月英招供，並領衙役至寺中尋香帕（第三折）；月英抽出郭口邊帕角使郭回生，包拯判月英嫁與郭華（第四折）。全劇即藉贈帕包鞋、吞帕而亡、循鞋破案、抽帕回生等圍繞著表記展開的戲劇動作製造衝突，構成起伏懸宕的情節發展。劇情結構上，表記情節引領全劇起承轉合之貫穿作用亦由此可見。

而在贈物的精神意義上，元雜劇中的表記，不僅寄託了對重逢的期待，代表著約為夫妻、盼望廝守的誓願憑證，更擔負了異日相認之線索功能，在促成姻緣美滿的過程中被賦予更積極的意義，甚至做為公案劇的破案關鍵，為明傳奇中大量憑物相認的關目奠定了基礎。

「一人獨唱」的演出體制，則使得元雜劇中的表記描寫，在推動情節的敘事作用之外，又流露出濃厚的抒情特質。由於「末本」或「旦本」的限制，使劇中的表記情節，多偏重於愛情單一方面的表現。或因女子心思較為細膩，對表記往往投射了比男子更多的情感，故元劇中以表記貫串全劇結構的作品，以旦本為絕大多數。而亦因這一限制，使元雜劇的表記情節著重在藉物抒發個人幽深婉轉的心事，而非透過雙方的對話鋪展情境，即如顏天佑所云：「透過劇中主要人物，在全劇情節發展的重點地方，連續唱套曲，自然能充分發抒人物的心聲，層次分明的展現人物感情的發展過程。」〔註68〕。連續數隻的曲牌中，不僅帶出腳色贈物的行為，更將對物投射的情感作了一番深刻細膩的描繪。如《李雲英風送梧桐葉》第二折中，寫雲英思念遠行的丈夫，與義妹庭院觀風，而興起「風有貴賤大小」之嘆；【滾繡球】一曲帶出雲英拾取梧桐葉，題詩其上的動作；以下又用四隻曲牌，藉雲英對風的萬般叮囑，

〔註68〕顏天佑：《元雜劇八論·試論元雜劇體制對其結構之影響》，頁150。

揭示其內心幽怨的心事：

【倘秀才】風呵！你略停止呼號怒，容咱告覆，暫定息那顛狂性，
聽咱囑付：休信他剛道雌雄楚宋玉，敢勞你吹噓力，相尋他飄蕩的
那兒夫，是必與離人做主。

（云）風呵，你是必聽我分付來（唱）

【呆骨朵】你與我起青蘋一陣陣吹將去，到天涯只在斯須。休戀他
醉瓊姬歌扇桃花，休搖動攪離人空庭翠竹。休入桃源洞，休過章台
路。遞一葉起商飆梧葉兒，恰便似寄青鸞腸斷書。

（云）風呵，兀的不侯侯殺人也！方才撼山拔樹，飛沙走石般起，投至央
及你，可倒定息了。我想來，天意多管是囑付不到，你不肯吹這葉子去，
只索再囑付你咱。（唱）

【叨叨令】你管他送胡笳聲斷城頭暮，休道他攪旌旗影動邊城戍。
休戀他逐歌聲羅綺筵前舞，休從他傳花信桃李園中入。你是吹來也
麼哥，是吹來也麼哥，直吹到受淒涼鰥寡兒夫行駐。

（云）你看，一陣大風起也。（唱）

【伴讀書】順手兒吹將去，一葉兒隨風度。刮馬兒也似回頭不知處，
謝天公肯念俺離人苦。飄然有似神靈助，旋起階除。〔註69〕

四隻曲子皆為李雲英託風傳葉的囑咐，卻層次分明地唱出人物心理的轉折變
化：從【倘秀才】盼風稍停的泣訴，到【呆骨朵】反覆殷切地對風叮囑，表
達出雲英對丈夫濃烈的思念之情；而見風乍然止息，女主角只想是「天意多
管是囑付不到，你不肯吹這葉子去」，將天象的變化與人物的心境相結合，使
腳色達到自我情緒的高潮，而唱出懇請、囑託更加急切的【叨叨令】；最後終
於風起，【伴讀書】寫雲英看著梧桐葉隨風遠去的心聲，對於情有所託頓感安
心、感激，然僅能憑藉著起止不定的風兒傳遞音訊，也透露出雲英尋夫無路，
只得但憑命運的無奈感。透過旦角連續獨唱四隻曲牌，將其面對此一傳達思
念的梧桐葉時之心境，作了淋漓盡致的抒發。由此可看出，一人主唱的體制，
使表記在元雜劇單折中的呈現，更接近詩詞的抒情作用，乃藉以發揮單一人
物在特定情境下細膩幽婉的心底情思。

〔註69〕無名氏：〈李雲英風送梧桐葉〉，見王學奇主編：《元曲選校注・第三冊下卷》
（石家莊：河北教育出版社，1994），頁3092～3092。

二、宋元南戲

　　宋元南戲多為民間創作，存留下來完整的劇本極少，且多經明人改動，較難全面掌握表記在戲文中運用的實際情形。但明人改本尚存有部分宋、元戲文的成分，前輩學者亦作了許多曲文輯佚與本事考察的工作〔註70〕，猶能從中試窺表記於戲文中運用之大概。

　　在南戲中，表記多用於定情或贈別。大部分的贈物情節，在劇中作為重要轉折或高潮，但於後續的情節中並未發揮其他作用，僅僅只是全劇的一個環節。此乃因南戲結構「大都按照劇情的自然發展，以現在進行時的方式平鋪直述，而不是根據戲劇衝突律進行佈局結構」〔註71〕，故只是在劇情進展到男女定情或離別之時，以表記反映人物思緒、點染氣氛，並未能將之提高到結構設置的考量中，而發揮前後呼應的埋伏效果。如《朱文太平錢》〔註72〕、《孟月梅寫恨錦香亭》〔註73〕、《張資鴛鴦燈》〔註74〕、《薛雲卿鬼作媒》〔註75〕等劇的佚曲中，皆可見女子奉贈太平錢、手帕、香囊與疊勝環兒與男子的唱詞，以及男子受物的回應。而由錢南揚、趙景深等學者的本事考察中，亦可見這些物件在其後的情節中不復有重要的影響，甚至未曾再被提及。整體而言，南戲中表記情節的線索功能較為薄弱，對於贈物的描寫也多在於藉此動作或對話帶出戲劇效果，表記本身的象徵意義並未被多加著墨。但較之元雜劇偏重單方面腳色的心情抒發，南戲則在贈物情境與人物對話的鋪陳上有更完整的表現。

　　然而明傳奇生旦體製下，以表記綰合人物離合境遇的結構模式，仍在南戲中初現端倪。如《劉文龍菱花鏡》〔註76〕中的三樣表記：金釵半支，菱花

〔註70〕　如錢南揚《宋元戲文輯佚》、《宋元南戲百一錄》、陸侃如、馮沅君《南戲拾遺》、趙景深《元明南戲考略》（含《宋元戲文本事》）等。

〔註71〕　郭英德：《明清傳奇戲曲文體研究》（北京：商務印書館，2004），頁292。

〔註72〕　錢南揚：《宋元戲文輯佚》（上海：上海古典出版社，1956），頁51～52。

〔註73〕　錢南揚：《宋元戲文輯佚》，頁75～83。

〔註74〕　錢南揚：《宋元戲文輯佚》，頁153～156。

〔註75〕　錢南揚：《宋元戲文輯佚》，頁247～250。

〔註76〕　《劉文龍菱花鏡》已佚，今存佚曲二十一支，可從中看出劇情梗概：「漢朝劉文龍，成親才三天，即進京趕考。妻蕭氏給他金釵半支，菱花鏡半面，弓鞋一只，作為表記。及第之後，出使匈奴，給單于留住，招為駙馬，……文龍設法逃回，……有個歹人宋忠，正想謀占蕭氏，文龍正好趕到。然而他離家已二十一年，面貌全異，起初家中不敢相認，文龍拿出當年的三件表記來，大家這才相信，一家團圓云。」見錢南揚：《宋元戲文輯佚》，頁214～218。

鏡半面與弓鞋一只，初爲夫妻臨別時蕭氏所贈。二十一年後丈夫歸來，又憑此三物證實身分，與家人重新團圓；又如《樂昌公主破鏡重圓》〔註77〕中，樂昌公主與夫婿徐德言戰亂中分鏡而別，最後又憑兩片破鏡重會彼此。皆是令表記在相贈動作之外，更成爲人物重合的積極力量。由於篇幅大增，南戲中的人物遭遇較元雜劇更爲複雜曲折，表記情節的前後呼應，不僅止於突出主線的作用，更有收束劇情、使結構不致流於渙散雜蕪之效。惜上述二劇僅存的佚曲中，只能看到臨別與重圓時提及表記的情節；但在現存全本的《荊釵記》中，則能看到表記荊釵於腳色分合的始末，多處重現、推動情節並貫穿首尾的結構模式：

今見《荊釵記》雖皆屬明人改本，然明嘉靖姑蘇葉氏刻本《影鈔新刻元本王狀元荊釵記》〔註78〕猶保留較多的古本面貌。其中已可見王母以荊釵爲聘禮、玉蓮擇荊釵而拒金釵、玉蓮繫釵投江，以及王十朋認釵團圓的情節。在荊釵流轉的過程中，致使人物由分到合，推動情節趨於圓滿。而劇旨所欲表彰的「節夫義婦」精神，也透過玉蓮擇嫁荊釵、守釵殉節，以及十朋見釵念情的種種戲劇活動展現，奠定了全劇情感發展以荊釵始終的敘事架構。並能聯繫生旦兩方面的線索，有別於元雜劇單一角度地抒陳人物心事，在全劇結構的綰合作用上發揮更大的效果。明清文人對此種藉一物件貫穿離合的關目、結構頗爲讚許，如徐復祚認爲：「《琵琶》、《拜月》之下，《荊釵》以情節關目勝。」〔註79〕，李漁更盛讚此劇「一線到底，並無旁見側出之情」〔註80〕。劇中「以物爲聘」、「出物試人」與「見物認人」等關目，也爲明傳奇所繼承，

今見鈔寫於明宣德年間的南戲《劉希必金釵記》，亦寫劉文龍與蕭淑貞故事，當爲此劇改本。

〔註77〕《樂昌公主破鏡重圓》已佚，今存佚曲三十一支，參照《本事詩》記載可看出劇情梗概：南朝陳覆亡之際，駙馬徐德言與樂昌公主各執半鏡而別，樂昌入楊素府，得楊助之賣破鏡尋夫，夫妻果因此得以重聚。見錢南揚：《宋元戲文輯佚》，頁223～228。

〔註78〕《王狀元荊釵記》劇述王十朋以荊釵聘錢玉蓮，赴考後中狀元，不從万俟丞相招贅，被陷遠調潮州。十朋家書遭富豪孫汝權竄改爲休書，後母逼玉蓮改嫁孫汝權，玉蓮不從，繫釵投江，爲錢安撫救起。錢安撫赴任路經吉安，升任吉安府縣的王十朋登舟拜會，言談中錢知王爲玉蓮之夫，設宴並出荊釵試之，方促成十朋、玉蓮一家團圓。見《古本戲曲叢刊初集》第二函《原本王狀元荊釵記》。

〔註79〕徐復祚：《曲論》，《中國古典戲曲論著集成》第四冊（北京：中國戲劇出版社，1982），頁236。

〔註80〕李漁：《閒情偶寄·減頭緒》（台北：明文書局，2002），頁11。

成為常見的情節套式。該劇盛演數百年的影響力〔註 81〕，加上明季文人在創作上相繼模仿的推波助瀾，使表記在傳奇結構中舉足輕重的地位由此發軔，成為明傳奇以表記貫穿全劇、綰合生旦情節線索之結構模式的濫觴。

元雜劇與南戲中表記關目的特色，除了建立在文學體制的差異上，更受到敘事觀點的影響，而呈現不同的風貌；即如郭英德所指出：「北曲雜劇在整體上更多地屬於文人敘事，而南曲戲文在整體上則更多地屬於民間敘事。」〔註 82〕北曲雜劇的文人敘事觀點體現於凝鍊嚴密的戲劇結構，以及細緻深入的人物刻劃。表記情節呈現在簡鍊的篇幅中，自不允許為繁枝蔓節，故往往能造成足以決定情節走向的影響力，並擔負著形塑人物性格、反映人物內心，甚至是突出劇旨的功用，對角色投射於表記的情感有較細膩的抒發。

南曲戲文的民間敘事觀點，則表現在開放性的敘事架構中；敘述筆法依事件發生的順序，分別就生、旦兩方線索，生活化地逐一鋪陳。表記情節在其中僅是點染事件某一環節的方式，並未自覺地據此物設置佈局排場；縱有前後呼應的情節，亦只在事件後來的發展中出物提點或化解困境，但並不構成引發衝突或轉折的直接原因。而單齣中的表記描寫，則著重在情境的鋪陳或人物的互動，較少內心感觸的挖掘，表記也僅僅作為傳達情意的媒介，物件本身的象徵意涵較為薄弱。

小　結

綜上所述，可看出明代以前，表記文學在不同時代風氣與文體特質下的遞變情形，亦可見《六十種曲》中表記母題獨特風貌的形成過程。以下就歷代文學中表記類型、贈物方式與贈物描寫三方面的變化作一簡單總結：

表記類型方面，先秦以自然界的花草瓜果為主，或贈玉珮表相託終身之意。漢魏詩歌中女性閨閣之物的運用成為表記類型的傳統；漢末離亂的時局下，則多有珍藏傳遞音訊的書信作為表記的古詩。六朝時則出現大量的贈答

〔註 81〕 王驥德：「古戲如《荊》、《劉》、《拜》、《殺》等，傳之幾二三百年，至今不廢。以其時作者少，又優人戲單，無此等名目便以為缺典，故幸而久傳。」見陳多、葉長海注釋：《曲律・卷三・雜論第三十九上》（長沙：湖南人民出版社，1983）頁 203。

〔註 82〕 郭英德：《明清傳奇戲曲文體研究》，頁 293。

之詩，使詩歌進入表記之列。至唐宋詩中，表記則漸趨文人化，詩詞書畫以外又常見以硯、秤、杖、壺等充滿個人色彩的物件相贈。而唐傳奇則在六朝志怪小說的基礎上，常見異類之間相贈珍寶，以渲染神仙境界之靈貴高妙。宋詞、宋話本與元曲中則多贈以繡閣用品或貼身物件，暗示著市井小民奔放大膽的情慾表現。

　　表記贈受的方式上，先秦文學中常藉贈物表達當下之情意，多為即時性的贈受。至漢末的離亂背景下，出現了許多寄遠之作。六朝則多有以物贈行的風氣。唐宋之後，不僅面贈、寄贈或臨別留贈等手法在文學中得到大幅開展，宋話本和元雜劇中，更出現了以物之遺、拾傳遞表記，與憑藉巧合使物件流轉至對方手中的贈受方式。可見明傳奇贈物情節模式的淵源與基礎。

　　對於贈物過程或心境的描寫，先秦到六朝的文學中僅止於點出贈物的事件，或鋪寫當下單純的悅慕之意。唐詩始針對表記的特質、意義深入發揮，唐傳奇也才較細緻地寫出贈物過程的人物動作與情緒。宋話本中表記在全文開始佔有重要地位，常反覆出現而成為關鍵性情節。元雜劇中以表記貫穿敘事線索成為常用手法，使表記對全劇結構產生重要作用。南戲則奠定了以表記情節縮合生旦雙線的結構模式。此一逐步發展的過程，便造就了明傳奇大量運用表記貫穿結構、縮合線索的重要手法。

第三章 《六十種曲》表記情節模式化溯因

　　明傳奇中大量表記情節的運用，以及特殊風貌的形成，除了繼承或加以轉化自前代文學的傳統，更受到明代社會經濟、時代思潮、文化精神，以及文學的體製發展、傳播方式等因素的影響。本章首先由傳統文化與明代社會經濟等外在面向切入，探究表記在婚戀劇中大量出現的社會背景；次論及明代傳奇特殊的創作群體——文人階層，分析在其審美趣味下，選擇表記作為創作素材的考量；繼而以明傳奇敘事程式化的原因來觀察大量表記情節的出現，探究文學體製對此類情節模式形成的影響；最後從明代戲曲在案頭與場上的傳播考量出發，透過作者藉模仿成功文學案例以爭取市場的創作心理定勢，來看表記情節程式的流行所蘊含的社會文化心理，並從明傳奇的演出改本中，觀察觀眾對表記情節的接受程度，及帶給作者的創作反饋。

第一節　贈物傳統的淵源與發展

　　歷代文學中藉贈物表達情感的手法，乃根植於中國社會深厚的文化基礎，反映了傳統文化中饋贈禮俗在人際交往上深植人心的程度。及至明代，商業的發達與經濟的提升，不僅在饋贈的物類上帶給人們更多樣化的選擇，並在物質觀念上衝擊了人們原有的價值觀，連帶使文人在情感表達、人生態度方面都有所轉變。明代傳奇中表記情節的大量出現，若就形式層面來考察，一方面是對傳統文化的延續與發揚，另一方面則是受當代經濟發展的刺激。

本節即就中國傳統饋贈禮俗，以及明代的經濟發展兩方面略作析論：

一、饋贈制度與風俗的反映

　　將情感建立於物之贈受，不僅是文學表現手法的一種，更是中國古代饋贈禮儀、戀愛風俗與嫁娶制度的反映。饋贈行為早在人類原始的社會已經發生，馬歇・牟斯（Marcel Mauss）在其著名的《禮物》（the form and reason for exchange in archaicsocieties）一書中提到，這種因應生活需求而進行的物質交換，是後來發生交換禮物習俗的根基。〔註1〕而在中國的傳統社會中，饋贈行為除了單純的物質交流，更與儒家的禮教文化與政治需求結合，發展成一套縝密而系統化的禮俗規範。

　　這套禮制系統，將饋贈行為注入了「德」與「禮」的內涵，藉此建立儒家政治下，嚴密的宗法關係與社會秩序。於是士人間出現了「無辭不相接也，無禮不相見也」〔註2〕的禮節規制，士與卿大夫、諸侯初謁皆需以贄為禮，且隨贈者社會身分的不同，所持贄禮亦有區別。如《禮記・曲禮》所載：

> 凡贄，天子鬯，諸侯圭，卿羔，大夫雁，士雉，庶人之贄匹，童子委贄而退，野外軍中無贄，以纓拾矢可也。婦人之贄，椇榛脯修棗栗。〔註3〕

根據天子、諸侯、卿、大夫、士、庶的階層不同，男子、婦人、童子的性別、年齡有異，甚至是在野外、軍中等特殊場所，無法以一般定制行相見禮時，贄禮都有具體而嚴格的分際。這些贄禮的選擇皆有特定的涵義，如卿大夫贈羔，乃「取其群，而不失類，且潔素也」；士贈雉，則是取其「性耿介，唯敵是赴」；皆以此物特性或動物習性符合該身分之精神者作為自致之禮；婦人贈椇榛脯脩棗栗六物，則因「椇訓法也，榛訓至也，脯始也，脩治也，棗早也，栗肅也。」〔註4〕或取諧音，或借引伸，寄託對婦人的訓勉之意。可見中國的

〔註1〕【美】牟斯（Marcel Mauss）：「我們所知最古老的經濟制度是由『全面性報稱關係』構成的──即世族之間的饋贈，藉此制度人與人、團體與團體得以互換各種物品。這個現象是後來發生交換禮物習俗的根基。」汪珍宜、何翠萍譯：《禮物：舊社會中交換的形式與功能》（the form and reason for exchange in archaicsocieties）（台北：遠流出版社，1989），頁 93。

〔註2〕《禮記・表記》，鄭玄注，孔穎達疏：《禮記注疏》（台北：藝文印書館，1997），頁 909。

〔註3〕《禮記・曲禮》，頁 101。

〔註4〕孔穎達：《禮記・曲禮・疏》，頁 101。

饋贈文化，早在先秦時期已發展出豐富的「物外之意」，贈物行為不僅是物質的交流或禮儀的形式，更帶有精神的象徵意義與倫理的強化作用。

贈物動作本身又含有接受回饋的期待。牟斯即指出「享用」與「回報」的責任，和「饋贈」與「接受」的權利同時並存，可視為「物與物間精神上約束力的模式」〔註5〕。中國儒家進一步把此種自然心態納入禮教內涵，講究「往而不來非禮也，來而不往亦非禮也。」〔註6〕，形成「禮尚往來」的傳統觀念。《詩經·大雅·抑》中衛武公用以自勵的治國原則「投我以桃，報之以李」〔註7〕，便是這種觀念的體現。施、報之間的平衡成為贈物、受物的原則，在有來有往的贈受行為中，形成人際上的某種信約關係：藉物的回贈寄託情感的回應，使贈受雙方達成某種人情上的聯繫。在禮制的規範下，這種精神上的約束力量得到鞏固，又發展出雙方相互贈物，以象徵某一協議或盟約之形成的傳統，大至國與國之間的立書結盟，小至天子與諸侯間的剖符分封，乃至於個人與個人間的指物為誓。中國饋贈文化中，所贈物件的象徵意涵與約束力量，遂成歷代文學家傾注浪漫思維的載體，也成為中國文學中表記母題的基本精神。

饋贈文化最常見於文學中的題材——男女間的表記饋贈——亦有深厚的文化傳統為根柢；中國民間自古即有相戀男女互贈信物的風俗，聞一多據《詩經·國風》裡〈木瓜〉、〈丘中有麻〉、〈女曰雞鳴〉、〈摽有梅〉等詩篇中投果、贈玉的描寫，考證此為士女求配的民間風俗，認為早在先秦，民間男女即有此種藉由投擲瓜果、報以佩玉，以訂終身的習俗〔註8〕。除了以投擲瓜果、回報隨身佩玉為記，更有以戒指、鳳釵、羅漢錢、如意、手帕、紅豆等物相贈定情的傳統〔註9〕。從情人之間不成文的默契，到普遍行於民間的風俗，贈物

〔註5〕 【美】牟斯：「一系列有關享用和回報的權利，與有關饋贈與接受一連串權利與責任同時並存。……它在最初基本上是一種物與物間精神上約束力的模式——這些物就某種程度而言，又是其所有者的一部分，而人與人之間及群與群之間的行為從某種角度來看就好像是物一般。」見汪珍宜、何翠萍譯《禮物：舊社會中交換的形式與功能》，頁24。

〔註6〕 《禮記·曲禮》，頁16。

〔註7〕 《詩經·蕩之什·大雅·抑》，頁138～139。

〔註8〕 聞一多：「古俗於夏季果熟之時，會人民於林中，士女分槽而聚，女各以果實投其所悅之士，中焉者或以佩玉相報，即相約為夫婦焉。」《聞一多全集（二）·詩經新義·摽》，頁88。

〔註9〕 見鄭傳寅、張健主編：《中國民俗辭典》（香港：商務印書館，1987），頁40～41。

傳情於是成為愛情中不可或缺的表達方式。

先秦以來,「六禮」的婚姻制度逐漸完備,漢以後歷代風俗都不同程度的延循此套制度。「六禮」中最重要的兩個環節:「納采」與「納徵」,皆是以物為聘的儀式;一方面為儒家「無禮不相見」倫理觀的具體展現,另一方面,也符合民間風俗中,以物試探情意,進而見證姻緣的精神。納采為「將欲與彼合婚姻,必先使媒氏下通其言,女氏許之,乃後使人納其采擇之禮。」〔註10〕,是嫁娶儀式的第一階段。男子以鴈為禮,取其隨時序南飛,明女子嫁夫隨夫之意,又鴈飛成列,表不逾越長幼之序、嫁娶之禮。〔註11〕後世的納采之禮或有增減,卻皆有其代表意義,如《通典》所引漢代公侯士大夫納采之禮達三十種,每種各有含意〔註12〕,均寄予了男家對婚姻和諧、子孫眾多的期望。而女家受禮,則表示對這樁婚事的允許,藉由對聘物之贈與收,作為一樁婚事的確立。納徵則為「使使者納幣以成婚禮」〔註13〕,徵,證也、成也;幣則指玄纁、束帛、儷皮等贄禮。在納徵儀式過後,兩家正式訂定婚約,而作為財禮的皮帛,便被賦予了憑據、見證的性質。

及至後代,婚禮的形式愈加繁複盛大,財禮也漸趨鋪張,聘物被賦予的傳情與憑證意義卻愈形薄弱。在儒家傳統中,聘娶制度成為合法婚姻的保證,納采或納徵的儀式也多由雙方家長籌備進行。嫁娶當事人之間富有實際情感的表記私相授受行為則被社會道德所不允許,聘物置辦也漸淪於財力的競

〔註10〕 鄭玄注,賈公彥疏:《儀禮·士昏禮·注》,(台北:藝文印書館,1982),頁39。

〔註11〕 鄭玄注,賈公彥疏:《儀禮注疏·士昏禮·注》:「用雁為摯者,取其順陰陽往來。」,頁961。

〔註12〕 杜佑:「禮物按以玄纁、羊、鴈、清酒、白酒、粳米、稷米、蒲、葦、卷柏、嘉禾、長命縷、膠、漆、五色絲、合歡鈴、九子墨、金錢、祿得香草、鳳皇、舍利獸、鴛鴦、受福獸、魚、鹿、烏、九子婦、陽燧,總言物之所眾者,玄象天,纁法地,羊者祥也,群而不黨,雁則隨陽,清酒降福,白酒歡之由,粳米養食,稷米粢盛,蒲眾多性柔,葦柔之久,捲柏屈卷附生,嘉禾須祿,長命縷縫衣延壽,膠能合異類,漆內外光好,五色絲章采,屈伸不窮,合歡鈴音聲和諧,九子墨長生子孫,金錢和明不止,,祿得香草為吉祥,鳳皇雌雄伉合,舍利獸廉而謙,鴛鴦飛止須匹,鳴則相和,受福獸體恭心慈,魚處淵無射,鹿者祿也,烏知反哺,孝於父母,九子婦有四德,陽燧成明安身。又有丹為五色之榮,青為色首,東方始。」見《通典·卷五十八》,收於《景印文淵閣四庫全書·史部三六一》(台北:台灣商務印書館,1983),頁 716～717。

〔註13〕 鄭玄注,賈公彥疏:《儀禮注疏·士昏禮·注》,頁42。

炫。贈物定情習俗在儒家「父母之命，媒妁之言」的婚姻原則下受到壓抑、批判，卻仍在少數民族的風俗中留存下來。如廣西賓州男女以詩歌擇偶，後交換扇、帕定情，而婚禮照行禮聘〔註14〕；白族姑娘贈麻草鞋定情〔註15〕；福建畬族則由少女贈情郎腰帶，情郎回贈毛巾，並以歌謠紀錄贈物過程〔註16〕，洋溢著純樸活潑的氣息。贈物表情、憑物思人的浪漫情懷亦在詩文傳統中醞釀發酵，使愛情主題在中國文學中蔚為大觀，縱被衛道人士冠以「淫詞艷曲」之名，卻生動地反映了此種風俗的精神，從未被僵化的教條思想所掩蓋。而戲曲文學中作為聘禮或定情物的表記，更將淪為形式的六禮，重新注入古俗的精神內涵，而產生藝術化的新面貌。

二、經濟發展的影響

　　表記文學發展至明代傳奇蔚為大觀，除了傳統饋贈文化的滋養，更受到明代經濟發展下社會時尚轉變的影響。明中葉以後，商品經濟興起，商業與手工業日益發達，文人薈萃的江南地區，更是全國商業市鎮率先崛起的繁盛之地。如成化、弘治年間以綾紬業崛起的吳江縣盛德鎮，乃「方巷開絡，棟宇鱗次，百貨具集，通衢市肆以貿易為業者，往來無虛日。嘉隆以來，居民益增，貿易與昔不異。」〔註17〕，說明了江南市鎮商賈輻輳、百物匯集的盛況；又如正德年間刻印的《江寧縣志》中，擇精羅列出江寧豐盛的物產百餘項，其中不乏由他鄉移入的品種，所產亦販出各鄉或供歲貢〔註18〕，足見商品流通之廣與數量之多。人們對品物種類的選擇與取得的方便性大大提高，對物質生活的重視程度也日漸加強，從嘉靖《涇縣志》的記載可見一斑：

> 至成化、弘治年間，生養日久，輕役省費，民稱滋殖，此後漸侈。
> 田或畝十金，屋有廳室，倣品官第宅。男子衣文繡，女子服五綵，
> 衣珠翠，金銀滿飾，務華靡，喜誇詐。〔註19〕

〔註14〕王貴民：《中國禮俗史》（台北：文津出版社，1993），頁277。

〔註15〕雪犁主編：《中華民俗源流集成・婚姻卷》（甘肅：人民出版社，1994），頁129。

〔註16〕華梅：《服飾與中國文化》（北京：人民出版社，2001），頁664～665。

〔註17〕倪師孟等纂，陳纕等修：《吳江縣志・卷四・鎮市村・吳江縣市》（台北：成文出版社，1975），頁125。

〔註18〕王誥、劉雨纂修：《江寧縣志・卷三・物產》據明正德刻本影印，收於《北京圖書館古籍珍本叢刊24・史部・地理類》（北京：書目文獻出版社，1988），頁724～727。

〔註19〕范鎬纂修，王廷榦編纂，邱時庸校刊：《嘉靖涇縣志（安徽）・輿地紀卷之二・

成化、弘治年間商業的興起，帶動社會的富庶繁榮，也使人們在消費習慣上，一改明初儉樸淳厚的風氣，衣、食、住、行各方面都更加講究。服飾務求華麗誇張，庶民宅第宴會的奢豪程度更直追品官，物質享受上益求精緻，奢靡之習漸起。而在自賦風雅的文人眼中，除了享受精緻生活所帶來的愜意雅趣以外，更喜強調寄寓於賞玩之物的情趣，來標榜自己的清雅格調。如沈春澤在《長物志》的序中說道：

> 夫標榜林壑，品題酒茗，收藏位置圖史、杯鐺之屬，於世為閒事，於身為長物，而品人者，於此觀韻焉，才與情焉，何也？挹古今清華美妙之氣於耳目之前，供我呼吸；羅天地索雜碎細之物於几席之上，聽我指揮；挾日用寒不可衣、饑不可食之器，尊瑜拱璧，享輕千金，以寄我慷慨不平，非有真韻、真才與真情以勝之。其調弗同也。〔註20〕

沈氏所言一改過去文人不滯於物、安貧樂道的刻苦形象，將往昔因「寒不可衣」、「饑不可食」而被視為「長物」〔註21〕的奢侈物品或娛樂，慎重陳列、精心把玩，甚至奉若珍寶，藉由品題酒茗、收藏圖史、把玩杯鐺等對生活的精緻享受，以及對物之精神氣韻的領會，來凸顯自身的才情、秉性之不俗。文震亨在《長物志》中更對這些日常用物的材質慎重其事地書寫評價，除了其實用價值，更賦予該物精神意義與價值論述〔註22〕，即可看出晚明文人「物觀」的轉向——相較於宋代文人對文化生命的重視，明代文人則更關注俗世

風俗》，《天一閣藏明代方志選刊續編》（上海：上海書店，1990），頁80。

〔註20〕沈春澤：〈長物志・序〉，載於文震亨《長物志》書後（台北：商務印書館，1966），頁1。

〔註21〕該書命名「長物」，用劉義慶《世說新語・德行第一》：「恭作人無長物」之典故，指多餘無用之物，即明人眼中閒適遊戲之物。見紀昀：《欽定四庫全書總目・卷一百二十三・長物志》：「其曰『長物』，蓋取《世說》中王恭語也。凡閒適玩好之事，纖悉畢具。」，《欽定四庫全書總目・子部三十三・雜家類七》（北京：中華書局，1997），頁1639。

〔註22〕如「屏」條曰：「屏風之制最古，以大理石鑲下座精細者為貴，次則祁陽石，又次則花蕊石，不得舊者，亦須仿舊式為之。若紙糊及圍屏木屏，俱不入品。」分出大理石、祁陽石、花蕊石、紙、木等材料用於製屏的品味高下，又別出「新」、「舊」式樣的高低，帶出「屏風」穩重大氣而古雅的物品風格；又如「床」條曰：「……近有以柏木斮細如竹者，甚精，宜閨閣及小齋中。」以柏木紋理直、結構細、雕工精的特質，作為製床材質的最佳選擇，帶出「床」的陰柔與閨閣氣息。見文震亨：《長物志・卷六》（台北：商務印書館，1966），頁44～45。

生命中美感的經營〔註23〕。這種將精神生活寄託於物質上的價值取向，成為明代文人普遍的生活態度。反映在傳奇創作上，劇中人透過「物」表達或寄託精神情感成為常見的情節設計，前代文學中既有的贈物表情手法於是大行其道，此物卻受到較過去更多的關注與著墨。無論是情感的象徵意涵，或對情節推展的實質作用，都被賦予了更強烈的存在價值。

　　商品市場的多樣化，更是明傳奇中表記種類大幅開展的基礎。雖受文學傳統之影響，《六十種曲》中的表記類型不脫妝品佩飾、詩箋畫容、貼身物品與奇珍異寶四類〔註24〕，然紙種就有「錦城薛濤遺製」〔註25〕的錦箋、以「寫頰胭脂染成」〔註26〕的霞箋，以及經過套印的烏絲欄紙等；布製品就有青衫、香囊、紗、春蕪帕、練囊、綿衣等。而最具時代特色者則是玉製品的大量出現，除了歷代文學中常見的玉環、玉玦、玉簪等佩飾，又有如玉合、玉鏡臺、玉縧環、紫玉釵等玉製物品，數量眾多而種類各異。由社會經濟的層面觀之，此乃受明代玉雕製作工藝發展臻於高峰的影響；中國自古即有濃厚的玉文化傳統，其風格、用途與象徵的文化意涵在歷史上幾經遞嬗，經過從祭祀用玉，到禮制用玉，再到裝飾用玉的發展歷程〔註27〕。及至明代，由於質量俱高的新疆和田玉大量流入，使玉材得到穩定的供應；商業與手工業的興盛，更促使玉器進入規模化的生產、銷售模式，在消費市場上得到普及；琢玉工具亦有所革新，使玉器漸脫離了五代、兩宋形神兼備的藝術傳統，追求精雕細琢的藝術風格，並融合繪畫與雕刻的技藝，著重玩賞與裝飾功能的審美價值。整體而言，玉製品在明代不僅數量、種類大增，且在審美價值上更普遍地往生活化、世俗化的方向發展，加之玉材本身濃厚的文人意趣與古

〔註23〕毛文芳指出，北宋文人強調個體心靈的自由無拘，即打破以物為役、滯於外物的觀念；明代文人則特別注重俗世日常生活中，美感細膩的經營，喜好足以喚引美感欣趣的各種事物，世俗的山水、園林、書畫、古玩、美人……均被納入美感品鑑的物類範疇中，以成就其閒賞審美的生活。見《物‧性別‧觀看——明末清初文化書寫新探》（台北：學生書局，2001），頁28～29。
〔註24〕關於《六十種曲》中表記類型的說明，詳見本文第四章第一節：〈表記象徵意涵與描寫手法〉。
〔註25〕周履靖：《錦箋記》，《六十種曲》第九冊（原第五套），頁17。
〔註26〕無名氏：《霞箋記》，《六十種曲》第七冊（原第四套），頁12。
〔註27〕楊伯達指出：「我國玉器史、玉文化史可分為史前時期的巫玉（神器）、歷史時期的王玉（瑞器）以及民玉（玉翠飾玩）三個大階段。」詳見楊伯達著：《巫玉之光——中國史前玉文化考論‧巫—玉—神泛論》（上海：上海古籍出版社，2005），頁227。

之幽情〔註 28〕，遂成明劇作家於劇中作爲寄託情感與雅趣的表記之最佳選擇。

　　物資流動的頻繁，以及士商關係的轉變，也直接影響了傳奇中表記運用的情形。商人的地位隨著經濟發展逐漸提高，士商之間漸有交游、通婚，甚至有士人經商的情形〔註 29〕，扭轉了明初「重農抑商」、「商爲四民之末」的觀念。商業行爲之於文人不再被當作「奸僞之業」〔註 30〕，反而視之爲物資流通的普遍管道。在傳奇創作上，商業性的販賣、易物，便常成了劇作家設計情節中表記流轉、藉以鋪排人物際遇的手法，商業行爲的描寫較之前代遂大大增加。如《明珠記》中，王仙客將表記「明珠」歸還劉無雙時，無雙囑其「客中貧乏，賣來供給」〔註 31〕，後仙客亦以此珠作爲財禮，贈送古洪以求相救無雙；《雙珠記》與《香囊記》中的表記，則因失落別處，爲他人拾得，作爲財物換取酒飯，而回歸贈者手中；《青衫記》中白居易以「青衫」典酒，《玉合記》中韓翃出售家傳「玉合」，都因商業行爲而使表記到達女主角手中；《紫釵記》霍小玉求售「紫釵」，以資尋夫，《紅拂記》徐德言賣「破鏡」以求與樂昌公主重會，亦透過商業行爲促成最後的團圓。在這些具有商業意義

〔註 28〕 即如張燕於〈論中國玉器的形而上意義及其衍變〉文中所言：「明代玉器，世俗趣味與古之幽情結合，文人參與玉器設計，陳設玉器造型敦厚典雅，山水花鳥、唐詩宋詞、吉祥紋樣成爲玉器的文飾，江南成爲明玉的生產中心，蘇州名工薈萃，……表現出文人優雅的意趣和江南生活的精緻；佩玉則更世俗化，寓意盡在『吉祥』。」，見《東南大學學報》（社會科學版），第一卷第四期，1999，頁 64。

〔註 29〕 士商的交遊情況，可從明中後期士人爲商人作墓誌銘、壽序的情況看出；如歸有光爲新安商人程白菴作壽序指出，其早年客居吳地，「吳之士大夫，皆喜與之遊。」見歸有光：《震川先生集・卷十三・白菴成翁八十壽序》（上海：上海古籍出版社，2007），頁 318；士商通婚的情形，則如管志道所指出：「近乃有起家鉅萬之豪僕，聯姻士流。」見管志道：《從先維俗議・卷二》，收於《四庫全書存目叢書・子部第八八冊・雜家類》（台南：莊嚴文化事業有限公司，1995），頁 273。士人經商的記載，如上述歸有光文中亦指出：「古者四民異業，至於後世，而士與農、商常相混。……故雖士大夫之家，皆以畜賈遊於四方。」（頁 319）；黃省曾亦有言：「縉紳仕夫多以貨殖爲急。」見黃省曾：〈吳風錄〉，收於《續修四庫全書 733・史部・地理類》（上海：古籍出版社，2002），頁 791。

〔註 30〕 明初推行「重本抑末」政策，所謂「抑末」，張正明指出「包括不准商人入仕、限制商人的生活水平，把商業看成『奸僞之業』，把商人看成末等之民。」，見《明清晉商及民風》（北京：人民出版社，2003），頁 86。

〔註 31〕 陸采：《明珠記・橋會》，《六十種曲》第三冊（原第二套），頁 83。

的人物動作之下，表記除了傳達情意與見證承諾的精神內涵之外，又被賦予了物質上的商品性質。並藉由表記財價的發揮，作爲推進情感發展的具體力量。將物件的物質價值與精神內涵透過劇中的商業行爲緊密結合，是傳奇在明代社會的商業刺激下發展出的特色之一。

明代經濟發展引起的社會風尙改變，對文人傳統價值觀的顚覆，不僅在於物質生活的講究，更甚者由奢侈之習引發僭越之風，衝擊了宋明以來鞏固儒家傳統的理學思想。試看以下幾條記載：

> 今貴臣大家，爭爲侈靡，眾庶傚效，沿習成風，服食器用，逾僭凌逼。〔註32〕

> 舊志：「人有恆產，多奢少儉」。則知人情之易流於奢也，在昔已然，而今又非昔比矣。邸第從御之美、服飾珍羞之盛，古或無之。甚至僕隸賣庸亦泰然以侈靡相雄長，往往僭禮逾分焉。〔註33〕

> 今世流品，可謂混淆之極，婚娶之家，惟論財勢耳。〔註34〕

明朝法令對社會各階層所應遵循的品級用度，都有具體而嚴格的規制。然明代中後期奢侈之風漸起，貴族率先仗財揮霍，逾越了官民之分。庶民之家起而傚尤，民女僭用命婦服飾、庶民宴飮例份超越王公，奢華程度古所未有，甚至連僕隸之屬，亦公然僭禮逾分。生活用度如此，門當戶對的婚姻觀亦遭到破除。只要憑藉財勢，即可打破階層分明、規範森嚴的品第限制，造成社會倫理秩序的悖亂，宋明理學所倡導的傳統道德體系於是產生動搖。加上奢侈風氣引起縱慾享樂的價值追求，素爲理學所壓抑的私慾再度被視爲人性之必需，個人主體意識得到覺醒、發揚，刺激明中葉以後泰州學派乃至於主情思想的盛行。

第二節　文人審美價值的主導

戲曲一體自誕生之初，即爲「士夫罕有留意」〔註35〕的大眾娛樂，世俗

〔註32〕無名氏：《明實錄・神宗實錄・卷一七二》（台北：中央研究院歷史語言研究所，1967），頁3122。

〔註33〕周世昌：《萬曆重修崑山縣志・卷一・風俗》（台北：台灣學生書局，1987），頁199。

〔註34〕謝肇淛：《五雜組・卷十四・事部・二》，收於《續修四庫全書1130・子部・雜家類》，頁635。

〔註35〕徐渭著：「（南戲）其曲，則宋人詞而益以里巷歌謠，不叶宮調，故士夫罕有

傾向十分明顯，無論是元雜劇或南戲，都充滿了質樸俚俗的市民趣味。及至明代，則因大批文人的投身創作，使傳奇在語言風格上愈趨典雅，社會價值逐漸由末技小道的市民娛樂，蛻變爲知識份子寄情寓懷的文藝形式，題材、內容與精神上更注入了濃厚的文人審美趣味，而形成明傳奇獨特的風貌。

本節即由此一獨特的創作群體著眼，探討明代劇作家在文人價值的主導下，選擇表記作爲傳奇中抒情與敘事載體的審美趣味。具體影響可就創作的形式手法與作品的主題思想兩個層面論析：

形式手法上，文人將詩詞中物我交感、據物抒懷的抒情傳統，帶入傳奇創作之中，可見以曲體繼承詩詞本質的價值反映。加之傳奇的代言特徵與曲折的敘事架構，遂使客觀物象所象徵的主觀情意呈現更豐富的層次感。

主題思想上，明中後期心學思潮對文人的刺激，則引起文人對自我情感的重視，於是劇壇出現了由重「理」的教化劇往重「情」的風情劇轉移的趨勢。湯顯祖《還魂記》問世後，劇作家更紛紛透過「情至」主題的標榜，表達對宋明理學僵化教條的抗衡。

表記作爲劇中託物言情手法的具體實踐，亦適足以承載以情爲主旨的思想內涵。傳奇創作中抒情手法與主題思想的文人價值投射，即構成此一情節大量出現的內在動因。以下便就此二者分別論述：

一、借物起興傳統的繼承

中國文學中對外物的摹寫、觀照，往往寄寓了作者自身的主觀意識，此一傳統奠基於先秦哲學獨特的觀物思維；早在殷周之際《周易》取自然物象作爲卦象「以通神明之德，以類萬物之情。」〔註36〕，來解釋天地萬物與人事之間的變化聯繫，對物象的觀察即充滿了濃厚的主觀色彩，奠定了中國審美風格中「觀物取象」〔註37〕的思維方式。

留意者。」，見李復波、熊澄宇注釋：《南詞敘錄注釋·敘文》（北京：中國戲劇出版社，1989），頁5。

〔註36〕《易經·繫辭·下》：「古者庖犧氏之王天下也，仰則觀象於天，俯則觀法於地，……始做八卦，以通神明之德，以類萬物之情。」《周易注疏》（台北：藝文印書館，1982），頁166。

〔註37〕吳中杰主編之《中國古代審美文化論》說明中國審美文化中「觀物取象」的傳統：「中國藝術的創造者們常把目光投向無限的客觀自然世界，在自然中搜尋表達主體情思的感性符號，以『物』作爲藝術創造的出發點，此即所謂中國藝術中的『觀物取象』。」，見《中國古代審美文化論·第二卷範疇卷》（上海：上海古籍出版社，2003），頁200。

在儒、道的哲學體系中，對物我關係的探討，亦往往帶有借物明道的意味；如儒家云「知者樂水，仁者樂山。知者動，仁者靜。知者樂，仁者壽。」〔註 38〕，山水的自然特性，被作為智者與仁者道德特質的對照，乃是將主觀的道德屬性投射於客體，而產生的審美眼光。這一層道德意識的寄寓，即儒家倫理觀下的審美心理定勢，於是在客觀物象的觀察體會上，儒家所表現的其實是倫理人格的展現，寄託了更多觀物者本身的道德思想。

道家則與儒家突出「我」的主體性相反，主張將主體意識消融於大化之中。透過「致虛極，守靜篤」〔註 39〕的「無為」修養觀照萬物，方能打破價值評判，使主體與客體完全融為一體，達到「天地與我並生，而萬物與我為一」〔註 40〕的境界，以破除自我形軀與認知上對生死、是非的執著。老莊的觀物哲學看似泯除了自我的意識，然就其思想體系而言，仍將對物的觀照作為達到自我人格境界的方法，即如袁濟喜所說：「道家以主體融入大塊之中作為人生的最後解脫，儒家則將自然作為向主體生成的參照物。」〔註 41〕儒道在物我合一的立場上雖然對立，卻同樣藉由對客觀外物的體悟、觀察，達到自我人生的提升、淨化。

這種物我關係的定位，構成中國文化與美學的傳統意識，致使長期浸淫儒道思想的中國文人，在以言志、抒情為本質的詩歌創作上，往往將心與物的契合視為審美體驗產生的原動力；如鍾嶸《詩品·序》：「氣之動物，物之感人，故搖蕩性情，形諸舞詠。」〔註 42〕、劉勰《文心雕龍·明詩》：「人秉七情，應物思感，感物吟志，莫非自然。」〔註 43〕皆強調「感物」作為文學藝術創發之原動力的重要性。對外在客體產生的審美感受，並非來自物象本身的自然美感，而是創作主體「情」、「志」的投射。宋人李仲蒙則由情物交感的角度，詮釋詩歌傳統的創作手法「賦比興」：「敘物以言情，謂之賦，情

〔註 38〕何晏注，邢昺疏：《論語注疏·雍也》（台北：藝文印書館，1997），頁 54。

〔註 39〕老子：《道德經·道經·十六章》，朱謙之校釋《老子校釋》（台北：華正書局，1986），頁 64。

〔註 40〕陳鼓應注譯：《莊子今注今譯·齊物論》（台北：台灣商務印書館，1989），頁 80。

〔註 41〕袁濟喜：《和──中國古典審美理想》（北京：中國人民大學出版社，1989），頁 180。

〔註 42〕鐘嶸著，汪中選注：《詩品·序》（台北：正中書局，1997），頁 1。

〔註 43〕劉勰著，王更生注譯：《文心雕龍讀本·明詩》（台北：文史哲出版社，2004），頁 83。

盡物也；索物以託情，謂之比，情附物也；觸物以起情，謂之興，物動情也。」〔註44〕無論是言情盡物的「賦」、以情附物的「比」，或者觸物動情的「興」，三者皆緣物而起，透過由心即物或由物即心的方式，達到主客體之間「情往似贈，興來如答」〔註45〕的雙向交流感應。

在此審美視角下，文學作品中所摹狀的外物，皆成了創作者主體精神、情志的具體象徵。屈原的「香草美人」〔註46〕傳統，可謂開創以物託喻的文學典型，歷代文人遂紛紛「借彼物理，抒我心胸」〔註47〕，將滿腔才志或情思投射於自然外物之中，使客觀「物象」轉化爲主觀「意象」。除了追求物態摹寫上的「形似」，更強調在自我心靈的感受下，物象之神韻、意境及其象徵意蘊的表現。遂使文學藝術中對外物的抒詠，實際上成爲表現個人情懷的媒介，即如劉熙載所言：「昔人詞詠古詠物，隱然只是詠懷，蓋其中有我在也。」〔註48〕，藉由外物摹狀，使抽象的情思得以具象化，並透過寄寓的方式達到「象外之象」〔註49〕的境界追求，避免直抒情意傷於直露，有違中國含蓄蘊藉的審美傳統。故王國維云：「詞家多以景寓情，其專作情語而絕妙者，……求之古今人詞中，曾不多見。」〔註50〕於是透過客體意象的描繪，賦予抽象的內在情思一具體的外在形式，便成爲文人抒情傳統中最普遍的表現方式。

曲體在宋元雜劇、南戲的發展過程中，由於作者多爲「門第卑微、職位

〔註44〕 王應麟：《困學紀聞‧卷三‧詩》引李仲蒙語，收於老根主編《中國傳世奇書》（北京：中國戲劇出版社，1999），頁 29。

〔註45〕 劉勰著，王更生注譯：《文心雕龍讀本‧物色》，頁 303。

〔註46〕 王逸：「離騷之文，依詩取興，引類譬諭，故善鳥香草，以配忠貞；惡禽臭物，以比讒佞；靈脩美人，以媲于君。」《楚辭章句‧離騷序》，頁 21。

〔註47〕 廖燕著，屠友祥校注：《二十七松堂文集‧卷五‧李謙三十九秋詩題詞》，收於《宋明清小品文集輯注（上海：遠東出版社，1996），頁 119。

〔註48〕 劉熙載撰，袁津琥校注：《藝概注稿‧詞曲概》（北京：中華書局，2009），頁 554。

〔註49〕 「象外之象」的審美境界，於司空圖〈與極浦書〉中提出：「戴容州云：『詩家之景，如藍田日暖，良玉生煙，可望而不可置於眉睫之前也。』象外之象、景外之景，豈容易可談哉？然題紀之作，目擊可圖，體勢自別，不可廢也。」其將詩歌對現實生活的反映分爲兩類，一爲狀摹外物、目擊而求形似的「題紀之作」，一爲無法盡用可觀之象表現卻能心領神會的「象外之象」。後者即要求作品的審美意蘊不侷限於形象本身，而能透過形象表現更加深遠蘊藉的餘韻、境界。見董誥等編：《全唐文‧卷八百七》（北京：中華書局，1983），頁 8487。

〔註50〕 王國維著，施議對校注：《人間詞話譯注‧卷二‧人間詞話刪稿》（長沙：岳麓書社，2003），頁 121。

不振」〔註51〕的下層文人，其價值思想貼近民間，創作目的亦多爲場上搬演，故作品的審美風格較傾向通俗趣味，質樸、俚俗而生活化。及至明代，大批在儒家文化與體制薰陶下的文人士大夫，則試圖令曲體接續詩、詞等正統文學的發展脈絡，以抬高戲曲的文學品味。如臧懋循提到：「詩變而詞，詞變而曲，其源出于一。」〔註52〕強調詩、詞、曲乃一脈相承，體製上雖有變異，本質上實爲同源；閔光瑜認同此說外，又就內容上指出：「曲之意，詩之遺也。」〔註53〕，孟稱舜更具體地道出詩詞曲「體格雖異，而同本於作者之情」〔註54〕，亦即將詩詞的抒情作用，視爲曲體的內在本質。故於表現手法與審美價值上，明劇作家更多地繼承了詩詞中緣物寄情的抒情傳統，令主觀情感的表現有更具體的寄寓對象，能更精緻而細膩地展現文人幽微深婉的內心世界。

　　然在抒情的本質以外，同時作爲敘事載體、又具有「代人立言」特性的戲曲文學，在作者與作品中的物象之間，尚多了一層腳色人物的關係。於是劇作家往往在腳色唱詞中，明白揭示劇中人物借物象寄寓內在情感的用意；自身的主觀意識，則隱含在情節的鋪陳與人物的思想活動之中。贈受於人物之間的表記，作爲情感交流的具體表現，是劇中最常用爲抒情載體的物象。元雜劇與南戲中，此一物件已常作爲思念憑藉或者推動事件進行的重要道具，及至明代文人手上，除了以表記寄託劇中人物的情意展現，更將此一物件提高爲全劇精神意旨的具體象徵，亦即作者自我意識的代表意象。善於寫「情」的明傳奇，往往以劇中贈受於腳色之間、牽繫人物情感關係的表記命名，正標示著全劇以該物爲軸心。劇情進展中，作者有意識地令所有事件圍繞表記進行，突出表記在情感發展中的關鍵地位，並藉由人物的幾度贈受、傳遞，令該物所寄寓的精神意涵，不僅止是單一人物特定時刻下的情感活動，而能代表全劇所欲彰顯的「情」的主體，並以之實現劇中人物情感圓滿的可能，完成作者自我意識中的價值取向。是故表記之於明傳奇，不僅是內在情意的外在憑藉，更作爲全劇審美精神的代表性符號，是文人借物寓情審美思維的深刻體現。

〔註51〕鍾嗣成撰：《錄鬼簿新校注・序》（北京：文學古籍刊行社，1957），頁1。

〔註52〕臧懋循：《元曲選・序二》（北京：中華書局，1991），頁3～4。

〔註53〕閔光瑜：《邯鄲夢記・小引》，見湯顯祖：《邯鄲夢》卷首，《古本戲曲叢刊初集》第十函。

〔註54〕孟稱舜：《古今詞統・序》卷首，《續修四庫全書 1728・集部・別集類》，頁437。

除了透過表記抒發作者與腳色的情感，劇作家所選擇的表記物件，以及贈與表記的方式，亦透顯出濃厚的文人情趣。如託婢傳情、詩箋贈答等行為，表現劇中書生的風流與才情；贈物訂盟、對物思戀等舉動，則反映文人重諾與癡迷的一面。這些人物動作一方面加強了生角風流儒雅的形象，另一方面也投射了作者本身的情感態度與風雅意趣。而表記既作為全劇主體意識的象徵，其物件屬性更能在歷代文學表記意象的積澱下，反映出特定的文化意蘊。以《六十種曲》中蔚為大觀的玉製品為例，除上節所述經濟發展的因素，明代大量以玉材作為表記，更因玉本身蘊含濃厚的儒家文化精神；《禮記‧玉藻》載：「君子無故，玉不去身。君子於玉比德焉。」〔註55〕周代之後，玉即成了士人階層識別身分、規範舉止的必要配備，由此被賦予鮮明的道德意義。故諸多典籍中可見「玉有六美」〔註56〕、「玉有五德」〔註57〕、「玉有十一德」〔註58〕等等說法，皆將玉與仁、智、忠、義、信、勇等儒家道德比附。即如張燕所指出：「儒家在玉的自然品質中找出與人倫道德、儀表風範的近似性，在玉質與道德的相互比照中，美向善轉化，玉與道德融為一體。玉負載了超越自身自然品質的形而上意義，成為美和善的表徵，理想人格的化身。」〔註59〕玉材以其強烈的道德意義與精神內蘊，在宗法制度衰退的後

〔註55〕鄭玄注，孔穎達疏：《禮記注疏‧玉藻》：「古之君子必佩玉，右徵角，左宮羽，趨以采齊，行以肆夏，周還中規，折還中矩。進則揖之，退則揚之，然後玉鏘鳴也。……君子無故，玉不去身。君子於玉比德焉。」（台北：藝文印書館，1997），頁563～564。

〔註56〕劉向：「玉有六美，君子貴之：望之溫潤，近之栗理者，君子比智焉；聲近徐而聞遠者，君子比義焉；折而不撓，闕而不荏者，君子比勇焉；廉而不劌者，君子比仁焉；有瑕必見于外者，君子比情焉。」見劉向撰，王天海譯注：《說苑‧卷十七‧雜言》（台北：台灣古籍出版社，1996），頁844。

〔註57〕許慎釋「玉」字：「石之美，有五德者，潤澤以溫，仁之方也；思理自外，可以知中，義之方也；其聲舒揚，專以遠聞，智之方也；不撓而折，勇之方也；銳廉而不忮，絜之方也。」見許慎撰，段玉裁注：《說文解字》（台北：書銘出版事業有限公司，1994），頁10。

〔註58〕孔子論玉有十一德：「夫昔者君子比德於玉焉，溫潤而澤，仁也；縝密以栗，知也；廉而不劌，義也；垂之如隊，禮也；叩之其聲清越以長，其終詘然，樂也；瑕不掩瑜，瑜不掩瑕，忠也；孚尹旁達，信也；氣如白虹，天也；精神見於山川，地也；珪璋特達，德也；天下莫不貴者，道也。《詩》云：『言念君子，溫其如玉。』故君子貴之也。」見鄭玄注，孔穎達疏：《禮記注疏‧聘義》，頁1031。

〔註59〕張燕〈論中國玉器的形而上意義及其衍變〉，《東南大學學報（社會科學版）》第一卷第四期（1999），頁63。

代，猶爲文人喜好、賞玩；除了寄寓其中的儒家情懷，更可凸顯自身的君子風範與士人雅趣。明代傳奇援之入劇，不僅在人物塑造上有助加強生角文質彬彬的形象，也是明代劇作家將儒家審美價值發揮到極致的表現，充分顯現了傳奇創作上文人審美價值的主導性。

二、心學思潮的刺激

明中葉以前，士人普遍服膺於程朱理學中對儒家道德的鞏固與加強，認爲三綱五常乃不可更易之天理〔註 60〕，社會政治乃至於文學創作俱需符合此理之發揚。影響所及，劇壇上以「風教」爲社會價值的戲劇觀應運而生。早在元代，周德清即從社會功能方面肯定關、馬、鄭、白的劇作價值乃「曰忠，曰孝，有補於世」〔註 61〕；夏庭芝亦認爲雜劇可以「厚人倫，美教化」，不同於院本「大率不過謔浪調笑」〔註 62〕。及至元末明初，更出現許多以教化爲創作原則的劇作，如元末高明《琵琶記・副末開場》云：「不關風化體，縱好也徒然。」〔註 63〕、明成化時邱濬的《五倫全備記》與成、弘之間邵璨的《香囊記》亦言：「備他時戲曲，寓我聖賢言。」〔註 64〕、「傳奇莫作尋常看，識義由來可立身。」〔註 65〕，皆在首齣即開宗明義地標榜作劇乃爲道德教化的意圖。在位者有意的支持、推動〔註 66〕，加之上述名作對劇壇風氣的引導，遂使理學思想對儒家道德的發揚在傳奇作品中醞釀發酵，教忠教孝、宣揚節義的教化劇於是盛極一時。

正德、嘉靖年間，陽明心學繼承宋代陸九淵「心即理」的學說，作爲對理學的抗衡而興起；主張追求天理不外求於心，而是發掘自我內在的道德情感〔註 67〕。方法上雖與理學的遵奉外在禮教有異，發揚儒家精神的意旨則無

〔註 60〕 即程顥、程頤云：「父子君臣，天下之定理，無所逃於天地之間。」、「人倫者，天理也。」見《二程集》（北京：中華書局，1981），頁 77、394。

〔註 61〕 周德清：《中原音韻・序》，收入中國戲曲研究院編：《中國古典戲劇論著集成》第一冊（北京：中國戲劇出版社，1982），頁 175。

〔註 62〕 夏庭芝：《青樓集・青樓集誌》，收入《中國古典戲劇論著集成》第二冊，頁 7。

〔註 63〕 高明著，錢南揚校注，李殿魁補校注：《琵琶記・副末開場》（台北：里仁書局，2003），頁 1。

〔註 64〕 邱濬《伍倫全備記・副末開場》，《古本戲曲叢刊初集》第四函，頁 1。

〔註 65〕 邵璨《香囊記・家門》，《六十種曲》第一冊（原第一套），頁 1。

〔註 66〕 由明太祖朱元璋對《琵琶記》的高評價即可見一斑：「《五經》、《四書》，布、帛、菽、粟也，家家皆有；高明《琵琶記》，如山珍、海錯，貴富家不可無。」見徐渭著，李復波、熊澄宇注釋：《南詞敍錄注釋》，頁 6。

〔註 67〕 王陽明：「心即理也。此心無私欲之蔽，即是天理，不須外面添一分。以此純

二致，是以在戲劇觀上，王陽明仍然認同「於風化有益」〔註68〕的教化劇。但以心爲良知本體的觀念，卻促使文人由對外部倫理規制的關注，轉向內心世界的探索。

　　嘉靖中葉至萬曆年間，作爲王學分支的王艮「泰州學派」成爲對明中後期影響最大的學派。其主張「百姓日用即道」〔註69〕，強調百姓日常生活小事即可體會學問、發揮至善良知；在此基礎上，又提出「安身立本」〔註70〕、「明哲保身」〔註71〕之說，將自身置於家國天下之前，認爲格物先格一己之身，需安身、保身後方能對家國天下有所貢獻。此說對傳統的儒家思想已有所顛覆；至顏鈞、何心隱等，更進一步提倡自然、肯定私欲，主張適當滿足個人合理慾望，而「道」即從自然之欲中求得，反對儒家教條對人性的壓制〔註72〕，被視爲儒學的異端。陽明後學至此，已將陽明學說中對內在道德情感的回歸，轉向對個人情感、生理慾望的重視，甚至將之置諸儒家禮教之上。故而黃宗羲指出：「泰州之後，……傳至顏山農、何心隱一派，遂復非名教之所能羈絡矣。」〔註73〕

乎天理之心，發之事父便是孝，發之事君便是忠，發之交友治民便是信與仁。只在此心去人欲存天理上用功便是。」見《王陽明全集・卷一・傳習錄上》（上海：上海古籍出版社，1997），頁2。

〔註68〕王陽明：「今要民俗反樸還淳，取今之戲子，將妖淫詞調俱去了，只取忠臣孝子故事，使愚俗百姓人人易曉，無意中感激他良知起來，却於風化有益。」，見王陽明撰：《王陽明全集・卷三・傳習錄下》，頁113。

〔註69〕王艮：「百姓日用即道。」，見黃宗羲撰，沈善洪主編：《黃宗羲全集・明儒學案・卷三二・泰州學案一・處士王心齋先生艮》（浙江：浙江古籍出版社，2004），頁829。

〔註70〕王艮：「格物即物有本末之物，身與天下國家一物也。格知身之爲本，而家國天下之爲末。行有不得者，皆反求諸己。……身未安，本不立也。」見黃宗羲：《黃宗羲全集・明儒學案・卷三二・泰州學案一・處士王心齋先生艮》，頁830。

〔註71〕王艮：「明哲者，良知也。明哲保身者，良知良能也。知保身者，則必愛身；能愛身，則不敢不愛人；能愛人，則人必愛我；人愛我，則吾身保矣。……故一家愛我，則吾身保；吾身保，然後能保一家。伊國愛我，則吾身保；吾身保，然後能保一國。天下愛我，則吾身保；吾身保，然後能保天下。」見黃宗羲：《明儒學案・卷三二・泰州學案一・心齋語錄》，頁836。

〔註72〕顏鈞：「平時只是率性所行，純任自然，便謂之道。」，見黃宗羲：《明儒學案・卷三二・泰州學案》，頁506；何心隱：「性而味，性而色，性而聲，性而安佚，性也。」，見何心隱撰，容肇祖整理：《何心隱集・卷二・寡欲》（台北：弘文館出版社，1986），頁40。

〔註73〕黃宗羲：《黃宗羲全集・明儒學案・卷三十二・泰州學案》，頁820。

　　嘉靖時的李贄，發揮顏、何等人的率性之說，主張文學創作亦需以「最初一念之本心」爲內在動因，提出著名的「童心說」：

> 夫童心者，絕假純眞，最初一念之本心也。若夫失卻童心，便失卻眞心；失卻眞心，便失卻眞人。……以童心既障，而以從外入者聞見道理爲之心也。……天下之至文，未有不出於童心焉者也。苟童心常存，則道理不行，聞見不立，無時不文，無人不文，無一樣創制體格文字而非文者。詩何必古《選》，文何必先秦，降而爲六朝，變而爲近體，又變而爲傳奇，變而爲院本，爲雜劇，爲《西廂曲》，爲《水滸傳》，爲今之舉子業，皆古今至文，不可得而時勢先後論也。故吾因是而有感于童心者之自文也，更說什麼六經，更說什麼《語》、《孟》乎！〔註74〕

所謂「童心」，即自我最原始、淳樸、未受外在環境影響的純眞之心，以此眞實性情作爲文學作品之本質，方能作出「天下之至文」。李贄批判儒家好以「聞見道理爲心」，蒙蔽了自我的眞實情感，則所言即「聞見道理之言」，乃「無所不假」。若能保有本心、順乎人情，則作品無論時代先後，情感動人者即能引發共鳴。李贄以此觀點對《琵琶記》、《幽閨記》、《西廂記》諸作進行評點，認爲「《拜月》、《西廂》化工也，《琵琶》畫工也。」〔註75〕，即明確標舉出兩種藝術風格的區別：畫工，乃指作者才力表現下的藝術手法；而化工，則是無斧鑿痕、出於眞心自然的藝術造境。論兩者高下之分，李贄則云：「畫工雖巧，已落二義矣！」〔註76〕可見李贄在戲劇創作上，不僅反對「以聞見道理爲之心」的教化目的，甚至也視「工巧之極」而「語盡而意亦盡」、「入人心者不深」的形式之美爲次等要求，將主體情感的表現置於文學形式或藝術手段之上，把戲曲創作的內在動機，從功利性的教化目的，轉移到劇作家主觀情感的寄寓與抒發。

　　由李贄的本眞童心出發，活躍於萬曆時期的湯顯祖，則以具體的創作實踐，將劇作中的「情」提昇到新的高度。其認爲「人生而有情」〔註77〕，而

〔註74〕李贄：〈童心說〉，《焚書》，張建業主編《李贄文集》第一卷（北京：社會科學文獻出版社，2000年），頁92。

〔註75〕李贄：〈雜說〉，《焚書》，頁90。

〔註76〕李贄：〈雜說〉，《焚書》，頁90。

〔註77〕湯顯祖：〈宜黃縣戲神清源師廟記〉，收於湯顯祖著，徐朔方箋校：《湯顯祖全集・三十四卷》第二冊（北京：古籍出版社，1999），頁1188。

文學、藝術乃緣情生發:「世總爲情,情生詩歌,而行於神,天下之聲音笑貌大小生死,不出乎是。因爲憺蕩人意,歡樂舞蹈。」〔註78〕,以「情」作爲文學藝術創作的出發點,並於劇作中歌頌「情」的力量能夠突破「理」的束縛,甚至能超越生死。《牡丹亭》可謂此說的最佳體現,作者在〈題詞〉中自云:

> 天下女子有情,寧有如杜麗娘者乎?……情不知所起,一往而深。
> 生者可以死,死可以生,生而不可與死,死而不可復生者,皆非情
> 之至也。夢中之情,何必非眞?〔註79〕

女主角杜麗娘對愛情的心生嚮往與主動追尋,早已超出傳統倫理對女子的閨訓,但湯顯祖並沒有讓她滿腔的春情被陳最良口中僵化的儒家教條所掩滅,反而使她透過夢境、離魂這些非現實的手法,實現了自我對眞情的渴望與追求。不僅明確地標舉了劇情內容縱然有違常理,只要出乎胸臆、順乎常情,則亦不失其「眞」的創作理念〔註80〕,更創造了杜麗娘「因夢而死,因情而生」的典型,強調情之至深可以爲之死、爲之生,直將「情」的價值置於生命之上。影響所及,乃令明中後期的劇作家,紛紛將自我投射於劇中人物的主觀情感,作爲全劇所欲彰顯的本質;更透過極其誇張的手法、浪漫的情調,打造奇詭的情節,詮釋此情之至深至厚,而興起「尚奇」之風〔註81〕。據郭英德統計,萬曆十四年之後,男女風情的題材在傳奇中即爲絕大多數〔註82〕,清初李漁更明言「傳奇十部九相思」〔註83〕,都點出了主情思潮在劇壇中的

〔註78〕 湯顯祖:〈耳伯麻姑游詩序〉,《湯顯祖全集·卷三十一》,頁1110。

〔註79〕 湯顯祖著,徐朔方、汪笑梅校注:《牡丹亭》(北京:里仁出版社,1955),頁1。

〔註80〕 即如王璦玲所言:「人觀此劇,但見死而復生者非理,而不悟死亦不足以和其情之可有,故以形骸求之、疑之者,皆是皮相之論。……(作者)明白地宣揚了戲曲中可以以『事』之虛幻傳達『情』之眞實的主張。」,見《晚明清初戲曲之審美構思及其藝術呈現》(台北:中研院文哲所,2005),頁59〜60。

〔註81〕 王璦玲:「明代中期以後文人的文學創作,往往以內在情感的眞實流露爲主要動機,以美的創作與實現爲主要目的。……藝術虛構也得到了空前的張揚,表現出「蹈虛」、「尚奇」的審美追求。主張文學創作以假爲美,以幻爲眞,極端地強調虛構、想像、理想之美。」,見〈明清傳奇名作中主題意識之深化與其結構設計〉,《中國文哲研究集刊》第7期(1995),頁65。

〔註82〕 郭英德考察萬曆十四年至清順治年間,傳奇作品中題材大致可考的約631種,描寫男女風情爲主的風情劇即有288種,約佔作品總數的45.6%,在各類題材中乃絕對優勢。見《明清傳奇史》(南京:江蘇古籍出版社,1999),頁261。

〔註83〕 李漁:《憐香伴》下場詩,見《李漁全集》(杭州:浙江古籍出版社,1991),頁110。

主流地位。

　　自明中期文人傳奇興起，表記便常作爲劇中人物與全劇主旨的精神象徵。成、弘至嘉靖年間，受劇壇教化風氣的影響，表記多體現著人物對倫理綱常的堅守與實踐。而隨著嘉靖之後心學思潮的影響，以及言情劇作的廣泛流行，劇作家更用大量的表記情節，凸顯人物情感的自然眞摯，作爲對外在禮法的抗衡。究其原因，首先是私相授受表記的行爲打破了道德的禁忌，鮮明地表現出青年男女對於追求自我愛情的主動性與自覺性；其次是表記成爲寄託人物情感的具體象徵，以此意象貫穿全劇，使劇作所要張揚的「情」有了更集中、強烈的展現；最後則是受到尙奇風格與浪漫思維的影響，必得賦予此情一股突破禮法、化解阻礙的實際力量，劇作家遂常藉一表記冥冥牽引有情雙方破除困境、走向團聚。一方面落實「情」的偉大力量，一方面也透過表記在情感歷程中的穿針引線，製造劇情波折，並體現作者在愛情婚姻上帶有虛幻色彩的宿命思想。

第三節　傳奇文學體制的規範

　　戲曲文學中存在著大量的情節熟套，明清時人或謂之「落套」、「窠臼」〔註84〕，然俗套蹈襲之情形早在元雜劇中已多可見；如王驥德指出：「元人雜劇，其體變幻者故多，一涉麗情，便關節大略相同。」〔註85〕、梁廷枏亦云：「元人雜劇多演呂仙度世事，疊見重出，頭面強半雷同。」〔註86〕，說明元雜劇在題材相同的框架下，便常見近似的關目佈局，幾乎形成固定套式，爲創作者重複襲用。顏天佑認爲元劇四折一楔子的體製規範了事件敘述時介紹人物、準備、高潮、結束的順序，每折中曲牌數量與套式又作爲劇作家編排內容的依據，致使「原本已屬固定的體制，便更容易成爲一種模式化的音樂和文學形式了」〔註87〕。雷同關目的形成，縱然尙有社會文化、演出考量、文學傳統等種種因素〔註88〕，文體形式對內容的制約，則是造成情節

〔註84〕如王驥德曰：「勿落套」見《曲律・論劇戲第三十》，頁154；李漁曰：「脫窠臼」，見《閒情偶寄》，頁8。

〔註85〕王驥德著，陳多、葉長海注釋：《曲律・雜論・三十九上》，頁183。

〔註86〕梁廷枏：《曲話・卷二》，收於《中國古典戲曲論著集成》第八冊，頁258。

〔註87〕顏天佑：〈從俗套蹈襲看元雜劇的結構〉，《元雜劇八論》（台北：文史哲出版社，1996），頁194～195。

〔註88〕顏天佑探討元雜劇俗套蹈襲的形成原因，列出「元雜劇固定形式的副作用」、

套式出現的首要條件。

　　及至傳奇，齣數的大幅開展決定了敘事空間的增長，腳色分工令同一行當的人物類型與行當之間的人物關係趨於固定，加之因應開場、沖場、出腳色、大收煞、小收煞等結構體制上「一定而不可移」〔註 89〕的要求，遂形成了更多固定的敘事段落，甚至成為作劇之「定格」〔註 90〕，在大部分的劇作中被反覆襲用。於是傳奇便有了如是面貌：

> 生必貧困，旦必賢淑，先訂朱陳，而女家或毀盟、或賴婚。當其時
> 必有一富豪公子，見色垂涎，設計以圖殺生者，女父母轉許公子。
> 而生卒得他人之救，應試及第，奉旨完婚，置公子於法。然後當場
> 團圓。十部傳奇幾有五六種如此者。〔註91〕

吳梅指出，在腳色設定與劇情走向相近的前提下，明傳奇往往以相戀訂盟、赴試分離、家長阻撓、小人撥亂、守貞拒婚、中舉榮歸、團圓旌獎……等基本關目鋪陳或連綴事件發展，不僅在情節排場上形成許多約定俗成的「厭套」，更使明傳奇的敘事架構趨向類型化、模式化，以致落入千篇一律。

　　明傳奇中襲用關目的大量出現，許子漢認為乃受到戲曲曲牌套式與腳色細緻分工的表演方式影響，致使單一排場的關目內容形成一定的模式；其作《明傳奇排場三要素中》，歸納了六十種明傳奇襲用關目，對各類關目內容及表演方式有具體說明與例證〔註 92〕，可見明傳奇關目運用的高度雷同性。林鶴宜則進一步將這些相類的情節段落視為傳奇的「敘事程式」，與表演程式、音樂程式同為中國戲曲獨特的「規範性藝術手段」。不再只將俗套蹈襲的現象當做傳奇創作之弊端，而以之為明清傳奇處於高度程式化的表演藝術下，敘事手法結合音樂、表演而形成的必然特色。其後並以三個面向探討傳奇敘事程式化的原因：

「重曲輕結構的必然現象」、「反映時代社會的情節凝聚現象」、「劇場演出的實際考量」與「不脫文化傳統的模仿習性」五個因素。見《元雜劇八論》，頁194～200。

〔註89〕李漁：《閒情偶寄・詞曲部・格局第六》，頁 49。

〔註90〕李漁：「戲場惡套，情事多端，不能枚記。以極鄙極俗之關目，一人作之，千萬人效之，以致一定不移，守為成格，殊可怪也。」見《閒情偶寄・演習部・脫套第五》，頁 88。

〔註91〕吳梅：《顧曲塵談・製曲》（台北：台灣商務印書館，1988），頁 107。

〔註92〕許子漢：《明傳奇排場三要素發展歷程之研究》（台北：國立台灣大學出版委員會，1999）。

（一）「事隨人走」的情節進行模式，鞏固了情節敘事和表演程式的
　　　關係，助長了敘事的程式化。

（二）「點線組合」的情節結構形式，方便了敘事程式的累積。

（三）以情節類型為基礎而形成的音樂程式，保障了敘事程式的運
　　　用。〔註93〕

「事隨人走」謂故事情節透過人物的活動進行、展現，而傳奇之人物又在行
當的規範下，性格、身分類型化顯著，則以固定模式的人物關係架構而成的
情節內涵，即促成了敘事程式化的結果；「點線組合」謂全劇結構由個別戲劇
單元組成，每一單元有獨立的中心事件，故全劇便形成了可拆可合的「串珠
式」結構。既有的敘事程式一旦被單一情節單元所引用，也能很方便地被移
植於其他的情節單元之中，有助於敘事程式的累積；音樂程式即曲牌聯套的
運用。受制於聯套的框架，一方面傳奇敘事必須採取固定單元格式的鋪陳方
式，另一方面，情節的發展也勢必跟隨既有的曲情順序進行，遂更鞏固了敘
事程式化的情形。

　　明傳奇中運用表記的情節關目，不僅數量眾多，相較於一般敘事程式，
也有更靈活多樣的形式變化；且往往頻繁地出現於劇情的重要轉折處，作為
全劇的關鍵情節，使「以表記貫穿始終」的佈局方式成為明傳奇常見的敘事
模式〔註94〕，可謂明傳奇敘事程式化的典型現象。傳奇的生旦雙線體製下，「事
隨人走」的敘事方式決定了情節內容需均勻分布於男女主角所開展的兩條線
索；「點線組合」的串珠式結構則易造成整體佈局的渙散。在縮合雙頭線索與
貫穿全劇架構的需求上，直接促成表記情節的大量產生。以下便就此二點深
入析論：

一、生旦雙線體製

　　生旦雙線結構起於南戲，後成為傳奇體敘事結構之慣例。如王季烈所指
出：「歷來作傳奇者，大都以一生一旦為全部之主。」〔註95〕有別於元雜劇的

〔註93〕林鶴宜：《規律與變異：明清戲曲學辨疑》（台北：里仁書局，2003），頁67～75。

〔註94〕如林鶴宜指出：「『以物件貫串關目』的手法，在傳奇中最為普遍，這些『物
　　　件』多半指信物。」，見《阮大鋮石巢四種研究》，東海大學中文所碩士論文，
　　　1986，頁111；孫書磊亦將「借助於信物─道具結構戲曲故事」作為明清之際
　　　戲曲敘事類型化的三大表現之一。見〈論明清之際戲曲敘事的類型化〉，《齊
　　　魯學刊》183期（2004年第六期），頁86。

〔註95〕王季烈撰，劉富樑考證：《集成曲譜·螾廬曲談·卷二·論作曲·論劇情與排

一人獨唱，傳奇之情節則集中於生、旦二角。在「事隨人走」的原則下，生、旦的心理與外在活動，各自開展爲兩條相應且對稱的情節線索，並在最後縮合爲一，形成全劇平衡而和諧的雙線結構。王璦玲認爲，此種結構設計最能滿足傳奇力圖表現穩定、完滿之倫理秩序的要求；均衡、平穩的外在形式與男女由分而合的情感表現，充分反映明清劇論中「以和爲美」的審美理想，故成爲作家主題意識深化後自覺的追求，亦成爲明清傳奇普遍遵行的結構模式。〔註96〕

　　腳色行當細分的結果，致使每個行當所代表的人物形象愈趨一致。而文人價值投射下，生、旦身分不外乎書生、閨女（或妓女），思維方式與行爲動作亦不脫才子佳人的模式。爲求雙線情節份量與人物關係的平衡，生旦往往是夫妻或者戀愛雙方；淨、末、丑、外等周邊配角，與主角的關係和互動也幾爲固定。即如李漁所說：「生旦合爲夫婦，外與老旦非充父母即作翁姑，此常格也。」〔註97〕，在此「常格」的框架下，劇作重點往往以生旦的夫婦或戀愛之情爲核心，贈物訂盟、睹物思人等行爲又能充分表現文人面對愛情時的風雅與情癡，故而成爲許多劇作援以塑造人物形象或呼應情愛劇旨的敘事段落。加之生、旦開展兩頭線索的需求，設計一具有情感憑證意義的物件，使之流轉於生旦各別的情節之間，連綴兩方線索、凸顯離合主題，並貫穿始末作爲敘事脈絡，更成爲傳奇的創作公式。於是運用表記的敘事程式遂在明傳奇中大量產生。〔註98〕

　　觀察《六十種曲》具有表記情節的三十五本劇作中，除《香囊記》、《雙珠記》與《尋親記》三劇，令表記傳遞於親子之間，作爲親情的憑證以外，餘者皆爲生旦之間的愛情信物，即可見生旦雙線體製對表記情節的產生有著決定性的影響。而由劇作中表記情節的運用，亦可看出此類敘事段落對生旦線索的連綴作用：如《玉玦記》在生旦臨別時，令旦贈玉玦一塊予生爲念。其後，先敷演生狎妓而以玉玦設誓，被詐光錢財後又對玦表達愧悔之情，並立下成名之志；再寫旦被叛將所拘，守貞自縊，神靈救之又告其「團圓逢玉

　　　場》（北京：商務印書館，1925）。

〔註96〕王璦玲：〈明清傳奇名作中主題意識之深化與其結構設計〉，《中國文哲研究集刊》第 7 期（1995），頁 141～143。

〔註97〕李漁：《閒情偶寄・詞曲部・格局第六》，頁 49。

〔註98〕關於明傳奇藉由一件或一雙表記貫穿生、旦兩條線索的結構模式，在本文第四章第三節會有更詳細的論述。

塊」之讖語。表記情節在兩條線索中相互對應，一方面以生的負心凸顯旦的堅貞，一方面也表現出兩人對舊情的時刻惦念。最後又令生旦見塊重逢，由分塊到見塊恰作爲雙線分合的首尾。《飛丸記》中生旦雙線藉表記凸顯對稱結構的用意更爲明顯：初以生旦互擲詩丸，兩下裡暗自心許。接著生遇難潛逃，旦遭逢家變，作者即對應地呈現兩人在難中對丸思想此情的場面。其後兩人一度道中相逢，憑丸認出彼此，盟誓後再度分別，又各以一齣敷演生旦對丸思人。最後重圓，契合飛丸。兩條線索無論分合，都以表記情節綰結對應，加強雙線並進的劇情結構。由此足見表記情節在明傳奇中的大幅增加，實乃因應生旦雙線體製下對於結構的要求而出現的現象。

二、串珠式結構

　　由許多內容、表演、音樂體製上相對完整的情節單元，貫串成全劇情節發展脈絡的特殊結構，是爲傳奇體獨有的「串珠式結構」，亦即上述引文中林鶴宜所說的「點線組合」結構形式。沈堯說明傳奇中「點」與「線」之間的關係爲：

> 以一條主線作爲整體劇情的中軸線，並且圍繞這條中軸線安排容量不同的場子——大場子、小場子、過場，形成縱向發展的點線分明的組合形式。……不僅全劇用一條主線貫穿始終，每一場戲也是用一個中心事件貫串始終的。……全劇的主線是通過每一場戲的中心事件體現出來的，每一場戲的中心事件又是由全劇的主線來規範和制約的。〔註99〕

「點」謂之組成全劇的個別場子，「線」則是由「點」串連而成的情節主線。每一個「點」都可以是獨立的事件發展與表演單位，透過這些個別的中心事件，共同完成整體劇旨的表現。因此劇作一旦缺乏明確的主題統籌，則易令每個場次各自發展中心事件。若又加上劇作家好逞才藻，漫無節制地鋪排細節，全劇主線便會顯得情節拖沓、線索紊亂、劇旨模糊。

　　明傳奇常因此招來結構鬆散之譏，如徐復祚評《題紅記》：「其結構如搏沙，開闔照應，了無綫索。」〔註100〕、評《浣紗記》：「關目渙散，無筋無骨。」

〔註99〕沈堯：〈戲曲結構的美學特徵〉，《戲曲美學論文集》（台北：丹青出版社，1986），頁4。

〔註100〕徐復祚：《三家村老曲談・王驥德題紅記》，收於俞爲民、孫蓉蓉編：《歷代曲話彙編・明代編・第二集》（合肥：黃山書社，2009），頁260。

〔註101〕，呂天成亦評《曇花記》：「律以傳奇局則漫衍乏節奏耳。」〔註102〕。但由這些批評亦可看出明人對傳奇結構的自覺追求；王驥德在《曲律》中便提出，明傳奇異於北劇之處，乃在於其非一人獨唱、專事抒意展才的文體，而必須「貴剪裁、貴鍛鍊：以全帙為大間架。」〔註103〕即求作劇須就整體結構為安排情節的考量。具體的方法便是使情節線索「勿太蔓，蔓則局懈。」〔註104〕。再對照上述徐復祚對於劇情線索「開闔照應」的要求，正可呼應李漁在比較傳奇與雜劇高下之別時，對傳奇所做的結論：「獨於埋伏照映處勝彼一籌。」〔註105〕。簡言之，明人解決傳奇結構鬆散的方法，實已初具李漁對「結構第一」的要求：突出一貫穿全劇之主要脈絡，用以收攏其他枝蔓的線索，務使全劇一線到底，並能顧及前後情節的埋伏照應。〔註106〕

由表記情節組成的敘事線索，便是明傳奇用以達到此一「貫串」作用最常見的手法。有南戲四大家之稱的《荊》、《劉》、《拜》、《殺》，為傳奇佈局「一線到底」的典範〔註107〕，其中《荊釵記》的結構最為明人稱道；如徐復祚讚：「《琵琶》、《拜月》而下，《荊釵》以情節關目勝。」〔註108〕，李贄亦稱：「荊釵之結構，今人所不及也。」〔註109〕該劇結構之突出，在於其以錢玉蓮與王十朋的情愛線索作為全劇敘事主體，而以荊釵作為愛情婚姻的具體象徵，貫穿始終、縮合雙線，令全劇針線細密。此一運用物件貫穿全劇的手法為《香囊記》繼承，雖因其敘事風格過於炫才而未造就佳構，此種佈局模式卻因文詞派劇作家的相繼模仿，而成為明傳奇突出主線、加強結構的傳統手法。影響所及，竟成後來明傳奇的創作慣例，即如曾永義所指出：

〔註101〕徐復祚：《三家村老曲談‧梁辰魚浣紗記》，頁261。

〔註102〕呂天成撰，吳書蔭校注：《曲品‧卷下‧曇花》（北京：中華書局，1990），頁255。

〔註103〕王驥德：《曲律‧論劇戲第三十》，頁154。

〔註104〕王驥德：《曲律‧論劇戲第三十》，頁154。

〔註105〕李漁：《閒情偶寄‧詞曲部‧結構第一‧密針線》，頁9。

〔註106〕見李漁「立主腦」、「密針線」、「減頭緒」等說，《閒情偶寄‧詞曲部‧結構第一》，頁9。

〔註107〕李漁：「《荊》、《劉》、《拜》、《殺》之得傳於後，只為一線到底，並無旁見側出之情。」，《閒情偶寄‧詞曲部‧結構第一》，頁11。

〔註108〕徐復祚：《三家村老曲談‧荊釵記》，收於俞為民、孫蓉蓉編：《歷代曲話彙編‧明代編‧第二集》，頁256。

〔註109〕柯丹丘撰，李贄評：《李卓吾先生批評古本荊釵記‧荊釵記總評》，收於黃仕忠、金文京、喬秀岩編：《日本所藏稀見中國戲曲文獻叢刊‧第一輯‧第十三冊》（廣西：廣西師範大學出版社，2006），頁5。

　　文人作劇好逞其博、務事麗藻，關目且採取多線式發展，而針線卻
　　未能細密貫穿，埋伏照應又往往前後失調，以至全劇結構顯得鬆散
　　冗長。許多作家不得已只好運用物件作爲始終媾合的憑藉，於是這
　　物件便像織布機上的梭，往來穿織其間，諸如《荊釵記》的荊釵、《還
　　魂記》的畫像、《玉玦記》的玉玦、《香囊記》的香囊皆是。〔註110〕

在串珠式的結構特徵下，文人著意於個別情境的渲染，按事件前後順序逐一
鋪排場次，往往令整體事件的發展步調拖沓、首尾缺乏照應。爲求呼應前述
情節、收束線索發展，劇作家慣令劇中意象強烈的物件一再出現，穿梭於不
同的人物線索中，使多向發展的情節都能回歸劇作主線。此物作爲全劇「一
線到底」的中心意象，即王驥德所謂「頭腦」，故多數傳奇皆以此物命名。而
在愛情題材爲大宗的明傳奇中，最能象徵愛情主題的物件，自非男女間作爲
情感憑證的表記莫屬；如上文列舉之荊釵、畫像、玉玦、香囊等物，無不是
透過有意或無意的贈與行爲，在生旦之間流轉傳遞，並被視爲思念憑藉的信
物。藉此在冗長曲折的事件敘述中，照應前齣人物動作，並突出劇作的情感
主線。於是，表記關目便在縮合結構的需求上大量誕生。

　　除了貫串全劇的線索作用，一再被襲用於不同劇作中的表記情節，也逐
漸形成串珠式結構中各自獨立的「珠」——模式固定的敘事單元。諸如「以
物定情」、「贈物留別」、「歸物訣別」、「憑物相認」等，每個敘事段落皆有一
定的完整性，作爲相對獨立的單元，方便套用於不同劇作中相類的情節段落，
如「贈物留別」的關目，在《玉玦記》中由秦慶娘贈「玉玦」予即將赴試的
丈夫王商，《玉環記》中亦由妓女玉簫贈「玉環」予即將赴試的韋皋；《荊釵
記》中「以物爲聘」的關目，也同樣被運用在《玉鏡臺記》、《紫釵記》、《金
雀記》等劇中。

　　個別的表記情節單元也能透過不同的連綴方式，產生相異的戲劇效果，
如《玉簪記》中潘、陳兩家雖早以「玉簪」、「鴛墜」爲聘，但潘必正、陳妙
常俱未知曉，又在兩情相悅的情況下互贈二物留別，直到最後妙常與母親憑
簪相認後才揭曉兩家舊時的婚約；而《紫釵記》中，李益拾得霍小玉之「紫
釵」，以釵爲傳情媒介向佳人表示心意，又以釵爲聘娶得小玉。後李益被強贅
盧府，小玉賣釵換錢以資尋夫，釵賣入盧府又引起李益誤會小玉別嫁。最後

〔註110〕曾永義〈我國戲劇的形式和類別〉，《中外文學・文學批評與戲劇之部》三版，
　　　　　1985。

二人團聚，感嘆見釵重圓。二劇雖同具「以物爲聘」的關目，卻因置於不同的戲劇情境，而展現出迥異的情感內涵。而同樣由「以物爲聘」開始的兩段關係，一在當事人不知情卻又另自相遇、贈物的情節發展下，證明姻緣天定；一雖美滿開端，卻接續悲劇性的賣釵、誤會情節，最後又對釵團圓，令全劇基調由悲入喜。個別表記單元能組合出靈活多變的劇情架構，不僅使劇作家免於憑空創造的勞心費神，可在文詞上投注更多心力，又能確保表記關目的運用不致流於千篇一律，而能根據故事情境，靈活展現各自的精神底蘊。串珠式結構下，表記情節單元可以任意套用、組裝的特質，亦是此一程式在明傳奇中迅速累積的原因。

傳奇的生旦雙線體製與串珠式結構，致使劇作家在編寫劇本時，因佈局結構之需求創造了許多表記情節；傳奇程式化的敘事習慣，則令既有的表記情節單元被反覆沿襲套用，尤其當某些名作創造出著名的表記關目，更會引起後人相繼仿傚，而成爲固定的情節模式。如《荊釵記》中十朋見釵認人，引起夫妻或親人團圓的情節模式，有解除人物困境、收束生旦線索的功用，其後在《香囊記》、《玉簪記》、《霞箋記》、《鸞鎞記》等劇中亦被用於處理類似的情境。一方面是情節與佈局的需求使然，另一方面，也有對《荊釵記》關目的模仿；另如男子玩賞女子眞容，動情呼喚的情節，爲《牡丹亭》創發，與麗娘「寫眞」爲結構上的對應，而其後傳奇《畫中人・玩畫、呼畫》、《風流夢・初拾眞容》、《嬌紅記・玩圖》、《療妒羹・禮畫》等齣，則爲劇作家有意識的模仿套用。

第四節　傳播考量下的創作心理定勢

表記情節在傳奇中不同於小說、詩歌之處，猶在於不同傳播形式的需求。傳奇既以戲劇體爲本質，縱然作爲案頭讀本，亦須使文字所呈現的畫面與情節鮮明突出；一再出現於劇中的表記，不僅有助於呼應前後情節，加深讀者對人物動作的印象，更在劇作家的大量蹈襲下成爲約定俗成的象徵意象，易獲得讀者或觀眾的共鳴。而舞台演出時，砌末的運用、懸念的營造、衝突的引起，以及情節主線的突出，都是藉表記加強戲劇效果的作用。本節即就傳奇的傳播形式，來思考劇作家大量創造、蹈襲表記情節的因素。

一、文學象徵的澱積

傳奇中陳陳相因的情節程式，並不只是文學體製對內容形成的侷限，更表現了特定的社會文化心理；正如史華羅所指出：

> 敘事性文體和戲曲中的語言類型……作者往往採用高度『隱喻化』和富有影射性的描寫方式來表現人際關係和事件。由於這些關係常常對應著儒家的重要教義，所以作者對人物情感的發展過程不感興趣，而更注重於運用一系列約定俗成、婦孺皆知的文學慣例來表現道德內涵。〔註111〕

中國敘事或戲劇文學的創作動機，不在於純粹發展奇巧曲折的事件過程，更重要的是藉由劇作中人物與事件的安排，寄託作者所欲傳達的精神意旨。被文人視為抒情寓懷之體裁的明傳奇尤其如此。而如何透過情節內容使讀者或觀眾感受到該劇的主題思想，則有賴於特定文化環境中約定俗成的集體意識。是以明代劇作家並不以建構獨創、新奇的情節為務，而更善用早已澱積了豐富象徵意涵的情節常套，表現其中深刻的個人思想或教化意義。

郭英德也由心理學與社會學兩個層面指出，文學作品為求獲得普遍共鳴，常採取社會關注之文學題材與思維模式創作，於是「模仿成為作家的審美定勢，因襲成為文學的傳統思路，規範成為文化的傳統勢力。」〔註112〕明傳奇大量襲用名作中受到歡迎的關目，即是因為此一關目既為觀眾及讀者熟悉，能從中悟知作者所欲表達之深意，同時在情節與情感上也受到接受對象的喜好，因此在文學傳播的考量下，形成作家創作時的審美心理定勢。王璦玲亦以才子佳人劇中「以詩傳情」的情節設計為例，說明此類雷同的套式，是一種定型化了的文學模式，在歷代作家、讀者與觀眾的長期創作、閱讀與欣賞中，形成一種習慣化的審美心理，而賦予了這種慣用模式特定的文化內涵，使之成為一種「約定性」的文學象徵〔註113〕。

明傳奇中運用表記的情節在普遍性與重要性都更甚於上述的「以詩傳情」，自有更豐富的文化意涵與審美指向。例如藉由「以物為聘」象徵婚姻成立、透過「以物傳情」作為男女主角相識相愛的基礎，或者在困境中「歸物

〔註111〕【義】史華羅撰，林舒俐、謝琰、孟琢譯：《中國歷史中的情感文化——對明清文獻的跨學科文本研究》（北京：商務印書館，2009），頁65。
〔註112〕見郭英德：《中國戲曲的藝術精神》（台北：國家出版社，2006），頁331。
〔註113〕王璦玲：《晚明清初戲曲之審美構思與其藝術呈現》，頁166。

訣別」表現對婚姻愛情的絕望等。縱使情節中可能僅有數句唸白或曲文點到表記，或人物未必實際道出贈物行為之深意，但在表記意象的長期淬鍊下，讀者或觀眾皆能約定俗成地體會到作者寄寓其中的精神意義。

有些劇作甚至逕將表記作為此情或者思念對象之代稱〔註114〕，導引讀者更明確地以此物作為情感寄託的符號，緣物而起的各種情節模式也就象徵了人物之間情感的各種起伏變化。於是以情感發展為劇情主軸的婚戀劇中，大量援用能表現特定情境或心理狀態的表記關目，作為點綴情節或表現情感的敘事單元，在人物對白、動作的背後寄予更多創作者與閱讀、觀劇者共同感知的情感訊息，而形成明傳奇中普遍存在的文學慣例。

二、演出效果的加強

除了文學結構、象徵上的意義，情節程式的形成尚有演出效果的考量。湯顯祖在《焚香記總評》中即指出，該劇「金壘換書」、「赴試登程」、「丞相招婿」、「誤傳凶信」等情節「頗類常套」，然「此等波瀾，又觝觝上不可少者。此獨妙於串插結構，便不覺文法沓拖。」〔註115〕可見此類常見的情節套式，雖在內容上缺乏新意，卻能帶來成功的舞台效果。

雖然主張「填詞之設，專為登場」〔註116〕的李漁，在曲論中強調須「脫窠臼」，認為「若此等情節，業已見之戲場，則千人共見，萬人共見，絕無奇矣，焉用傳之？」〔註117〕，然觀之明清直至近代的演出劇目與戲曲選本，所傳劇作仍舊齣齣有熟套；部分戲曲選本如《樂府紅珊》，以文人堂會選劇方便為考量，根據「慶壽」、「伉儷」、「誕育」、「分別」等主題歸類所選劇目，更專挑劇作中具有類似情境的齣目，以符合特定演出場所的需求。陸萼庭也提到情節熟套之於梨園演出的意義：

> 梨園對熟套也是一種行業偏見，毫不誇張的說，梨園對有演出效應的傳統熟套奉之若寶物，戲班一般不敢貿然上演新戲，總是要先看

〔註114〕如《玉玦記·夢神》慶娘云：「不知我幾時得見玉玦之面」，見《六十種曲》第九冊（原第五套），頁79、《玉簪記·擢第》：「指日南來，要把玉簪重會。」，見《六十種曲》第三冊（原第二套），頁76、《飛丸記·憐儒脫難》玉英云：「只為飛丸掛念，暫爾偷生。」，見《六十種曲》第十一冊（原第六套），頁69；上引曲白皆以表記作為對方之稱。

〔註115〕湯顯祖：《焚香記總評》，《古本戲曲叢刊初集·第七函·玉茗堂批評焚香記》。

〔註116〕李漁：《閒情偶寄·演習部·選劇第一》，頁57。

〔註117〕李漁：《閒情偶寄·詞曲部·結構第一·脫窠臼》，頁8。

看有多少成功的熟套作爲保險系數。在他們看來，熟套等於戲劇性，
等於賣座率。〔註118〕

可見戲場並不排斥重複性的關目出現，因這些情節能反映觀眾普遍的心理喜
好，或展現特定的表演效果，而成爲舞台上一演再演的票房保證。則劇作家
在作劇時，考量世俗價值而置入觀眾愛好之情節陳套，也就加速了傳奇敘事
程式化的發展。

　　具有表記情節的齣目，在一劇中往往爲份量較重的關目〔註119〕，關涉全
劇主題思想的表現，故在全本或串本的演出中，通常能得到完整的保留。如
南戲《荊釵記》在面貌差異甚大的明人改本中，「以釵爲聘」、「繫釵投江」、「見
釵認人」等表記關目幾乎不被更動。即便是以摘錦演出爲目的的《新刊摘匯
奇妙戲式全家錦囊荊釵二卷》〔註120〕，摘取與劇情主線直接相關的二十一齣
串成首尾完整的小全本，每齣曲文、唸白皆有簡省，卻也囊括了原劇中幾乎
所有重要的表記情節，並在原有表記情節的齣目中刪減其他曲文，突出荊釵
在劇中的作用。如第五齣〈貢元敘釵〉刪去了《六十種曲》中錢流行、許將
士與玉蓮繼母大段的唸白，以及炫耀孫汝權家財的四支【駐馬聽】，在錢流行
上場的【似娘兒】之後以簡單唸白詢問許將士說親結果，直接導出荊釵爲聘
的主題，下接四支【奈子花】表現錢父與繼母圍繞著荊釵進行爭執，凸顯錢
父的重賢識人與繼母的嫌貧愛富；第十五齣〈抱石投江〉更將玉蓮投江前的
心理掙扎，由《六十種曲》的三支曲牌增添至九支，並多次提及繫釵赴死的
守節決心與對釵賭咒的怨憤之意，較之《六十種曲》中只以一句唸白提及栓
釵於身的動作，更強烈地展現了表記對人物的意義。

　　向被評爲「案頭之書」的湯顯祖《牡丹亭》，在明代即出現了許多改本。
其中以演出作爲主要考量的臧懋循改本《還魂記》〔註121〕與馮夢龍改本《風

〔註118〕陸萼庭：〈清代全本戲演出述論〉，《清代戲曲與崑劇》（台北：國家出版社，
2005），頁305。
〔註119〕以張敬的傳奇分場觀念來看，具有表記情節的關目大部分爲「正場」或「大
場」，亦即全劇情節最重要的場次。見張敬：《明清傳奇導論》（台北：華正書
局，1986），頁109～113。詳見本文第四章第二節的分析。
〔註120〕收於《風月錦囊》，見孫崇濤、黃仕忠合著：《風月錦囊箋校》（北京：中華書
局，2000），頁264～301。
〔註121〕臧懋循〈玉茗堂傳奇引〉：「臨川湯義仍爲『牡丹亭四記』，論者曰：『此案頭
之書，非筵上之曲。』夫既謂之曲矣，而不可奏於筵上，則又安取彼哉？」，
見毛效同編：《湯顯祖研究資料彙編》（上海：上海古籍出版社，1986）轉引
自臧懋循：《負苞堂集・卷三》，頁776。

流夢》〔註122〕，皆對原著的線索結構、場次順序、曲文唸白作了大幅的調整剪裁，圍繞著表記「春容」展開的情節卻都予以保留，甚至合併相關場次，或在曲文、唸白中加以強調，令表記在劇中的表現更爲集中、突出。如臧改本刪去了男女主角周邊人物過多的細節，甚至連男女主角初遇的〈驚夢〉都與〈閨塾〉、〈肅苑〉等齣合併而有所減省；但〈寫眞〉、〈玩眞〉、〈幽媾〉、〈冥誓〉、〈如杭〉、〈硬拷〉等齣中的表記情節則都完整保留，〈拾畫〉甚至刪去柳夢梅遊園的幾支曲牌，僅保留最後「拾畫」的情節併入〈玩眞〉，與後面劇情作銜接。又如馮夢龍《風流夢·中秋泣夜》將原本〈鬧殤〉中麗娘臨死對春香交代處置畫容的叮囑，作了如下改動：

《牡丹亭·鬧殤》	（旦）春香，我記起一事來。我那春容，題詩在上，外觀不雅。葬我之後，盛着紫檀匣兒，藏在太湖石底。（貼）這是主何意兒。 （旦）有心靈翰墨春容。儻直那人知重。〔註123〕
《風流夢·中秋泣夜》	（旦）春香，你是我知心的侍兒，我還有一事囑你，這幅行樂圖呵，【御簇林】是俺親描畫，向梅柳叢，更題詩，將啞謎籠。恐外觀不雅，葬我之後，盛著紫檀匣兒，藏在太湖石底。（貼）是什麼意兒？ （旦）敢精靈出現還如夢。〔註124〕

《風流夢》雖僅數句之異，卻將原著中麗娘臨時思及的叮囑，改成了愼重其事的交代，更顯麗娘臨死之際對此畫記掛之深切。而藏畫的動機，在原著中乃先憂及「外觀不雅」，方道出將畫留予夢中之人的期待，含蓄地透露麗娘欲掩難藏的閨情；改本則轉爲逕言此畫暗藏啞謎，盼留待伊人認取，凸顯麗娘渴求愛情的大膽積極，都使麗娘在最後生命中，欲透過畫容追求愛情的自主性更爲強烈。從演出改本的調整上，無論是全劇齣目、齣次的更動抽換，或者單齣情節上的渲染加強，皆可看出湯顯祖所設計的表記情節，本身即具一定的戲劇效果，故能在全本演出中被完整呈現，甚至較原著更愼重其事地強調表記意象的發揮。

馮夢龍改編的《楚江情》與《新灌園記》，則更能體現表記的情節熟套在全本傳奇演出上的重要性。《楚江情》改編自《西樓記》，對於表記情節的改

〔註122〕馮夢龍：「識者以爲此（《牡丹亭》）案頭之書，非當場之譜。欲付當場敷演，即欲不稍加竄改而不可得也。……余雖不佞甚，然於此道竊聞其略，僭刪改以便當場。」，見〈墨憨齋重定三會親風流夢傳奇·小引〉，《馮夢龍全集·墨憨齋定本傳奇》，頁1074。

〔註123〕湯顯祖：《還魂記·鬧殤》，《六十種曲》第四冊（原第二套），頁61。

〔註124〕馮夢龍：《風流夢·中秋泣夜》，《馮夢龍全集·墨憨齋定本傳奇》，頁1090。

動不多，卻逕以促成男女主角相識、訂盟的〈楚江情〉詞箋作為劇名，又在末齣婚禮場合儐相的贊詩與下場詩中重提「一曲楚江情」，將原著中於〈錯夢〉之後便未出現的表記詞箋提高為全劇的中心意象。《新灌園記》則改編自《灌園記》，將原本僅為女主角太史君后幽會遺落、而致洩露與男主角法章私情的「玉簪」，改為法章舊物。遺落後被王老拾得，賣予太史，太史贈送女兒君后，后再以簪贈法章訂盟。不僅令此簪被賦予了表記的意義，更以表記物歸原主的巧合，象徵著生旦姻緣天定。其後再接續原劇本有的小人竊簪告密、太史質章洩情等關目，則生旦戀情的奠定與波折皆以玉簪貫穿。

上述劇作改本中表記情節的更動，無論是表記關目的新增或整體結構的調整，皆可看出蹈襲熟套的痕跡。然強化表記意象與集中表記情節卻足令全劇針線密合、主線突出，加強人物形象的刻劃與表演效果，使劇作而更適於場上演出。可見表記熟套的運用，不僅在創作上有提高傳奇文學價值的功效，亦受到戲場歡迎而為改編者援之入劇，更促進了後起作家為求舞台效果而套用的風潮。

小　結

「表記」在明傳奇中形成慣例手法與特定樣貌的背後原因，本節由四個方面切入觀察：

從外部的文化環境來看，文學中大量的表記題材來自中國社會獨有的饋贈文化和婚俗禮儀。到明代受商品經濟影響，使文人的價值取向由精神向物質轉移，藉物表情的手法在文學中遂更大行其道。加之商品的多樣化，使傳奇中的表記物類更加多元。

作為明傳奇獨特的創作群體，文人也把他們的審美價值帶入作品之中。使傳奇的主題思想受心學思潮影響而由重「理」轉向重「情」，手法上則繼承詩詞借物起興的傳統，便形成了明傳奇借表記承載至情主題的敘事模式。

由文學體製來看，傳奇著重生旦並列發展，使劇情集中在人物各自開展的情節線索中，並多鋪陳男女主角的愛情。串珠結構則容易導致作家逐一鋪展各齣情節，需要一線到底的敘事主軸貫穿整體結構，避免劇情流於冗長脫沓。於是象徵男女主角愛情的表記便在縮合雙線和貫穿結構的需求下，在明傳奇的情節中大量產生。

　　最後因為傳奇帶有供人閱讀和舞臺演出的傳播目的，劇作家創作的時候便常運用約定俗成的文學象徵，和具有演出效果的情節關目，以求獲得觀眾跟讀者的共鳴。由歷來著名的演出改本可看出，表記情節在這兩方面都具有相當的優勢，因此更受到創作者的廣泛使用。

第四章 《六十種曲》中表記象徵與情節模式析論

　　明傳奇中的表記運用，融合了古典詩歌中贈物抒情手法，與古典小說中借物推動情節進行的敘事技巧，又較之南戲或元雜劇線索單一的表記情節，開展出更豐富而多元的意涵與作用，並在劇作家的大量沿用與蹈襲之下，形成模式相類卻又不失變化的情節套式系統。本章擬由明傳奇大量的表記情節中，首先探究表記的象徵意涵，了解明傳奇對前代表記文學的繼承與開創；繼而分析表記所構成的情節單元，來看此一物件在劇中發揮的關鍵作用；最後由個別情節單元的貫串來看全劇的結構模式，具體說明表記縮合全劇結構或點染劇情的重要性，更藉由明中葉到晚期劇作運用表記情節單元的變化情形，探討表記情節逐步走向程式化的過程，以及結構模式形成的情形。

第一節 表記象徵意涵與描寫手法

　　以物為贈的抒情傳統或敘事手法，在中國文學中源遠流長。從先秦以自然花果為主，到漢代後以女子閨閣之物最為普遍，及至唐宋又發展出以珍奇寶物、貼身物品，甚至是能凸顯文人風雅的詩文、畫卷等為贈。詩歌與小說中的表記繽紛多彩，在歷代不同的審美風尚之下，透過選擇物件的趨勢與描寫的角度，反映了不同的時代意義。

　　在篇幅與內容都大幅開展的明傳奇中，表記出現於劇情，並擔負重要的作用，成為極普遍的敘事手法。無論貫穿始末或點綴其間，多數婚戀劇中皆

可見表記餽贈與流轉的情節，並在劇作家的精心設計下，物件的象徵意涵或實質作用，都被更深刻的著墨，成為劇作中敘事的核心線索。不同類型的表記，除了隨著持有人身分、贈送對象與贈送情境迥異之外，表達的情感符碼亦因物件特質的不同而有靈活的變化。

受明傳奇敘事模式化的影響，《六十種曲》中的表記並未發展出如唐、宋詩中強烈的個人色彩，卻反而有類型化的趨勢。縱然品物眾多，卻大抵不出「妝品佩飾」、「詩箋畫容」、「奇珍異寶」與「貼身物品」四種類型。四類表記各繼承自不同時代的風尚，卻在前代文學的基礎上，融合了明代獨有的藝術風格與思想內涵，另有一番深化或轉化，象徵意義與描寫手法皆表現了明代劇作家的生命理想與審美趣味。

一、表記象徵意義的深化

深化者，乃是承襲詩歌、小說中，此類物件的原有意象或著名典故，加以擴大發揮，並結合時代價值與人物塑造需要，深入體現此類物品的傳統象徵意涵，從中寄寓劇作的旨趣。其中以「妝品佩飾」、「詩箋畫容」兩類為代表：

（一）妝品佩飾

此類物品包含女子妝飾物品如珠、簪、環、鏡、釵、合……，以及男子佩飾如玉玦、扇墜、玉劍、玉管等。文人執筆的明傳奇，繼承了漢魏六朝以來詩歌、小說中表記之傳統，以象徵著情意纏綿、情愛永誌的女性妝飾物品為最大宗，此類物品最能象徵文人心目中傳統深閨女子的典型；所謂「女為悅己者容」，容貌的打理往往是未出閣女子的生活重心，以女性日常妝飾用物的贈送，表露女子含蓄而不失本分的閨情。男子的隨身佩飾，則常用以與女子珠簪之物對舉互贈；一方面表現劇中書生的風流雅致，一方面也沿用《詩經》贈玉相託終身，以及漢代以來女子贈送閨閣之物聊以定情的傳統，表現出慎重其事的盟約意義。此類表記適足以凸顯才子佳人形象上的對應、匹配，故在歷代表記文學與《六十種曲》中運用的數量皆為最大宗。

如《玉簪記》中潘必正與陳妙常秋江送別，妙常贈「玉簪」以為「加冠之兆」，必正則回贈「鴛鴦扇墜」以為「雙鴛之盟」。互換物件的過程，是分離前對於彼此心意的確認，也使此物成為雙方在不同時空中，猶然心繫此情的憑據。又如《玉環記》中玉簫贈臨去赴試的韋皋「紫金魚扇墜」，勉為「佩

金魚之兆」，韋皋回贈「玉環一對，彼此各留一枚，存記後日相見表照。」〔註1〕，亦爲女方贈物以表期勉心意後，男子藉由表記的回贈，象徵情感上的回應與承諾。由此也可看出，明傳奇中女性妝飾或男子佩飾的贈送，已不侷限於特定性別，而是藉由兩下互贈的過程，作爲彼此心意的重申與憑證。

《六十種曲》中大量將此類物品用作聘物，用以象徵一段婚姻的成立，也是盟約意義的深刻體現。如《荊釵記》之荊釵、《玉鏡台記》之玉鏡台、《紫釵記》之紫釵等，皆在劇作起始即作爲聘物使用，後也於婚姻經歷的種種磨難中，被女性持有人視作思想舊情，或堅守貞節的憑據。而以此類表記爲贈者隨身佩帶或插帶的性質，在別離之際作爲表記相贈，亦有盼對方睹物思人、莫忘盟言的意味。如《玉玦記》中秦慶娘贈夫「玉玦」，即盼赴試的丈夫「玉玦在身，如覿卿面」〔註2〕；《明珠記》中劉無雙與王仙客分頭逃難之時，無雙將「明珠一對」分贈仙客，亦欲令夫「舉此觀之，如見妾一面」〔註3〕。

（二）詩箋畫容〔註4〕

此類物品不同於他類表記的特質，在於其以抽象的文學、藝術爲主體，乃出自贈者自我的創造，較之其他現成的表記，能更強烈地凸顯個人才氣與個性，並得以直接抒陳贈者所欲表達的情感訊息。六朝以來，即有文人以詩相互贈答之作，至唐宋更有大量紀錄著以詩箋、書卷、畫軸等物相贈的詩篇，都寄寓了濃厚的文人情懷與雅趣。饋贈的意義無論在於勸勉、明志、送別或抒憤，都以受贈對象同樣能欣賞此類文學、藝術的價值，而有將對方視爲知音、同道的意味。唐傳奇更將贈送詩篇的文人行徑，帶入男女愛戀之間，成爲情人間彼此讚頌、相約而致相愛的媒介，作爲故事中傳遞情意與訊息最直接的方法，亦突出男女主角「才子」或「才女」的形象。

明代在李贄「童心說」〔註5〕與湯顯祖「主情論」〔註6〕的影響下，至晚

〔註1〕 楊柔勝：《玉環記》，《六十種曲》第八冊（原第四套），頁28。

〔註2〕 鄭若庸：《玉玦記·送行》，《六十種曲》第九冊（原第四套），頁10。

〔註3〕 陸采：《明珠記·驚破》，《六十種曲》第三冊（原第二套），頁37。

〔註4〕 本文以詩、畫本身有憑證、紀念意義，或在劇中發揮重要功能者，方算作表記，單純傳遞訊息或表達情感的詩作、書信則不列入討論；另某些物件本身爲其他類型，但是作爲詩歌的載體，則亦算入本類。

〔註5〕 李贄《焚書·卷三·雜述·童心說》：「夫童心者，絕假純真，最初一念之本心也。……天下之至文，未有不出於童心焉者。」主張文學須出自人在思想情感上最真實、自然的本心。見張建業主編《李贄文集·第一卷》，頁92。

〔註6〕 湯顯祖繼承李贄「童心說」，進一步主張「爲情作使，劬於伎劇」的「主情論」。

明才子佳人劇作發展出「以才、情、色相稱爲腳色基礎之『才情觀』」，即王瓊玲所說：

> 男女主角互以才、情、色的相配，作爲擇偶標準，從而主張男女平
> 等，夫妻平等。而其中又以「才」與「情」兩者爲重。……因此「情」
> 與「才」，成了劇作中豐富人物形象與達成行動準備，最易著墨之
> 處。……填詞賦詩不僅最能表現、引發神秘的心靈活動，且在彼此
> 吟詠酬唱、傳書遞簡的過程中，亦極易將男女主角的情愛，昇華至
> 心靈相契的境地。〔註7〕

「才」、「情」被提高爲男女擇偶的首要標準，而寄託女子春思或男子仰慕之情的詩作題詠，正是展現人物高才與多情形象最直接的方式。得詩者因愛其才而慕其情，更表現了雙方心靈上的相知相契，使愛情超脫色欲，達到精神上的層次。是以詩歌、小說中的贈詩傳統，在明傳奇被著重發展，用以強調才子佳人之間以「慕才」爲基礎的知音之情。作者有意將佳人塑造成「才女」的形象，與「才子」達到平起平坐的位置，使戀人關係等同於文士之間的交往，讓兩人的愛情建築在才學齊驅的基礎上。

其中詩詞之作的贈答最爲常見，或因女慕才神往、男感遇知音而成就情緣，如《西樓記》中歌妓穆素徽慕于鵑之才，將于詞〈楚江情〉謄於「花箋」。其後詞箋爲于鵑所見，乃生知己之情，攜回花箋親訪素徽，方成就此段神交之情；或爲一方題詠之作爲另一方所見，有心相和回贈，使兩人因此相慕、相交，如《霞箋記》中李彥直戲題詠妓之詩於「霞箋」，隨手拋擲隔院，爲名妓張麗容拾得，心慕其才，和詩一首擲回，亦爲彥直所得，遂兩下有情，相會訂盟；更甚者爲男女主角從未謀面，卻因詩箋往來兩相傾心，後經種種波折終不改志。則雙方未見彼此之貌，亦無相處經驗的情況下，詩中的才情更成了彼此相愛的唯一憑據。如《飛丸記》中嚴玉英與易弘器二人互作贈答之詩，搓丸投擲，在土地公的傳遞下得至彼此手中，兩人皆不知和詩之人爲誰，和己詩下落如何，卻不約而同的私藏了對方的「詩丸」，只因「詩意投機，誓

> 見〈續棲賢蓮社求友文〉，湯顯祖著，徐朔方箋校《湯顯祖全集・卷三十六》，
> 頁 1221；與「情不知所起，一往而深，生者可以死，死可以生。生而不可與
> 死，死而不可復生者，皆非情之至也」（見湯顯祖著，徐朔方、楊笑梅校注《牡
> 丹亭・題詞》，頁 1）的「情至觀」，強調以「情感」作爲戲劇創作的出發點與
> 内在動力。

〔註7〕王瓊玲：《晚明清初戲曲之審美結構與其藝術呈現》，頁 138～140。

以心許，什襲收藏，執爲媒證」〔註8〕。明傳奇不僅繼承了唐傳奇以來因詩結緣、藉詩表意的情節模式，更將此類表記所象徵的精神內涵，提升爲愛情的基礎，並賦予文字所構築的作品一個足供贈受、收藏的載體，使詩詞之作亦能同於其他表記，在劇情中作爲推動重要情節的具體物件，在表意的功能之外，更強化其憑證的意義。

詩詞之作可展現才氣，畫作亦能體現個人化特色。唐宋時贈畫是文人之間交流鑑賞的風雅娛樂，元雜劇中畫作的內容則常成爲公案劇破案的線索。至明傳奇中的贈畫，則常是女子自繪春容，留存身影，寄贈遠方或未知的愛情對象。透過肖像的呈現，一方面留予情人作爲分離後見畫如見人的紀念，一方面因古代女子的面貌體態具有私密性，不得爲外人窺視，故相贈春容便往往有奉獻身體的暗示。

《六十種曲》中以畫作爲表記者如《玉環記》與《牡丹亭》。《玉環記》中的玉簫爲妓女，與書生韋皋相親，臨別時韋皋因「放不下你如花似玉貌」〔註9〕，請求致贈春容。妓女的容貌身體在文人社群中屬於公開性質，玉簫卻寄贈春容供韋皋專屬玩賞，一方面作爲韋皋旅途慰藉與思念憑依，一方面也宣示著一己身容的專屬性。《牡丹亭》中的杜麗娘則爲深閨女子，在社會規範下是不允許公開暴露的，因此麗娘自我寫眞、留存世間的行爲，便擔負著春容流洩閨房之外的風險，顯得大膽而悖道。如毛文芳所指出：

> 湯顯祖所創造的杜麗娘，不同於以往被動無聲的女子角色，她躍出傳統閨塾，執起丹青畫筆爲自己寫眞，湯顯祖認同了女性可以透過誠意與才華向世界宣示與證明自我存在。這點女性意識的浮現，預示了後來明清文學才女透過寫作與繪畫自我呈現的訊息。〔註10〕

麗娘追求愛情的熾烈渴望，已超越世俗禮法的羈絆，是以透過自繪春容證明自己的存在。而其作畫動機甚至並不爲致贈特定對象，只留待夢中一個未知虛實的幻影，向著閨房之外將自我身影展示公開，以尋求夢想的實現，表現出女性自我意識的流露。

而畫中容顏的永駐、不朽，則對應到肉身的易衰易逝，故又往往令女子臨死自描以留存人間，表現對韶年的嘆惋與依戀。如麗娘與玉簫皆是意識到

〔註8〕張景：《飛丸記・丸裡緘懷》，《六十種曲》第十一冊（原第六套），頁27。
〔註9〕楊柔勝：《玉環記・趕逐韋皋》，《六十種曲》第八冊（原第四套），頁28。
〔註10〕毛文芳：《物・性別・觀看——明末清初文化書寫新探》，頁298。

自己病體難癒,「若不趁此自行描畫,留在人間,一旦無常,誰知西蜀杜麗娘有如此之美貌乎!」〔註11〕、「料今生難會,因此上寄丹青。」〔註12〕皆有借此畫令春容永留世間的意味。女子死後,此畫果至情郎之手,而被男子視爲女子的替身憑弔、召喚。作家並借用「畫像成眞」的手法〔註13〕,使女子的幽魂或者來世得以藉由畫像的牽引,重新回到情郎身邊,並以之作爲回生或轉世的證據。如《還魂記》中柳夢梅持杜麗娘「春容」,取信於杜寶,告知其女還魂之事;《玉環記》中韋皋向姜承展示玉簫「春容」,證明容顏與畫中無二的姜女簫玉,乃玉簫託生。

除了直接出自贈者創作的詩、畫以外,《六十種曲》中尚有贈送書籍一類,乃明傳奇中較爲特殊的現象。此類表記雖非專爲相贈的意圖而創造,卻以其性質同樣能強調贈受雙方的才學素養,故亦置於此類之下討論。贈書通常不爲表情,因書有其實質內容,如《蕉帕記》中贈兵書、《尋親記》中贈詞集等,大多爲實用目的。但亦有因對方能識書,感志趣相投,而生委身之念者,如《贈書記》中賈巫雲因談塵借觀「圯橋老人兵書」,萌相契之感,贈書的動作透顯情願下嫁的兒女柔情,實際上也是以酬答知音的情感爲基礎。然受贈者談塵全不解巫雲心思,僅以寶愛書籍的心態收藏翻閱,未意識到此物表露的情意。這也是因書籍本有其閱讀價值的特性,方使贈受雙方的認知有所落差。

二、表記象徵意義的轉化

除了在前代表記象徵意涵上加以深化外,明傳奇也對某些表記類型的運用傳統作了轉化;或爲贈受者身分的轉換,或爲贈物心態的改變,但皆是在原有的象徵基礎上翻出新意,融入明代特有的文化風氣與價值觀念,更凸顯明傳奇的時代特色。其中以「奇珍異寶」與「貼身物品」二類爲代表:

(一)奇珍異寶

奇珍異寶作爲表記,大量出現於唐傳奇中的神仙餽贈,用以凸顯仙境之物的高貴靈妙、不同凡俗,加強人心對仙道之嚮往;或成爲人神、人鬼邂逅

〔註11〕 湯顯祖:《牡丹亭·寫眞》,《六十種曲》第四冊(原第二套),頁41。
〔註12〕 楊柔勝:《玉環記·玉簫寄眞》,《六十種曲》第八冊(原第四套),頁39。
〔註13〕 「畫象成眞」的情節設計,最早見於《太平廣記·卷286·畫工》(頁2283)。敍進士趙顏得一畫,日夜呼之,百日後畫像應聲,趙又灌以百家采灰酒,畫象遂活,自託爲妾。於是女子畫像亦被賦予了神秘的氛圍,成爲想像與眞實女子形象之間轉換的媒介。

的憑證，渲染異類戀情的神祕感。

《六十種曲》中，奇珍異寶亦有作爲異類戀情的表記，闡揚的意義卻大不同於唐傳奇；如《南柯記》中蟻國公主瑤芳贈送淳于棼的「金鳳釵」與「文犀盒」；但作者並不在物件之珍貴價值上著墨，反而使淳于棼一夢醒來後，使釵、盒變成槐枝、槐莢；珍貴表記與破落枝葉的落差，令主角頓悟了人世爭權原同螻蟻爭食。借物之虛幻點破世情虛幻，道出作者的佛教思想。

而大部分的作品，則將此類表記神仙饋贈的性質，轉化爲帶有神助力量的珍奇物件，幫助世間男女完結宿世姻緣，表現作者所要宣揚的因果觀或宿命論。如《龍膏記》中以一煖金盒貫串始末：張無頗得仙姑袁大娘贈「煖金盒」與「續命龍膏」，得以治好宰相女元湘英之病，遂與湘英有情，卻因此盒原爲相府之物而得禍。後在袁大娘的幫助下兩人團圓，袁大娘方點出「此盒原是水府廣利王鎮海之寶，只爲你兩人姻緣在這盒上，因此傳到人間，是我特遣天將，到你家中偷將出來，做成方便，合你夫妻。」〔註14〕。《種玉記》則是霍仲孺夢福、祿、壽三星贈與「玉縧環」、「玉拂塵」與「紫玉杖」，並預示其將功成名就、婚姻得遂。後霍仲孺先以玉縧環與衛少兒定情，又在玉拂塵牽引下入贅俞家。十多年後，衛少兒之子霍去病與俞氏之子霍光，分別建立軍功、招爲駙馬，又因玉縧使異母兄弟相認，並和困於邊關十數年的父親重聚。霍仲孺一家團圓，二子位居將相，榮寵極矣，全應當年夢中三仙贈玉之語。劇中的物件作爲饋贈、定情的表記，皆流轉於人世之間，卻注入神仙力量的主導，使表記冥冥牽引人物離合，以促成天定之姻緣。

此類表記也並不全然被賦與神仙色彩，有時亦用於標舉劇中人物家世的尊貴顯赫。如《金雀記》中之「金雀」乃井父交予女兒文鸞炫耀家財之物，《懷香記》之「西域異香」與《龍膏記》之「煖金盒」則爲御賜珍寶。是以當此珍稀之物流轉至落拓書生的手中時，便顯得益發突兀，而往往成爲私情洩露的原因。

（二）貼身物品

以貼身物品如羅巾、衣衫、繡鞋、香囊等物作爲表記，在歷代樂府詩中已可見，常用於表現民間夫妻親暱而充滿關懷的情份。物件不僅具紀念意義，尚有實用功能。宋詞中，此類物品則成爲風流文人留連青樓、倚紅偎翠的生活寫照，暗示著肌膚之親的表記成爲某段雲雨之情的註記。宋元以後庶民文

〔註14〕楊梃：《龍膏記‧遊仙》，《六十種曲》第十一冊（原第六套），頁95。

學興起，宋話本、元雜劇中貼身之物的贈受更寄託了渴求歡好的慾念，反映市井小民奔放而不受禮教束縛的情感表現；又或有骨肉分離之際，相贈平日貼身穿戴的物品。通常在極親密的相處下方會以此類物品示人，故雖是日常微物，卻能曲盡彼此間至親的關係。

及至明傳奇，作者與描寫對象重新回到士人階層，不再允許俚俗大膽的求愛行動，卻仍常寄寓繾綣的柔情於相贈的貼身物品中，將「欲」的表現轉化為「親密之情」的凸顯。貼膚之親的表記，寄寓的不再是片刻歡愉的追求，而是標記著人物之間極親近的關係，或是對達到此種關係的渴望。像是藉著為對方縫製衣物，寄情針線、懷想身形，如《灌園記》的太史君后贈「綈袍」、《琴心記》的卓文君寄「肚兜」；或透過對方物件中特有的氣味、淚痕，追念至親至愛之情，如《玉合記》中韓翃臨別贈「淚帕」，及《春蕪記》中宋玉拾得季清吳「春蕪帕」，還帕時向其婢表達「臭味相投」的心意；或為女子剪髮贈郎，一方面以三千髮絲喻剪不斷的相思，一方面也在「身體髮膚，受之父母」的古訓下，以此種沉痛的方式，強烈表達自己對白頭之誓的堅決與盼望。如《焚香記》、《西樓記》、《四喜記》等，都有贈髮的情節。

而由上述表記亦可看出，此類物品多半本無以此相贈之意，或因己物流離至對方手中，被作為信物保存，如《青衫記》中，白樂天於名妓裴興奴處以青衫典酒，事後興奴堅信樂天歡場醉語下的盟言，為其贖衫而誓守之；或在無預期的情況下回贈信物，一時就近取材，聊以貼身之物相贈。如《玉合記》中，柳氏接韓翃題詩練囊，遂將隨身所攜之鮫綃帕題詩寄回，表達此情不渝。一方面因貼身物品在質地上較為脆弱易損，故較少被作為值得永久保存的盟訂之物；另一方面，卻因此物具有較高的個人私密性，保有對方的貼身物件，就形同兩人已建立極親密的關係，故又常被鍾情者私下珍藏，或在未有準備時聊代表記，同樣可顯出相託終身的摯情。

三、物件描寫之時代特色

從以上的分析中，可看出《六十種曲》中的表記運用，類型化傾向明顯，但卻能在前代文學傳統的基礎上，加以深化或轉化，形成明代表記文學的獨特象徵體系。而綜觀各類的表記運用，則更能使物件特質與劇情、人物緊密貼合，無論是對表記本身的描寫或在劇中的運用，手法上都較前代文學更加細緻。具體表現大致可歸納出三個特點：

（一）凸顯腳色形象

表記的性質往往標誌了持有者的身分與特質：從類別來看，奇珍異寶類的表記，能顯示贈者家世顯赫；以詩詞爲表記，則多出自文人或才女之手。有時個別表記亦顯示了人物的獨特形象，如《浣紗記》中西施以紗爲表記，切合其浣紗女的身分；《紫簫記》中李益作爲聘物的金龍鏡與玉燕釵，不僅價值名貴，鏡釵上鏤刻的「隴西李相國」與「狄道縣君」，更使鮑四娘知悉李益家世非凡。而又如《贈書記》中，賈巫雲遭叔父逐出家門時僅要求攜帶藏書，已凸顯她不同於一般兒女的書卷氣質。後又因談塵借觀圯橋老人兵書，對其而萌生相契之情，甚至贈書並有以身相託之意，更表現了巫雲如文人一般覓求知音的情懷。以一介女子藏有兵書，也暗扣其後巫雲假扮男裝出征建功的不讓鬚眉。

（二）扣合物件形質，表達獨特情感

除了上述四類別不同象徵性質的區分，劇作家更透過物件獨特的性質、外形或用途，表達了各異的情思。如《紫釵記》中，李益面對霍小玉落魄賣出「紫玉釵」，愧疚而心疼地道：「釵兒燕不住你頭上棲，那釵腳兒在俺心頭刺。」〔註15〕，生動地將釵的外形與人物境況做結合；《鸞鎞記》中魚玄機贈送「鸞鎞」，溫庭筠亦從物之形狀及用途，解讀出其中「鎞以結髮，鸞以表雙飛」〔註16〕的允嫁之意；《金雀記》中井文鸞以一對「金雀」與丈夫各留一隻贈別，重會時，明知丈夫已將金雀贈與新納之妾巫彩鳳，仍試探地向夫索取金雀，並說：「金雀乃至靈之物，先飛到我袖中來了。」〔註17〕一來藉表記外形爲飛禽的特性，巧妙嘲諷丈夫未善加珍藏夫妻之間的信物；二來也以雙雀相合，暗示一「鸞」一「鳳」的妻妾相合，一家人的聚合彷彿冥冥中已有定數。由此可見劇作家選擇表記皆具有深意，反映出較前代更細膩的表記描寫。

（三）援用典故

明傳奇自邵燦《香囊記》首開「以時文爲南曲」〔註18〕的風氣後，文詞派相繼在詞藻與用典上雕琢堆砌，形成「借典核以明博雅」〔註19〕的語言風

〔註15〕湯顯祖：《紫釵記》，《六十種曲》第四冊（原第二套），頁157。
〔註16〕葉憲祖：《鸞鎞記·喜諧》，《六十種曲》第六冊（原第三套），頁44。
〔註17〕無心子：《金雀記·臨任》，《六十種曲》第八冊（原第四套），頁78。
〔註18〕徐渭撰，李復波、熊澄宇注釋：《南詞敘錄注釋》，頁49。
〔註19〕李漁：《閒情偶寄·詞曲部·詞采第二·忌填塞》，頁20。

格，表記的描寫自也套入許多的典故，形成固定的象徵模式：贈鏡者，多寓有「破鏡重圓」之意，乃用唐孟棨《本事詩》中樂昌與徐德言分鏡而別的典故〔註20〕。如《玉鏡台記》中郭璞讖語「樂昌寄遠復完歸」〔註21〕即可看出該劇以玉鏡台為表記，化用此典的痕跡；贈珠者，則多用《後漢書·孟嘗傳》中「合浦珠還」〔註22〕的典故，象徵人去而復返、物失而復得，以寄託團圓的期待，如《雙珠記》、《明珠記》在臨別贈珠時，即借人物之口迤迆道出此層含意〔註23〕。其它如《荊釵記》中王家以荊釵聘玉蓮，用的是《後漢書》中梁鴻以荊釵聘孟光的典故〔註24〕，錢玉蓮擇荊釵而不擇金釵，也表現了其對「舉案齊眉」婚姻的嚮往；而如《錦箋記》、《霞箋記》、《飛丸記》等劇，需憑藉非自然的時機湊巧或神仙力量，以傳遞承載詩句的表記者，則多將表記喻為御溝紅葉〔註25〕，用的是《本事詩》中顧況題詩於葉，流於宮中，後又得御溝中流出的宮人題詩之典故〔註26〕，盼此物能如紅葉，在天意的冥冥導引下，終能到達伊人手中，並傳回佳音，促成良緣。表記的用典，使其涵意在物件特質之外，又多了一層歷史意蘊，更細膩地傳達了人物內心幽邃婉轉的意念，充分體現了文人作劇典雅蘊藉的審美風格。

〔註20〕 孟棨：《本事詩·感情第一·陳太子》載：南朝徐德言亂中與妻樂昌公主分鏡而別，後又合鏡重聚的故事。後多以「破鏡重圓」喻夫妻失散或決裂後重新團圓和好。見顧元慶輯《陽山顧氏文房》（台北：藝文印書館，1966）。

〔註21〕 朱鼎：《玉鏡台記·燃犀》，《六十種曲》第五冊（原第三套），頁53。

〔註22〕 范曄：〈孟嘗傳〉載：合浦一帶產珍珠，歷任太守多貪穢，濫採無度，珠遂移至交趾郡，造成合浦居民無以維生。後孟嘗遷任此地，改革前弊，珠乃復還。後用以喻人去而復返或物失而復得。見范曄撰，李賢等注，楊家駱主編：《新校本後漢書并附編十三種》（台北：鼎文書局，1997），頁2474。

〔註23〕 沈鯨《雙珠記·母子分珠》：「今分一顆與你帶去，我自留一顆，以寓合浦還珠之意。」見《六十種曲》第十二冊（原第六套），頁14；陸采《明珠記·驚破》：「願他年合浦重相會，一對團圓長在。」，《六十種曲》第三冊（原第二套），頁37。

〔註24〕 范曄撰，李賢等注，楊家駱主編：《新校本後漢書并附編十三種·逸民列傳》，頁2766。

〔註25〕 如《錦箋記·婆奸》梅玉語：「徒有錦箋傳雅報，恨無紅葉報相思。」（頁20）、《霞箋記·霞箋題字》麗容語：「一幅霞箋隔院拋，把你做紅葉傳出御橋。」（頁10）、《飛丸記·意傳飛稿》弘器語：「當時御溝題紅，澗泉流飯，後來俱有結果。我亦裁詩一首，作丸擲去，若是宿世有緣，亦到那人手裡。」（頁23）

〔註26〕 孟棨：《本事詩·情感第一·顧況》，收於顧元慶輯《陽山顧氏文房》。

第二節 表記在劇中的關鍵作用

明傳奇中的表記，相較於前代文學，在人物塑造、情緒點染與情節推進上，都被賦予了更重要的功能，乃至於成為全劇關鍵性的線索。由李曉提出的戲曲情節四段式結構「開端—發展（應有小收煞）—轉折—收煞」〔註27〕來觀察，明傳奇往往在四個階段皆以表記情節為重要關目：「開端」至「發展」中，作為引發或奠定「情感起始」的基礎；「轉折」處則製造劇情衝突、渲染別離氣氛；及至「收煞」，又有促成「情感圓滿」或象徵人物重合之功。觀察《六十種曲》中的表記情節，無論是造成「情感起始」、「情感轉折」或「情感圓滿」的影響，皆有幾種模式可循，本節即據此三階段為分類，對《六十種曲》中出現表記的情節作一梳理，具體了解表記在《六十種曲》中的運用情形，並於下節深入分析表記情節模式化的意義。

一、情感起始

此類情節多出現於以才子佳人為主題的劇作之中，鋪陳生、旦之間由相遇到結合的過程，其間的聯繫往往都透過表記開始，情節大致有三種模式：

（一）以物為傳情媒介

此類情節通常出現在男女初識或未識之時，因表記的牽引產生聯繫，也藉由私下表記的溝通往來，逐漸累積情感，終至兩心相許。前代文學中，此類情節較多以「贈物傳情」的模式出現，《六十種曲》則在單純的贈受動作之外，變化出更加靈活的方式：有的以旦角失物，為生角拾得，藉覓物、還物開啟相識契機，如《紫釵記》、《春蕪記》等；有的以一方作詩，為另一方所見，而生愛才之心，回詩表達傾慕，遂兩下有情，如《紅梨記》、《錦箋記》、《霞箋記》、《飛丸記》等；又或表記並未直接由某一方贈與，卻因故流轉至對方之手，而間接促成了一段姻緣，如《西樓記》穆素徽題于鵑詞於「花箋」上，于鵑無意中見之，而生知音之感，持箋親訪素徽，得以完神交之情；《還魂記》杜麗娘病中自繪「春容」，死後畫軸為柳夢梅拾得，夢梅對畫喚人，方喚出麗娘一縷幽魂，得以再續夢中情。花箋與春容皆本非相贈之物，卻因物件流轉，牽繫起生旦一線情緣。本類的各種表記，得以在傳遞中建立起男女

〔註27〕李曉以王驥德對中國戲曲結構「起、接、中斷數衍、後段收煞」的理論為基礎，歸納出古典戲曲整體結構的構成段數，並謂之「四段論式」。見《比較研究：古劇結構原理》（北京：中國戲劇出版社，1989），頁25。

主角的戀情，多少需憑藉巧合的安排，故常帶上幾分天緣湊巧的意味，有些劇作家則直接賦予此物「牽合宿世姻緣」的任務。而在後續的劇情發展中，此類表記也往往用於定情或分離互贈，使其在媒介的功能上，表現出在愛情中更強烈的見證效果。

（二）以物為聘，成就婚姻

中國自「六禮」的婚姻制度逐漸完備以來，歷代婚制便對納采之禮有著嚴格而愈趨繁複的規定。各朝雖品物有別，但皆秉持「男女非有行媒，不相知名；非受幣，不交不親」〔註28〕的原則，聘物僅作為禮法程序的環節之一，不具有當事人的自我情感。《六十種曲》中的聘物，在物件與涵義上卻多能不受古禮聘財規制的侷限，常由當事人自行擇取、贈送；亦跳脫了古禮的嚴肅儀式，有時是男女雙方的父母交換物件，表示訂下婚盟，此種情節多用暗場處理，如《鸞鎞記》生角上場，口述父母「曾以碧玉鸞鎞一對聘趙氏女」〔註29〕、《玉簪記》亦在第二齣即藉潘父之口表示與陳家「曾以玉簪鴛墜為聘」〔註30〕；更多是在生旦兩相留情後，男方以物自媒，由女方家長承收，象徵性地表示對此段婚姻關係的接納，如《玉鏡臺記》溫嶠持「玉鏡臺」聘表妹劉潤玉，姑母收下允婚、《金雀記》井父以詩招婿，選中潘岳之詩，潘便將井文鸞投擲予己的「金雀」付予井父為聘物；甚至是逕由男女私下授受、口頭行聘，如《金雀記》中的潘岳以「金雀」聘歌妓巫彩鳳、《懷香記》韓壽贈「詩帕」予賈午姐為聘物等。雖違反了「男女無媒不交，無幣不相見」〔註31〕的儒家道德原則，卻反映了明代戲劇浪漫而極具文人雅致的創作思維。

以聘物作為表記，在情感起始階段中形同「小收煞」，象徵著婚姻關係的穩固，強調男女主角的愛情在合於禮法的基礎上展開。聘物在傳奇中也不再只是禮儀形式的一環，更是生旦愛情被社會禮法所接受的保證，故在往後的劇情發展中，該物對接受者之感情忠貞度的約束力也更為強大。

（三）以物定情，情感確立

象徵著自由戀愛的定情物，與象徵父母之命的聘物，在禮法的意義上恰

〔註28〕《禮記・曲禮》，頁37。
〔註29〕葉憲祖：《鸞鎞記・論心》，《六十種曲》第六冊（原第三套），頁2。
〔註30〕高濂：《玉簪記・命試》，《六十種曲》第三冊（原第二套），頁2。
〔註31〕《禮記・坊記》，頁871。

成對立；然《六十種曲》中定情物的數量卻遠高於聘物，可看出明代文人在心學衝擊之下，對儒家道德約束的突破。此類情節通常在男女未婚之時，先經歷一段愛慕、相約、私會甚至合歡的過程後，以慎重其事卻不被禮法允許的贈物訂盟方式，使彼此心中的情意得到交流與落實，亦使情感線索的發展達到高潮，與「聘物」同具「小收煞」之功。如《霞箋記》張麗容與李彥直數次於「霞箋」題詩往返，兩相傾慕後會面，即對天盟誓並「將此霞箋，各藏一幅，留作他年合巹」〔註32〕；《春蕪記》宋玉拾得季清吳的「春蕪帕」，藉還帕託婢傳達愛慕之情，清吳亦有情於彼，假答謝之名與宋玉相見訴情，並將春蕪帕贈與宋玉，盼該物「當為日後表證」〔註33〕，其他如《懷香記》、《浣紗記》、《西樓記》等，也都有贈物定情的情節。除了如詩歌、小說中用以表達潛藏的情思之外，明傳奇更強化了定情表記的憑證功能，即作為兩人之間情愛承諾的依據，或婚姻期望的寄託。由於定情物並不像聘物般，能帶來具有契約力量的婚姻關係，僅能憑藉心靈上的共同認可，故較之聘物有更強烈的精神意涵。

二、情感轉折

以情感發展為劇情主線的婚戀傳奇，不外鋪陳主要腳色的分離慘痛與坎坷際遇，作為造成情節轉折的主要衝突。無論是主動離去或被動迫別，表記在其中皆有關鍵性的作用：或為聯繫生旦愛情或母子親情的一脈線索，或為引起分離的外在因素，往往因物的出現，造成人物情感或事件發展上的轉折。常見模式有以下六種：

（一）贈物留別

分離是絕大多數的明清傳奇都會設置的情節，又多以一至二齣的篇幅，著重鋪陳人物分別時的情境氣氛與心裡感受。明傳奇沿用六朝以來詩歌中「以物贈行」的傳統，多藉由臨別贈物的情節，抒發人物內心的不捨之情。一方面盼對方見物如見人，作為日後相思的憑藉；一方面也盼將來重見此物，作為對團圓的盼望。而贈物方式有三：一為單方面餽贈，強調物的紀念意義，如《玉玦記》王商赴試，妻子秦慶娘以「玉玦」贈別；二為雙方互贈，表達兩心同等的堅定，帶有相互承諾的意味，如《玉簪記》潘必正與陳妙常秋江

〔註32〕無名氏：《霞箋記‧端陽佳會》，《六十種曲》第七冊（原第四套），頁18。
〔註33〕王錂：《春蕪記‧言謝》，《六十種曲》第五冊（原第三套），頁31。

送別，互贈「鴛鴦扇墜」與「碧玉鸞簪」；三爲將一對物件各留一只，或將一物各分一半，皆期盼二物復合如初，寄託團圓願望，如《金雀記》中潘岳將遠赴山濤之約，妻子井文鸞將一對「金雀」與丈夫各留一隻；或《浣紗記》中西施赴吳之前，與范蠡裂「紗」各分一半留念。另亦有戀愛一方私藏對方無意遺下的物品，以爲日後憑證者，雖非逕由對方所贈，卻同樣成爲持有者寄託思念的物品，如《青衫記》中裴興奴贖取白樂天典酒的青衫，視之爲伊人承諾之憑藉。不同的贈物方式，往往決定了該劇表記線索的結構特徵，如單方面餽贈通常以該物單線貫穿全劇，雙方互贈或分物而別則令二物各自貫穿兩頭線索，形成雙線並進的結構模式。故此一關目實爲全劇樞紐，更成爲情感轉折與圓滿階段其他表記情節的前提。

（二）對物思人

當雙方相隔天涯，上述幾種情節中所傳遞的表記，即成了投射思念情感的對象。此類情節在排場上多爲短場〔註 34〕，作爲純粹的情感抒發，雖「無關合承接的功用」，對於外在事件的敘述完全無推進的作用，卻能「耐於咀嚼，趣味雋永」，透過表記展現人物內心幽微意念，加強情感深度，具有濃厚的抒情作用。在情節發展未能置入愛情線索時，亦常藉此種關目反覆點題，渲染烘托生旦愛情的主題。對象上或爲男思女，如《西樓記·錯夢》；或爲女思男，如《浣紗記·思憶》，亦有父母、子女之間相追念者，如《雙珠記·纊衣寄詩》、《尋親記·相逢》等。多由生或旦一人主演，以大量曲牌堆疊鋪陳內心感觸，最適合文詞派作家發揮文采。

（三）寄物溝通

寄物除了傳達思念以外，表記的遙寄有時更被賦予了傳遞具體訊息的任務。身處異地的男女主角，總會各自經歷種種磨難，當困境無以化解，往往就會透過遙寄表記的方式，試圖告知對方前來一會。此種情節常出現於女主角遭到逼嫁，或是被迫遠遷時，偷以表記寄予男主角，如《霞箋記》中名妓

〔註 34〕 張敬：「短場：……是用來濟過場正場之窮。……本身只是資料的補充，並無關接合承接的功用。……短場的條件必須具備幾點特質：一、在故事的發展上，不輕不重。二、在人物的登場上，必係主角或副主角。三、在唱做上，夠小品的欣賞上的標準，正如文藝小品一樣，耐於咀嚼，趣味雋永。四、在形式的結構上，是如正場，但需要能做到具體而微的境地，因此聯套必用中套、短套，前者選用快曲，後者選用半細曲。」；見《明清傳奇導論》，頁 111～112。

張麗容得知自己被賣於相府，乃咬指以血題詩於定情的「霞箋」，託人寄予張彥直告知，彥直得訊後踰牆逐舟，兩人終得於相府前一會；《西樓記》中穆素徽亦想修書告知于鵑自己被逼搬離西樓，盼能登程前舟中一會，並附「髮」一束，表結髮之願。不料錯封白紙，舟會之約未能傳到，反而讓于鵑誤以為是「把斷髮空書做了絕決回音」〔註35〕，而致兩人無由相見，各自抑鬱，分別病沉和自盡，引發其後一連串的誤會。可見表記所擔負的溝通功能，是影響劇情走向的重要關鍵。

（四）歸物訣別

唐傳奇中即有贈物訣別的傳統，明傳奇則在該物用以相贈訣別之前，先使其蘊含情感憑證或團圓寄託的象徵意義。故當團圓無望，無力改變現況的主角常恐觸物傷情，索性退回原物，了斷相思，使訣別的情緒更顯沉痛絕望。如《玉鏡台記》中，劉潤玉為叛軍王敦所擄，獄中寄回丈夫臨別設誓的「玉鏡」，自忖將死，表達「俾知我不久為泉下客矣。菱花遙寄，嘆雙鸞此日僻離」〔註36〕的悲慟；《玉合記》中，柳氏為沙將軍囚禁府中，偶然與韓翃得以一會，亦思再會無望，兩相悲別，互投向日信物——「鮫綃帕」與「玉合」，以示緣盡，免致相思。不同於唐傳奇中贈物訣別後往往以悲劇收場，明傳奇則常在姻緣既斷的情感低潮後，又引發新的契機，終而導向團圓結局，使歸物訣別的絕望，又翻成合物重聚的歡欣。

（五）因物洩情或遭拆散

表記傳遞常在兒女私情之間，自不為象徵著社會禮法的父母、兄長所允，而定情物或傳情達意的表記，卻常成為私情洩漏的證據，使男女主角戀情遭到破壞或拆散。此一關目早在元雜劇《金錢記》中即可見：王府尹見到韓翃夾於書中的金錢五十文，認出為自己交付女兒保管之物，乃知二人有私情而大怒。明傳奇大抵承襲這樣的模式，如《懷香記》賈充聞韓壽身上有御賜於己的「異香」而起疑，乃拷婢尋跡，終致偷情事發；又有略加變化者，如《龍膏記》中袁大娘盜相府之「煖金盒」贈與張無頗，無頗以盒中所盛「龍膏丸」給宰相之女元湘英治病，因而生情，卻因宰相見無頗所持煖金盒，以為是女兒所贈，乃處心積慮謀害無頗，使男女主角尚未逾矩的情苗又遭摧折；《種玉記》則是將贈受對象倒置，以衛少兒（旦）將霍仲孺（生）所贈「玉縧環」

〔註35〕袁于令：《西樓記・疑謎》，《六十種曲》第八冊（原第四套），頁47。
〔註36〕朱鼎：《玉鏡台記・獄中寄書》，《六十種曲》第五冊（原第三套），頁91。

佩於身上，爲衛兒所見，認出是仲孺之物，乃欲絕其情，使霍於掾吏役滿後發回原籍，離開少兒所侍之曹府。

（六）因物流離而引起誤會

或因戰爭動亂，或因人物特殊境況，而使主角之表記流落他處，往往會回到贈者手中，有時具有傳遞音訊的功能，如《雙珠記》中王母得役兵所拾王慧姬之「明珠」，乃知入宮的女兒已配爲邊將之妻；更常見者則是引發許多揣測與誤會，如《香囊記》中張九成之母所贈的紫香囊，在九成北伐時遺落戰場，爲小兵拾得，以之行乞至張家，帶來九成戰死的誤訃；《紫釵記》中霍小玉於李益去後，家資漸乏，變賣定情「紫釵」，竟爲李益入贅的盧家購得，盧太尉便以之誆益小玉另嫁。香囊與紫釵的流徙，一令九思尋兄而致張家骨肉四散，一令崔、韋同情地論及小玉境遇，引起黃衫客決心助之，皆起著關鍵性的推進作用。

三、情感圓滿

《六十種曲》中的作品，幾乎沒有例外的皆爲大團圓的結局。以表記推動情感起始、情感轉折的結構模式，最終也必得使表記重合，方能滿足觀眾期待團圓的心理〔註 37〕，並符合全劇「大收煞」〔註 38〕的情節架構。除了在寓意上以物合象徵人合，表記更在促成團圓方面有著積極的作用，以下即該階段中表記趨於圓滿的四種情節模式略作分析：

（一）計物財價以突破困境

六朝志怪小說中，異類相贈之物，常有資助書生經濟的意味。唐代以來，則多強調表記的精神意義。直至明傳奇，表記的物質價值又重新被注意，卻

〔註 37〕 李春林指出：「『大團圓』是我國特有的一種文學現象，大量出現在宋以後的戲曲小說中。……不論戲曲小說描寫的是什麼事，最後總有一個光彩的尾巴、完美的結局。……它所反映的內容是在不平社會人所遭遇到的不幸，和追求美滿生活的強烈願望；它所宣揚的是「善有善報，惡有惡報」的倫理觀念；它追求的是心理圓融和精神勝利的趣味。」見《大團圓：一種複雜的民族文化意識》（台北：雲龍出版社，1991），頁 1。

〔註 38〕 李漁認爲傳奇之結尾需作到「大收煞」，要求「無包括之痕，而有團圓之趣。如一部之內，要緊腳色共有五人，其先東西南北各自分開，至此必須會合。……其會合之故，須要自然而然，水到渠成，非由車牽。……水窮山盡之處，偏宜突起波瀾，或先驚而後喜，或始疑而終信，或喜極信極而反致驚疑，務使一折之中，七情俱備。」，見《閒情偶寄・詞曲部・格局第六・大收煞》，頁 53。

非單純地以財物來衡量表記，而是以物爲財，換取化解危機的力量，使表記不僅有精神上的憑證意涵，更能具體地解決愛情中的難題，發揮實際作用。如《明珠記》中的「明珠」，即多次被視爲財禮饋贈：當王仙客欲求助古押衙時，大方將表記明珠相贈，以取信於彼；後古洪用藥使宮中的劉無雙詐死，則用明珠贖取其屍身；最後仙客、無雙夫妻得以完聚，仙客又要以珠贈古爲謝禮。作爲表記的明珠，共三度被當成財物相贈。而上舉《紫釵記》中霍小玉賣釵換錢，則更直接地將表記當作商品販賣，換取錢財以資尋夫。在表記發揮財物價值的同時，也爲男女主角面臨的困境製造了新的轉機，漸導向團圓結局。

（二）因物而引起外力介入

傳奇中的男女主角通常是溫文書生與柔弱女子，在現實環境中面對危難的處理能力有限，因此在劇中往往需要透過外力救助，方能化解困境。此種外力常由表記引起：或因出物訴情，而爲具有財勢或能力者得知困境，仗義相助，如《霞箋記》張麗容困於宮中，終日鬱鬱，宮主探問心事，麗容方出「霞箋」奉告與張彥直離合始末。正巧駙馬識得新科狀元即爲彥直，乃討箋爲憑，允諾促成親事；《雙珠記》中王慧姬入宮，縫製邊衣時暗藏「情詩」於衣中，爲邊關將士陳時策所得。元帥知此事，令時策呈詩並上報朝廷，皇帝觀詩後乃成全慧姬、時策姻緣，並令慧姬得以出宮，與家人團圓；或因物引起神靈力量介入，如《玉玦記》王商在癸靈廟中，將妻秦慶娘所贈「玉玦」掛於神像佩刀，與妓女娟奴設誓，引起癸靈神對此段姻緣的審判，又在慶娘於癸靈廟自盡時救之，並預示「團圓逢玉玦，咫尺在神京」〔註39〕。無論是人助或神助情節，都反映了文人在現實中，對愛情追求力量的薄弱，故於傳奇中只得仰賴外力，甚至是超現實力量的協助，才能扭轉對自己不利的情勢。而將引起此種助力的機緣，賦予象徵著愛情的表記，又使此物在情感中的積極作用更上一層。

（三）憑物相認或證明身分

早在六朝、唐代的志怪小說中，表記就常做爲人物身分揭露的線索，元雜劇中更大量運用爲破案關鍵或認親依據。明傳奇承襲表記此一線索作用，在長篇而曲折的情節下，人物歷經許多遭遇後，身分常會有所轉換，而使雙

〔註39〕鄭若庸：《玉玦記・夢神》，《六十種曲》第九冊（原第五套），頁79。

方縱使近在咫尺，卻不知即爲彼此；或使一些素昧平生的人，關係上產生了聯結。這時彼此時刻繫念於心的表記，便是辨識對方身分的最好憑證。往往透過表記的印證，直接促成人物的團圓。如《荊釵記》中錢安撫宴請狀元王十朋，出錢玉蓮的「荊釵」試之，十朋見釵生悲，錢安撫方確定其爲玉蓮的前夫，十朋亦由此知玉蓮即安撫義女，夫妻因此完聚。此爲夫妻相認；《金雀記》中井文鸞與丈夫潘岳對分「金雀」而別，潘岳又以金雀聘娶歌妓巫彩鳳。後文鸞與彩鳳於庵中相遇，各出金雀，方知同是潘岳之妻妾。此爲妻妾相認；另有父子相認如《種玉記》、《尋親記》；母子、祖孫相認如《雙珠記》等，《贈書記》甚至令易性改扮的男女主角，在成婚之後藉由女曾贈男的祕書，揭露兩人眞正的性別。又《紅梨記》謝素秋以「詩箋」證明自己不是女鬼、《還魂記》柳夢梅以杜麗娘「春容」證明自己爲杜寶女婿等，則是以表記證明自身的身分。

（四）合物或詠物團圓

在情感起始、情感轉折處以表記貫穿的劇目，至結尾歡聚、婚禮或封誥的場面中，多會象徵性地將彼此表記相合，或詠嘆表記牽合二人團聚之功，象徵情感終歸圓滿，完成「以表記牽動人物離合」的情節架構，也使表記被賦予的「期待團圓」意義得到實現。劇作家以表記分合象徵人物聚散的用心，除了透過〈人珠還合〉〔註40〕、〈劍合釵圓〉〔註41〕、〈霞箋重會〉〔註42〕等標目表現出來，有時也會在團圓的場面中借人物之口或下場詩道出，如《龍膏記‧償緣》：「看今朝團圞金盒，會合龍膏。」〔註43〕、《雙珠記‧人珠還合》：「雙珠合，骨肉團圓，悲喜集，感蒼穹」〔註44〕，都是逕將人、物並提，強調以表記爲團圓寄託的精神意義得到實現外，更使表記對全劇情節推進的作用，在此關目中得到總結。

綜上所論，表記在傳奇情節中，對情感主線的起始、轉折與圓滿，無論是在人物內心的刻畫，或敘事線索的進行上，都被賦予了不可或缺的作用。

〔註40〕沈鯨：《雙珠記‧人珠還合》，《六十種曲》第十二冊（原第六套），頁167。
〔註41〕湯顯祖：《紫釵記‧劍合釵圓》，《六十種曲》第四冊（原第二套），頁151。
〔註42〕無名氏：《霞箋記‧霞箋重會》，《六十種曲》第七冊（原第三套），頁72。
〔註43〕楊珽：《龍膏記‧償願》，《六十種曲》第十一冊（原第六套），頁90。
〔註44〕沈鯨：《雙珠記‧人珠還合》，《六十種曲》第十二冊（原第六套），頁168。

若以張敬提出的傳奇分場概念〔註45〕來看，關目份量上，除了純粹抒發情感的「對物思人」情節為短場，其他情節單元幾乎皆為「以劇情為重要關目之一」、「登場人物，必係全部戲中的主角、副主角的地位」、「唱作方面的標準，……必須具有相當的份量」〔註46〕的正場，甚至有「在意義上、唱腔上、扮演上，故事的發展和文辭結構上，必是全劇中，最出色的組合」、「登場腳色，必是全劇中數量最多，而又各有表演。故事內容，又係具備重要發展上的條件」或「場景佈置、故事穿插、以及人物登場，必為全劇中最富麗和最鬧熱，或最緊張的場面。」的大場〔註47〕，如「憑物相認或證明身分」、「象徵情感圓滿」等團圓歡慶的場面。表記情節在全劇關目上的重要性由此可見。

　　另外郭英德指出，明代傳奇的創作乃是詩、詞本質的繼承，具有強烈的抒情特性，然其所表現的「情」，又需透過人物描寫、情節推展的敘事架構為載體，故為一種「兼容抒情體和敘事體的戲劇體文學」〔註48〕。傳奇文學的此種特性，表記情節尤其發揮的淋漓盡致，由上述的情節分析中，可看出《六十種曲》的表記運用，融合了詩歌中藉表記寄寓情思、抒發感觸的抒情傳統，以及小說中藉表記引起衝突、推動情節的敘事手法：

　　在情感起始的階段，作為「信物」或「定情物」，著重挖掘人物內心由徬徨到堅定的心路歷程，而終於展開戀愛或婚姻關係；作為「傳情媒介」，則成為人物遇合的直接原因，以具體事件引發情感起始。

　　情感轉折階段，「贈物留別」、「對物思人」、「歸物訣別」等情節細膩鋪陳男女主角面臨愛情考驗的境況時，心中思念、悲切的情緒；而「寄物溝通」、「因物洩情」、「因物流離而引起誤會」等情節則直接影響了劇情的走向。

　　情感圓滿階段，「合物或詠物團圓」只是於結尾的團聚場合作一點染，並無推進情節作用，卻回應了全劇深刻的思慕與企盼，賦予表記牽引團圓的精神意涵；而「計物價財以突破困境」、「引起外力介入」，或「作為相認憑藉、身分證明」，則都作為化解危機的積極力量，直接促成團圓的結果。

〔註45〕張敬指出：「傳奇的分場，以故事關目為據點，有大場、正場、短場、過場、鬧場、文場、武場、文武全場和同場等的區別，一部傳奇表現的手法，全都依據在這些場面的組成上。」，且前四項乃依據關目份量而分，後五項則依據表現形式為基準。見《明清傳奇導論》，頁109～113。

〔註46〕張敬對正場的說明。見《明清傳奇導論》，頁110。

〔註47〕張敬：「在一部傳奇中，最高潮的表現，便是大場。」，上引三段擇一皆為大場的基礎。見《明清傳奇導論》，頁110。

〔註48〕郭英德：《明清傳奇戲曲文體研究》，頁169。

如此抒情性與敘事性關目交織，同時照應人物內心情感的表現，與外在
事件的進行，兩者又互相影響、交融，不僅使明傳奇中的表記情節，較之前
代更加完整而深刻，其運用在傳奇的藝術感染力上，也扮演了極重要的角色。

第三節　表記情節之程式化與結構特徵

《六十種曲》中的表記情節，在「情感起始」、「情感轉折」、「情感圓滿」
三階段的連綴使用下，構成了全劇以表記點染或貫穿的結構模式，隨著人物
分合的情節進展，表記也一再重現，處處提點劇旨、照應前齣，使線索紛繁
的明傳奇能不致偏離敘事主線而流於結構鬆散。林鶴宜也說明了此種手法在
明傳奇中的普遍性與重要性：

> 「以物件貫串關目」的手法，在傳奇中最為普遍，這些「物件」多
> 半指信物，或作為男女主角愛情的象徵，或作為骨肉離散後團圓的
> 憑證，隨著人物的分離，歷經波折，而成為人物精神寄託與抒情的
> 對象。而當劇情逐漸收束時，這些物件對人物團圓，往往又帶有「關
> 鍵」或「暗示」的作用。由此可知，「以物件貫穿關目」在編劇上，
> 同時具備了埋伏照應，發展情節，及主題再現等多重效果。〔註49〕

從上節的分析中，可具體看出表記在人物分離、團圓時所發揮的關鍵與暗示
作用，而情感起始或轉折的表記情節，往往也是為因表記而分離或團圓的結
果埋下伏筆，使前後線索集中、主題突出。從【附錄一】對各劇在情感進展
三階段的表記情節歸納中，可看出「以物件貫穿關目」之編劇手法，在《六
十種曲》中的使用情形：具有表記情節的三十五本劇作中，有十五本〔註50〕
以單一表記作為全劇貫穿的線索，形成「單線貫穿」的結構特徵，於情感起始、
轉折與圓滿之處，都有一項以上的表記情節作為重要關目，引導並連綴著情感
進行的每一階段，全程參與人物結合、分離到團圓的歷程。有九本〔註51〕以二
件表記貫穿兩條線索，形成「雙線並進」的結構特徵，往往在情感起始或轉折
時將物二分，此後二物各自引領一條情節線索進行，中間或有表記交錯的情

〔註49〕林鶴宜：《阮大鋮石巢四種研究》，頁111。
〔註50〕此十五本為：《荊釵記》、《玉環記》、《青衫記》、《錦箋記》、《明珠記》、《浣紗記》、《玉合記》、《玉鏡臺記》、《贈書記》、《紫釵記》、《香囊記》、《懷香記》、《玉玦記》、《還魂記》，詳見附錄「表記作用」欄。
〔註51〕此九本為：《玉簪記》、《紅梨記》、《霞箋記》、《金雀記》、《鸞鎞記》、《雙珠記》、《種玉記》、《飛丸記》、《紅拂記》樂昌線索，詳見附錄「表記作用」欄。

況，而最後二物不例外地終究合一，縮合兩段主線，象徵人物重圓。至於另外的十一本劇作〔註 52〕，則並未以表記貫穿，表記情節在全劇中僅「點綴其間」，有些表記仍被賦予了情感某一階段的重要功能，有些則僅止於點染，並未造成太大影響。這些表記雖對情節的重要性居於次要地位，卻也躋身明傳奇的表記之列，將此類點綴式的表記歸為一類，在《六十種曲》表記結構特徵的討論中聊備一格。

一、單線貫穿

以一件表記作為貫穿全劇的線索，在元雜劇中已成為常見的手法。如無名氏《玉清菴錯送鴛鴦被》中的鴛鴦被、喬夢符《李太白匹配金錢記》中的金錢五十文等，都在全劇的始末多次出現，亦被賦予了確立情感、形成衝突、促成團圓的關鍵作用。即如許金榜所說：「元雜劇有時也用某一物件作為人物悲歡離合的見證和解決矛盾的關鍵，使之起到貫串全劇的作用。……這些物件成為推動劇情發展、實現劇情轉化的重要因素，他們對情節具有重要的聯絡作用，增強了作品的整一性。」〔註 53〕然而在元雜劇四折一楔子的體製下，運用物件貫穿全劇的目的，乃在於使情節簡潔精練，並「能更清楚的掌握住它銜接、貫串的主要線索」〔註 54〕，又因一人主唱的限制，表記表現的只是單方面的人物情節；明傳奇卻恰好相反，以生旦為主體且齣數大幅開展的體製下，常發展出雙線或多線並進的情節線索，使全劇易流於結構渙散、節奏拖沓，清代李漁提出的「立主腦」、「減頭緒」、「密針線」〔註 55〕主張，正說明了明傳奇多有此弊，而以單一表記貫穿全劇的手法，則是明代劇作家用以解決這個問題最普遍的方式。

表記單線貫穿劇作的結構模式，指在婚戀或家庭劇所敷演的情感進展中，以單一表記作為情感開展的基礎，並在情感轉折、情感圓滿的階段，表

〔註 52〕此十一本為：《南柯記》、《西樓記》、《春蕪記》、《紫簫記》、《蕉帕記》、《尋親記》、《灌園記》、《焚香記》、《金蓮記》、《四喜記》、《琴心記》，詳見附錄「表記作用」欄。

〔註 53〕許金榜：《中國戲曲文學史》（北京：中國文學出版社，1994），頁 108～109。

〔註 54〕顏天佑：《元雜劇八論》，頁 60。

〔註 55〕李漁主張傳奇作品在主題上以「一人一事，即作傳奇之主腦」（〈立主腦〉，《閒情偶寄》，頁 7），結構上須「一線到底，並無旁見側出之情」（〈減頭緒〉，《閒情偶寄》，頁 11），編劇時則要「每編一折，必須前顧數折，後顧數折。顧前者，欲其照映，顧後者，便於埋伏」（〈密針線〉，頁 9），以表記貫穿全劇的手法，正符合其突出主線、前後呼應的結構追求。

記都被賦予了關鍵性的功用，使物件首尾貫穿生旦離合的情節線索，作爲男女主角戀情或婚約的具體象徵，突出敘事主線並扣緊劇作所欲張揚的「節義」或者「至情」題旨。是《六十種曲》表記運用中最常見的結構特徵。

此一結構特徵在明中葉至明晚期，經歷了由模式初現，到形成慣例，而後又加以變化的過程。郭英德《明清傳奇綜錄》將明成化至清順治年間的傳奇創作，以湯顯祖完成《紫釵記》之萬曆十五年爲界，分爲「傳奇生長期」與「傳奇勃興期」〔註56〕，本節即以此分期爲階段性，討論表記情節「單線貫穿」結構的形成發展，觀察表記情節單元逐步程式化的情形：

（一）《香囊》作爲濫觴

南曲系統中，「以一物貫穿全劇關目」的結構模式，早在南戲《荊釵記》已開先河，但真正使表記單線貫穿全劇的結構特徵，成爲明代文人傳奇的創作慣例，則始於成化、弘治年間邵璨所作的《香囊記》。該劇宣揚風教、賣弄才學，結構上渙散雜蕪，難稱佳作。但其「以時文作南曲」〔註57〕、「盡填學問」〔註58〕的語言風格，恰成了文人涉足傳奇創作的絕佳管道，故使文辭綺麗、風格典雅的文人傳奇盛行一時，「遂濫觴而有文詞家一體」〔註59〕。

因語言風格引起文人群起效尤，連帶使《香囊記》的關目、佈局都成爲文人的模仿對象；如郭英德所指出：「（《香囊記》）以紫香囊這一小物件作爲情節線索，貫串全劇，卻成爲後世傳奇的嚆矢。」〔註60〕該劇前無所本，作者卻已有意識地在劇情多處設置表記關目，使情節推進，並聯繫張九成宦海浮沉，與張母崔氏、妻貞娘以及弟九思流離聚散之線索〔註61〕；劇中「香囊」

〔註56〕郭英德：《明清傳奇綜錄》（石家莊：河北教育出版社，1997）。

〔註57〕如徐渭：「以時文爲南曲，元末、國初未有也，其弊起於《香囊記》。……至於效顰《香囊》而作者，一味孜孜汲汲，無一句非前場語，無一處無故事，無復毛髮宋元之舊。三吳俗子，以爲文雅，翕然以交其奴婢，遂至盛行。」李復波、熊澄宇注釋：《南詞敘錄》，頁49～52。

〔註58〕呂天成：「《香囊》詞工、白整。盡填學問。此派從《琵琶記》來，是前輩最佳傳奇也。」見呂天成撰，吳書蔭校注《曲品校注・卷下・妙品三》，頁170。

〔註59〕王驥德：「自《香囊記》以儒門手腳爲之，遂濫觴而有文詞家一體。」見陳多、葉長海注釋：《曲律・卷二・論家數第十四》，頁118。

〔註60〕郭英德：《明清傳奇史》，頁84。

〔註61〕《香囊記》表記線索概述：香囊首先在呂洞賓的讖詩中被提及，一方面點出九成攜帶香囊赴試，一方面也暗伏了其後的情節發展與結局，更揭示作者透過香囊所要闡述的宿命思想；當九成察覺香囊遺失戰場，方說明香囊來歷，並因物思及親人；後因士兵拾得香囊，爲張家帶來了九成已死的誤訃，而致

雖非傳統意義上的表記，但在劇中一方面爲母親所贈，是爲九成思念家人的
憑藉，一方面又是九成貼身之物，而成貞娘睹物思人的依據。全劇將人物命
運與香囊緊密扣合，藉由香囊流轉帶動離合境遇，大大提高了此一物件在劇
中的關鍵地位。而後的文詞派作品，也多可見以一物件貫穿情節線索的佈局
方式。雖將物件流轉的方式改爲直接贈與，「對物思人」、「憑物相認」的關目
可見襲自《香囊記》的痕跡。而表記物件的紀念、憑證意義，又是《香囊記》
中視物爲思念憑藉、個人象徵之手法的加強。《香囊記》在語言風格、敘事結
構與審美趣味各方面都深刻地影響了繼起的傳奇創作，而使表記單線貫穿的
手法，終在文詞派的創作實踐中相襲成套。

（二）文詞派劇作奠定模式

隨步《香囊記》之後，鄭若庸、陸采、梁辰魚、梅鼎祚等作家繼起效做
其駢儷典雅的語言風格創作傳奇，使文詞一派成爲成化到萬曆中葉曲壇的主
導勢力；如吳梅《中國戲曲概論》所說：

> 邵氏《香囊》、雨舟《連環》，工於塗澤，非作者之極則也，而好之
> 者珍若瑯璵，轉相摹效。鄭若庸《玉玦》、梅鼎祚之《玉合》，喜以
> 駢語入科介；伯龍《浣紗》，天池《明珠》，至通本皆作儷語，斯又
> 變之極矣。〔註62〕

上文所舉《玉玦記》、《明珠記》、《浣紗記》、《玉合記》諸作皆爲文詞派代表
作品，亦皆以劇中表記爲劇名，而用此物貫穿全劇。可看出此種手法已成爲
文詞派的創作趨勢。而此四劇正好依次作於正德至萬曆年間，乃文詞派由開
派而臻巔峰的代表作品。【附錄二】將上述諸劇之表記齣次、結構加以比較，
以下據此爲基礎，分析「傳奇生長期」中，「單線貫穿」結構逐步奠定的過程：

《玉玦記》乃「上承《香囊》、《連環》之後，下起《明珠》、《浣紗》、《玉
合》等駢體之風」〔註63〕的作品，奠定文詞派在傳奇生長期中的主流地位。
全劇前無所本，全然自出機杼，藉「贈物留別」、「對物設誓」、「對物思人」、
「神靈藉物託兆」與「憑物相認」等表記關目，貫穿王商與秦慶娘分玦而別

九思尋兄、一家離散；最後香囊輾轉成爲趙運使強娶貞娘的聘物，貞娘守貞
拒婚，睹物思人，並持香囊告上新任觀察使；正巧審案者爲九成，夫妻憑物
相認，終得團圓。

〔註62〕吳梅：《中國戲曲概論》（台北：學海出版社，1979），頁23。
〔註63〕青木正兒撰，王吉盧譯：《中國近世戲曲史》（台北：台灣商務印書館，1982），
頁181。

後，王商受惑於妓，慘遭誆騙，乃懺悔發憤，取得功名；慶娘流離兵禍，守貞被囚的兩條線索，最後在「玉玦」引導下，二線合一，夫妻重聚。全劇的重要轉折處，都有表記情節點染推動，並使生旦各自發展的兩條線索得到聯繫。

《明珠記》本於唐傳奇〈無雙傳〉，在原作王仙客與劉無雙的離合故事中，置入作者自創的「明珠」情節，並於劇末由王仙客重述明珠貫串全劇的重要性：

> （生）小姐，我和你遭此大禍，小生監押行裝，小姐羈留京國，若非明珠表意，怎能勾兩下相思？後來在驛路相逢，小生目斷東牆，小姐獨眠孤館，若非明珠寄恨，怎能勾兩下廝見？更兼買求義士，贖取香軀，皆明珠之功，不可忘也。〔註64〕

以男主角立場回顧了愛情離合的幾度轉折。其中「明珠」擔負起生旦分離時「贈物留別」、託僕相尋時「寄物溝通」、橋上偶會時「歸物訣別」等功能，又「計物財價以突破困境」求助古洪、贖取無雙屍身，而促成最後的「合物團圓」。表記在每一環節中皆被賦予了重要作用，已可看出作者有意識地以表記連綴全劇情節，使之成為劇情進展不可或缺的關鍵元素，並在劇末加以提點，加強一線到底的結構特徵。

至《浣紗記》則奠定了表記情節在傳奇中「三階段框架」的形成。此前表記在傳奇中多不規則地分布於劇情的重要轉折處，而本劇的表記則出現於生旦初遇時「以紗為定」，范蠡進施時「分紗而別」，在羈吳、破吳這段冗長的政治描寫中，亦讓西施有所憑藉地「對紗追憶」，來平衡愛情線索描寫的不足。最後破吳歸越，范蠡偕西施泛舟而去，雙雙「合紗證盟」。由贈紗、分紗到合紗，正象徵著生旦情感起始、轉折到圓滿的三階段，也貫穿了生旦愛情發展的全部歷程。自此婚戀劇中的表記情節，更自覺地循此三階段框架設置表記情節，使表記均勻運用於各階段的愛情歷程之中，完成「單線貫穿」結構的基本模式。

《玉合記》作為文詞派登峰造極之作，結構上即可看出對此一手法的遵循：該劇敷演才子韓翃與歌妓柳氏的愛情離合；其事最早見於孟棨《本事詩》，已有韓柳別後練囊寄詩，以及柳氏為蕃將所奪，贈合（盒）予韓訣別的情節。後有唐傳奇〈柳氏傳〉，在寄詩與贈合情節上都有更細緻的描寫。宋話本〈韓

〔註64〕陸采：《明珠記‧珠圓》，《六十種曲》第三冊（原第二套），頁130。

翅柳氏遠離再會〉則刪去贈合情節，元明敷演韓柳故事，也都以「練囊寄詩」作爲主要線索〔註65〕。梅鼎祚重新將「玉合」納入情節，並以之爲貫串全劇的主線〔註66〕，即令玉合在韓、柳情感起始階段便登場，作爲「傳情媒介」，乃生旦未成婚前情感交流的基礎；夫妻分別後亦增添〈焚修〉、〈祝髮〉中「對物思人」的關目，使後來〈投合〉中「歸物訣別」之情節雖襲原作，卻因有了前面的鋪墊而表現出更深刻的沉痛悲悽。及至情感圓滿的階段，亦出合「詠物團圓」，使表記紀錄著生旦愛情的始終發展，並令其在轉折處的運用發揮更大的情感張力。可見使單一表記在情感起始、轉折、圓滿三階段皆具一至二項代表關目，使之首尾貫穿的劇作架構，至此已趨於規律穩定，而成爲本時期婚戀劇的典型結構特徵。

劇作家對前作表記情節的模仿蹈襲，產生許多相類的關目；三階段框架的模式形成後，更使作家在創作時，爲求符合「情感起始→轉折→圓滿」的表記情節分佈，而在原本尚缺表記關目的情感階段中，套用現成的敘事模式，構成更多的表記情節程式。於是生旦必因表記而建立相戀關係、在「贈物留別」後分離、雙方分別「對物思人」，並於劇末團圓場合讚頌表記之功，成了各劇的基本關目。而當這些情節程式發展成熟後，直接套用於劇情的結果，亦會有未融入劇情主線或與情節發展稍不一致的現象，如《玉合記》中生旦臨別相贈與劇情主線無關的淚帕及玉劍、《懷香記》的異香對二人相識或重聚皆未發揮決定性影響，卻仍在劇末詠嘆異香成就百年佳偶，都是此種關目已成固定慣例的表現。

而比較嘉靖前後的作品，亦可發現劇中所用表記情節單元類型化的現象。嘉靖以前作品如《荊釵記》擇嫁荊釵、繫釵投江、《香囊記》香囊強聘、《玉玦記》玉玦陰審等表記情節，不僅難以歸入前述十三種表記情節類型

〔註65〕 元明敷演韓柳故事的作品，有雜劇有鍾嗣成《寄情韓翃章台柳》、張國壽《章台柳》，傳奇有吳鵬《金魚傳》、吳大震《練囊記》等；在本事詩與〈柳氏傳〉中，「章台柳」一詞皆出現於韓翃提於練囊的詩句：「章台柳，章台柳，昔日青青今在否？縱使長條似舊垂，亦應攀折他人手。」故既以「章台柳」、「練囊」入劇名，則練囊寄詩當爲其中重要關目。

〔註66〕 《玉合記》表記情節概述：韓翃路見歌妓柳氏，一見傾心，柳氏婢女輕蛾有意促成，乃購下韓翃所賣的家傳玉合。柳氏知李王孫有意將己贈與韓翃亦喜，乃命輕蛾藉奉錢時試探其情。成親後韓翃赴邊任參軍，柳氏亦常對合思人；後柳氏被番將沙將軍拘於府中，與韓翃偶得一見，思再會無望，投合以表緣盡。最後柳氏獲救，團圓封誥的場面詠物作結。

中，亦在後來的劇作中幾不復見；而分析嘉靖以後作品之表記關目，則多可
完全歸類於各常見的表記情節類型。一方面因早期作品的部份關目，在劇情
表現上較不具有普遍性，故未被後來作品承襲沿用，卻反而獨具特色；另一
方面也可看出，後來的作品在表記關目的創造上，往往按劇情發展的需要，
直接套用已成慣例的情節模式，使得表記情節類型化、規範化的情形愈趨明
顯。

（三）勃興期劇作發展變化

萬曆中期到天啓年間的「傳奇勃興期」，表記情節在生長期所奠定的單線
貫穿結構基礎上，又有進一步的變化；表記在全劇的份量中有加重的趨勢，
由【附錄二】與【附錄三】的比較中，可看出以下幾點具體表現：〔註67〕

1. 表記在促成「情感起始」之前，多先作為「前因交代」登場。〔註68〕

生長期劇作中，劇作家往往採現成的離合故事為藍本，置入或加強其中
的表記線索，使人物情感發展到起始、轉折與圓滿階段時，方各出表記點染
離合境遇，是為「表記隨情節而走」的模式；勃興期劇作中，則常使表記在
人物相遇以前先行登場，乃看似與人物遇合無關的情節，卻為後來生旦情感
起始做鋪墊。如《紫釵記・插釵新賞》敘霍小玉購得新釵；《青衫記・蠻素餞
別、郊遊訪興》敘白樂天赴試攜衫、脫衫典酒等，皆為後來小玉遺釵為李益
拾得、興奴贖回樂天青衫的伏筆。本文將此類情節歸為「前因交代」〔註69〕。
如此慎重其事地介紹此物來歷，使觀眾的注意力一開始就集中於表記上之
外，也預示了全劇離合關目將環繞此物展開，較生長期作品更提高了表記在
劇中的主導地位，是為「情節隨表記而走」的模式。

2. 單一劇中表記情節單元的增加，使劇情愈加曲折。

生長期劇作在情感起始階段，表記通常為單一作用，勃興期則常令表記

〔註67〕 以下四點表記情節程式在勃興期中的變化情形，自「單線貫穿」結構的發展
中分析而得，然實為表記程式自生長期至勃興期所具有的普遍現象，在「雙
線貫穿」與「點綴其間」的結構特徵中亦可見類似情形，此於註腳中說明，
下兩節則不另作論述。

〔註68〕 「雙線並進」結構的勃興期作品，如《種玉記・贈玉》的三仙贈玉、《金雀記・
探春》的井父贈雀，也都是此種「前因交代」的設計。

〔註69〕 「雙線並進」結構的勃興期作品，如《種玉記・贈玉》的三仙贈玉於霍仲孺、
《金雀記・探春》的井父贈雀於女；以及「點綴其間」結構的勃興期作品，
如《春蕪記・感嘆》的季母贈帕于女等，亦皆為此種「前因交代」的設計。

在作爲傳情媒介促成相識後，又成爲定情物或聘物，加深該物情感上的意義
〔註70〕；情感轉折與圓滿階段，生長期作品多以「贈物留別」、「對物思人」、
「詠物團圓」爲基本關目，勃興期則在同一表記上，更靈活的安排其他情節
單元，每個情節單元都造成新的劇情轉折，使生旦境遇更加坎坷迂迴，而表
記在其中的主導意義也愈顯強烈。整體而言，生長期各劇作的表記情節單元
在全劇中大致有三至五類左右，勃興期則以五到七類爲常態。如《紫釵記》
本於唐傳奇〈霍小玉傳〉，「紫釵」在其中原只爲霍小玉寶愛之物，於訪求李
益音信時，蕩盡家產而變賣，尙不具表記意義。至傳奇中，湯顯祖在生旦情
感起始時，即賦予了紫釵「傳情媒介」與「定情物」的功能，分離後，小玉
賣釵尋夫，使釵「計物財價以突破困境」、盧太尉買釵詿騙李益小玉別嫁，
使釵「因流離造成誤會」，以及令李益「對釵思人」，最後也終使兩人「詠釵
團圓」。全劇含「前因交代」，共有七類表記情節單元；《玉鏡臺記》改編自
關漢卿元雜劇〈溫太眞玉鏡臺〉，原作中已有溫嶠自媒，以「玉鏡」爲聘的
情節。但劉母知溫自媒，怒欲摔鏡，顧慮鏡臺御賜，只得勉強嫁女。劇作旨
趣在於劉氏從不願接受丈夫到接受的轉折，玉鏡除聘物之外也未再發揮影
響。明傳奇將溫嶠與妻劉潤玉改寫爲一對兩情相悅的恩愛夫妻，以玉鏡爲聘
之後，又令其經歷了溫嶠「贈鏡留別」、潤玉「對鏡思人」、妻母被囚，「歸
鏡訣別」等波折，甚至讓郭璞在詩讖中預言完鏡之兆〔註71〕，最後終於「詠
鏡團圓」，共六類情節單元。上舉二劇可看出，勃興期對前代作品的改編，
不再僅用原有的離合框架，而是將原作中略具深意的物件重新賦予表記意
義，再以之爲核心線索編造出其他情節起伏。如此不但物件意義較之原著更
加深刻，劇情發展也較生長期劇作更爲靈活曲折。

〔註70〕 除了下文所舉的《紫釵記》之外，另如《金雀記》中井文鸞以金雀擲潘岳定
　　　　情，而致岳懷想佳人，後潘岳又以此物爲井家聘禮；《霞箋記》中麗容與彥直
　　　　題詩霞箋相互贈答，作爲傳情媒介，佳會之時又以此物定情；《春蕪記》的春
　　　　蕪帕、《蕉帕記》的蕉帕等，皆在情感起始即具雙重作用。

〔註71〕 此種在詩讖、夢兆中點出表記的情節單元，尙可見於《香囊記》、《玉玦記》
　　　　與《種玉記》。然此種情節造成的結果各異，模式化情形較不明顯，出現於情
　　　　感起始、轉折或圓滿階段的情況亦較不一致，故未列入上節十三種表記情節
　　　　程式之中（《玉玦記》中列爲「引起神力介入」一類），待第六章再於「佛道
　　　　思想的反映」一節專文探討。但在《玉鏡臺記》中，此情節實扣合情感轉折
　　　　與圓滿中的各項發展，並益顯作者以表記暗繫人物命運的用意，故仍算爲情
　　　　節單元之一。

3. 每一情節單元所含的齣數增加，鋪陳更顯細膩。

生長期劇作中每一情節單元多以一齣的篇幅展現，縱有多齣敷演同一類情節單元，也是各自獨立；如《玉玦記》中「對物思人」的關目有〈赴試〉、〈夢神〉、〈宿廟〉三齣，乃爲生、旦分別在不同時間、不同場景下各自憶及玉玦之情；《明珠記》中使表記「計物價財以突破困境」者有〈訪俠〉、〈珠贖〉、〈授計〉三齣，卻分別爲仙客贈珠取信古洪、古洪以珠贖取無雙屍身、仙客贈珠答謝古洪三種不同的目的。可知生長期劇作多用一齣敷演一個首尾完整的情節單元，使該情節藉由單一時空、單一事件下的人物活動展現。勃興期的一個情節單元卻往往由許多齣聯合組成，在情節鋪敘的細膩程度上大有開展。如《錦箋記》的「傳情媒介」單元，由〈遺箋〉、〈尋箋〉、〈婆奸〉、〈初晤〉、〈傳私〉、〈詒婚〉連續六齣組成，從淑娘題箋、遺箋，到梅玉拾箋、謀親、題箋詩於扇，最後淑娘在婢女取回錦箋時見梅和詩其上，暗慕文才，方眞正完成生旦傳情的全過程。過程裡，生旦雙方在表記往返中歷經懸望、驚詫等情緒起伏，大大加強了戲劇的張力；《牡丹亭》中作爲「傳情媒介」〔註72〕的麗娘畫容，更以八齣之多的篇幅敷演傳情過程：〈寫眞〉、〈鬧殤〉寫麗娘臨死，留畫遺情；〈拾畫〉、〈玩眞〉寫夢梅宿觀，拾畫引魂；〈魂遊〉、〈幽媾〉寫生旦幽會，因畫繫緣；〈旁疑〉、〈冥誓〉寫麗娘欲生，藉畫告實。八齣劇情歷經四度轉折，皆圍繞著畫容爲線索，從人鬼初遇到爲伊開棺，一步步深化生旦情感，終完成了這場跨越生死之愛情的建立。在情感起始階段中，勃興期劇作的表記情節顯然已跳脫生長期「彼贈我取」的單純模式，藉由幾個銜接的齣目鋪陳表記的數度往返，生旦情份於此中逐漸累積，無論是情意傳達過程或人物內心描摹都更加的婉轉深刻。情感轉折階段亦然，可對照【附錄三】「情感轉折」欄各劇齣目分布的情形，此不一一贅述。

4. 各情節單元打破所屬階段的侷限，如劇情所需亦可援用於不同階段，而產生相異的旨趣。〔註73〕

表記情節既是在「三階段框架」下逐步形成敘事程式，則每一情節單元

〔註72〕《牡丹亭》中杜麗娘與柳夢梅初識雖在夢中，卻憑藉著畫容與其上的題詩，方能辨識彼此身份，並在現實世界中進一步接觸並建立關係，故將〈寫眞〉至〈冥誓〉齣中的畫容情節，仍算在情感起始階段的「傳情媒介」表現中。
〔註73〕「雙線並進」結構亦有此情形：如《金雀記》中潘岳與文鸞「贈物留別」的金雀，又爲潘作爲「聘物」聘娶彩鳳；《飛丸記》中生旦「憑物相認」後仍需分離，而各自「對物思人」，皆不符原屬的階段順序。

自有所屬的情感階段。至傳奇勃興期，個別情節單元發展成熟，則不必依附於特定的情感發展歷程，而能以既定的情節內容運用於不同的情境之下，發展出異於舊套的結果。如「計物財價以突破困境」情節，原為「情感圓滿」階段中作為危難、困境的轉機，於《紫釵記》則挪用至「情感轉折」階段，使此舉成為「因物流離造成誤會」的直接原因；《青衫記》更是將不同階段的情節單元進行重組，全劇按「帶衫→典衫→贖衫→守衫→歸衫→見衫→寄衫→淚衫→收衫」的線索進行，以全劇的情感發展而言，前二者為「前因交代」，最末者為「情感圓滿」階段的情節，中間皆可視為生旦愛情的種種波瀾轉折（白樂天與裴興奴之情感起始，則與青衫無直接關聯）。然「歸衫」的〈裴興還衫〉齣，套用原屬「情感圓滿」階段的「憑物相認」情節程式，使興奴因青衫而與樂天侍妾小蠻、樊素相認，卻並未直接造成團圓的結果；「寄衫」的〈娶興人至〉齣為過場，乃樂天派人持青衫求聘興奴，卻聞知興奴已被迫嫁茶客。套入原屬「情感起始」階段的「以物為聘」情節程式，卻置於兩人所面臨的種種磨難之間，並又掀起另番波折。此種靈活的情節安排，可看出個別情節程式的發展已屆成熟，而能跳脫原屬情感發展階段的框架，獨立運用於情節的任一進展中。

二、雙線並進

　　表記線索「雙線並進」的結構特徵，乃由「單線貫穿」結構的基礎發展而來；前代作品或也有同一篇中出現二件以上的表記者，但由此二物各自引領、貫穿一條情節線索的進行，相互交織、對應，最後二線又因表記產生聯繫，縮合一處並促成「合物團圓」的結果，則為明傳奇生旦雙線體製下的創發。二物各自開展的情節線索有兩種類型：一為生、旦各執一件，分頭敷演，最後物件相合，象徵團圓，如《玉簪記》、《紅梨記》、《飛丸記》、《霞箋記》等；二為由一人將二物分贈兩人，使二物各自貫穿雙生雙旦或一生二旦的線索，最後又因表記使兩線匯聚一處，如《雙珠記》、《鸞鎞記》、《種玉記》、《金雀記》等。以下即就此兩種模式各作析論：

（一）生旦互贈

　　男女臨別互贈一物為紀念的傳統，自六朝志怪小說即可見，但多作為離別場面的渲染，二件表記並未被賦予各自的作用。明傳奇以生旦互贈之物開展兩頭線索的手法，實是「單線貫穿」模式的延伸，同樣循三階段情感發展

的框架設置表記情節，使之首尾貫穿，唯令生、旦各執一物，加強雙線結構的對應效果，也使物之分合象徵人之聚散的意涵更爲突出。

傳奇生長期中，生旦互贈表記並以二物貫穿全劇的結構見於《玉簪記》。「玉簪」、「鴛墜」初爲潘、陳兩家指腹爲婚的聘物，在潘必正與陳妙常道觀相戀後作爲彼此相贈留別的信物，而當兩人成就此情，相諧歸家，玉簪又成爲妙常母女相認的依據。二物並未在各自的情節線索中發揮獨立功能，只是作爲贈物之舉的具體憑證，由二人別後數次提及「重見玉簪」〔註74〕、「兩下姻緣簪已定」〔註75〕的唱詞，可知表記已成此情的代稱，因此玉簪、鴛墜二物實以一整體意象貫串首尾，結構上仍爲「單線貫穿」的模式。然全劇憑藉著二物的兩度交換，賦予表記「聘物」與「定情物」之雙重意涵，突出二人的愛情同時具備「兩情相悅」的基礎，以及「父母之命」的合法性。較之《明珠記》以二珠雙分，卻只偏重王仙客之珠的劇情線索，以及《玉合記》中臨別互贈玉劍、淚帕，卻在後續發展中未再提及的點染性表記單元，《玉簪記》中的二件表記，則藉由互贈的動作凸顯其等量的價值，在表記意義上已具備雙線開展的分量。

及至傳奇勃興期，藉生旦互贈之物開展兩頭線索的結構模式方眞正確立。《六十種曲》中的此類結構多用於生旦詩作往來贈答的表記，如《紅梨記》、《飛丸記》與《霞箋記》等。試分析《飛丸記》與《霞箋記》之表記結構如下：

◎《飛丸記》

表記	贈者	受者	情感起始	情感轉折				情感圓滿
詩丸之一	易弘器	玉英私藏	傳情媒介〈6.遊園題畫〉〈7.得稿賡詞〉〈9.意傳飛稿〉〈10.丸裡緘懷〉	對物思人〈22.獨訴幽懷〉	引起神力介入憑物相認〈25.誓盟牛女〉	對物思人〈27.月下傷懷〉		合物團圓〈32.巹合飛丸〉
詩丸之二	嚴玉英	弘器私藏		對物思人〈12.憐儒脫難〉〈14.故舊存身〉〈17.旅邸揣摩〉〈20.芸窗望遇〉		對物思人〈26.京邸道故〉		

「飛丸」乃易弘器留居相府時，在土地神的有心傳遞下，與相女嚴玉英

〔註74〕高濂：《玉簪記・擢第》，《六十種曲》第三冊（原第二套），頁76。
〔註75〕高濂：《玉簪記・情見》，《六十種曲》第三冊（原第二套），頁83。

相擲互答的詩丸。兩人拾得對方詩作，皆有心相託終身而暗藏之，飛丸由此成為兩人之間微妙的聯繫。全劇生與旦的情節線索呈現「合→分→合→分→合」的起伏結構，三度聚合中一為藉飛丸傳情，奠定情感基礎；二為憑詩丸相認，落實此情；三為夫妻重會，飛丸合瑞。皆以飛丸作為重要關目。而在生旦兩次分離的情節線索中，也使兩人各對詩丸思念彼此，並帶出兩方的遭際，使劇情形成平衡而對稱的雙線結構。第一次分離時兩人根本尚未謀面，所追念的僅是對方詩丸上透露的文采與深情；〈誓盟牛女〉後兩人相認盟誓，彼此心中才有了真實的形象，再度分別後，對物思人的意義便較前次更加具體、深刻，在情感發展上亦有推進的效果。

◎《霞箋記》

表記	贈者	受者	情感起始		情感轉折	情感圓滿	
詩箋之一	李彥直戲作	麗容拾得後題血詩回贈彥直	傳情媒介〈4.霞箋題字〉	定情物〈6.端陽佳會〉〈8.煙花巧賺〉	寄物溝通〈15.被賺登程〉〈16.踰牆得喜〉引起外力介入〈25.訴情得喜〉憑物證明身分〈26.得箋窺認〉	詠物團圓〈27.霞箋重會〉〈29.司書報喜〉〈30.畫錦榮歸〉	
詩箋之二	張麗容應和	彥直拾得後和血詩回贈麗容	傳情媒介〈5.和韻題箋〉		歸物堅盟〈22.驛亭奇遇〉		

《霞箋記》同以「詩箋」作為生旦酬答定情的媒介。在情感起始階段，作者即以生旦各一齣的篇幅，相對應地寫出李彥直無心擲牆，張麗容有意相和的傳詩過程；以箋定情後，兩下遭遇波折，生旦各以「寄物」與「歸物」的方式，在霞箋上重題血詩贈與對方，藉表記的交換表達盟誓益堅的心意。最後麗容手上題有彥直血字的詩箋得到公主與駙馬的關注，駙馬持箋試探彥直，確認其身分後促成生旦重圓。全劇表記關目對稱地分布於麗容與彥直兩幅霞箋之上，同步推進生旦境遇並互相照應，更藉二件表記的兩度互贈，使生旦感情由濃情密意而至生死相許，深化了情感的層次。

由上舉二劇可看出，「雙線並進」結構中生旦互贈的二件表記，初有引發情感起始之功，而由生旦各據其一聊為憑證；於情感轉折處，令生旦各自「對

物思人」，在雙頭並進的線索中相互呼應著愛情的主題。或藉「寄物溝通」、「歸物訣別」等關目使二物互換持有者，一方面令情節更添迂迴，一方面也逐步深化二人情感；最後的團圓場合各出二物，收束生旦兩條線索，以表記重合象徵人物重圓，完成三階段首尾貫穿的結構。雖仍不脫「單線貫穿」的結構框架，卻以表記在生旦雙線中的遙相對應，使明傳奇「生旦對位」〔註 76〕的情節結構更加突出。

（二）對二人各予一物

相較於以生旦互贈之表記開展兩頭線索的劇作，由一人將一對物件分別贈與兩個人，二物各自貫穿一條生旦線索，而發展成雙生雙旦或一生二旦之結構者，在頭緒上更顯紛繁複雜。表記程式的運用上，則較爲靈活；由於有兩段線索各自發展三階段的情感進程，二者之間的表記情節互相交織、影響，甚至互爲因果，表記情節單元便較不受限於原有三階段框架下的分類，並可能使同一物在不同的線索中流轉，形成交錯的表記情節網絡。

此一結構模式以生長期的《雙珠記》開其端。該劇中王楫軍旅、王慧姬姻緣與王九齡尋父的情節分別本於《輟耕錄・貞烈墓》、《本事詩・情感第一》載唐玄宗時宮人邊衣藏詩的故事，以及《二十四孝傳》載朱壽昌棄官尋母的事蹟；沈鯨以「明珠」一雙的贈受流轉，將三個獨立的故事框架細密相連，遂架構成王楫一家悲歡離合的境遇〔註 77〕；全劇以分珠起始，劇中的雙珠關目除了使「王楫軍旅遭遇」與「慧姬入宮出宮」兩條並行的線索遙相對應之

〔註 76〕李曉提出古典戲曲結構中「生旦對位」的概念：「人物動作的特點是主動作一線貫穿，男女主人公動作的互爲感應，即由敏感的内部聯繫的情緒動作促成的對位發展。……南戲、傳奇自《張協狀元》發端已形成生旦對位的排場，……這種傳統的生旦對位的排場直接決定著古典戲曲結構的一般形式。」，見《比較研究：古劇結構原理》，頁 63。

〔註 77〕《雙珠記》表記線索概略：王母將一對明珠，一贈與離家從軍的兒子王楫與媳婦郭氏，一贈入宮的女兒慧姬，由此開展兩條線索：以王楫爲主線者，有〈母子分珠〉、〈賣兒繫珠〉等齣，敷演王楫被陷、郭氏繫珠賣兒；以慧姬爲主線者，在王母〈遺珠入宮〉後，先寫其因縫衣寄詩，而得以出宮與邊關將士陳時策締結姻緣，後有〈郵亭失珠〉、〈珠傳女信〉等齣，交代慧姬遺珠，役兵朱快拾珠換酒，巧爲王母所見，而知女音信。後郭子九齡長成，憑珠尋親，在〈與珠覓珠〉、〈西市認母〉因衙役朱快提供的拾珠線索，終於與母相認。〈棄官尋父〉王母與郭氏又將雙珠託付九齡，以尋王楫、慧姬消息，〈並拜榮陞〉寫王楫與慧姬兄妹聚合後，雙雙思及明珠流離，追念妻、母，〈月下相逢〉九齡終以雙珠與王楫、慧姬相認；〈人珠還合〉王楫、慧姬歸來，終於全家團圓。

外，更緊密地相互扣合影響，如〈與珠覓珠〉中九齡尋母之線索，實建立在〈珠傳女信〉中役兵朱快拾得慧姬遺珠的基礎上。九齡一脈線索乃是自王楫一線延伸而來，卻將二珠脈絡統合爲一，又開展另番轉折，有別於他劇在「憑物相認」情節後即進入團圓結局的模式。雙珠線索在九齡手中各作總結後，再縮合全局，令一家骨肉重聚，達到分珠之時所冀盼的「合浦還珠」之願，也完成最後的大收煞。脈絡交錯、針線細密的雙珠關目，使本劇得到「通部細針密縷，其穿穴照應處，如天衣無縫，俱見巧思」〔註78〕的好評，也奠定了由二物開展兩對生旦線索的結構模式。

《雙珠記》中家長贈物予子女的家庭劇模式，至勃興期普遍被用於才子佳人的婚戀劇之間，使全劇三階段框架下的表記情節分佈更加完備，並令原本獨立於雙線之外的贈物者，進入雙生雙旦或一生二旦的雙線體系之中。雙生雙旦者如《鸞鎞記》，一生二旦者如《種玉記》、《金雀記》等。以下試析《鸞鎞》、《金雀》二劇爲例：

《鸞鎞記》〔註79〕中，以「鸞鎞」一對，聯繫杜羔、趙文姝，與魚玄機、溫庭筠雙生雙旦之線索；全劇初以杜、趙聘物作爲鸞鎞來歷，透過文姝對義妹魚玄機與丈夫杜羔之間兩次分鎞，開展兩對生旦的雙線情節：魚玄機一線，敷演其嫁後流離，直到與溫庭筠以鎞定情，至此一對鸞鎞已自二旦手中轉入二生手中；杜羔一線則著重其科場起伏，雖在表記上較少著墨，卻使其介入溫、魚線索，因見鎞識人，促使兩線合一，二鎞重歸文姝之手，一方面成就溫、魚姻緣，一方面也見證夫妻、姐妹的大團圓結局。

《金雀記》〔註80〕則令潘岳以一對「金雀」，分別建立與井文鸞、巫彩鳳

〔註78〕姚燮：《今樂考證‧明院本》引梁子章語。收於《中國古典戲曲論著集成》第十集（北京：中國戲劇出版社，1982），頁204。

〔註79〕《鸞鎞記》中表記線索概略：杜家以鸞鎞一對聘趙文姝。相府聞文姝貌美，欲強聘贈予補闕李憶，適文姝義妹魚蕙蘭來訪，魚遂捨身代嫁。姝感妹之義，以鸞鎞一只贈之。文姝與杜羔成親後，勉夫赴試，臨別以另一只鸞鎞相贈；魚嫁入時李憶已斃，乃入道觀，改名玄機，因詩歌唱和心許才子溫庭筠，而以鸞鎞訂下婚姻。溫庭筠與杜羔原爲好友，杜見溫之鸞鎞，持之告妻，文姝方知義妹下落，持二鎞親訪玄機，促成溫、魚好事。

〔註80〕《金雀記》鐘表記線索概略：井文鸞以金雀一對擲向潘岳車以表慕情，潘通過井父以詩招婿，遂持金雀爲井府聘物。二人成親後潘岳欲離家赴山濤之約，夫妻各分一雀而別。潘岳在山濤府中識得歌妓巫彩鳳，以金雀聘之。後潘岳往謁張華，別鳳而去，陞任河南縣令，令人接取文鸞赴任。彩鳳則遭匪凌迫，寄身庵中，適文鸞赴任途中來此避雨，妻妾因金雀相認。文鸞遂攜回彩鳳手中之金雀，喬醋詰夫，終於接取彩鳳，一家團圓。

一妻一妾的婚姻關係。二雀原皆爲文鸞贈予潘岳的定情物，潘得井父招爲婿，遂以金雀爲聘，而使物歸原主。後夫妻各分一雀而別，潘又以手中金雀轉聘彩鳳，遂開展出生與貼旦的另一條愛情線索。最後文鸞與彩鳳因雀相認，使二線合一。金雀兩度巧歸文鸞之手，牽引宿世姻緣冥冥相合，帶出作者宿命思想。而最後的雙雀相合，一方面表夫妻完聚，使生旦線索得到圓滿，另一方面也令妻妾先自「鸞鳳和鳴」，突出文鸞的賢德，亦完成文人的婚姻理想。

　　由上舉諸劇的分析，可看出「對二人各予一物」的雙線並進結構，在表記上多爲成雙之物，且較之單線貫穿結構或雙線並進結構之「生旦互贈」模式，更強調表記之流轉。此物往往在贈人之後，又各自重歸物主手中，冥冥牽引劇中人物完成各自的情感發展後重新聚合，透露強烈的天定思想。在情感圓滿的意義上，也有別於其他結構模式，使劇情線索收攏於唯一一場的團圓場面，而是使一件表記在收束單線的情感發展後，又與另件表記產生聯繫，而促成另椿團圓，以及最後所有腳色的合物同聚。是以在表記關目上，雖亦可將各情節單元歸於「贈物留別」、「對物思人」、「憑物相認」、「合物團圓」等敘事常套，卻往往因多頭並進的線索，在情感進程上未必同步，而單一表記情節有時又在不同線索中發揮影響力，故難以截然劃分各情節單元的階段歸屬，不僅運用上更爲自由靈活，亦使同類情節程式在不同環節中表現出不同的層次感。

三、點綴其間

　　《六十種曲》中，尚有部份劇作中的表記情節，並未包含於「單線貫穿」或「雙線並進」的結構中，而是以個別情節的方式，對整體劇情進行局部點染。然個別情節模式亦不脫常見的表記程式，對劇情雖未整體貫串，但亦有前後設置、首尾呼應者，或者發揮單一階段的影響性者。

　　前後設置而使首尾呼應的表記情節，雖未如「單線貫穿」成爲積極推動情節主線、貫穿關目一線到底的力量，卻也在全劇始末重複出現，象徵著情感的始離終合。如《焚香記》中的「髮束」，初令王魁、敫桂英「贈髮而別」（〈餞別〉），後令王魁「對髮思人」（〈折證〉），劇末再使生旦「詠髮重圓」（〈會合〉），乍看猶似平均地一線貫穿，然這些表記情節皆爲抒情性關目，對生旦愛情並未發揮任何積極作用，只巧妙地在生旦分離、團圓的環節遙相照應，凸顯「王魁不負心」的主題思想；《南柯記》中瑤芳的「金鳳釵」、「文犀合」亦同此情形，〈情著〉、〈決婿〉齣釵合爲蟻國公主瑤芳獻奉孝感寺老禪師之物，

因淳于棼借觀、讚賞，而使蟻國女眷瓊英等萌生撮合之意，有促成生旦姻緣之功。但在生、旦成親乃至淳于棼遭遣的劇情主線中，釵合都未再發揮作用。直到〈情盡〉淳于棼回到人間，夢中一會故妻瑤芳時，芳才以此物相贈爲記，賦予二物表記的意義，但隨即又使淳夢醒，棄物出家。末齣的重提釵合，一方面呼應生旦因物繫緣的線索，一方面也以具體物象的取捨，象徵著淳于棼由癡情到棄情的過程，完成全劇中心思想的展現。

在單一階段發揮表記之影響性者，令表記在情感進行的某一階段作爲關鍵作用，卻未能延伸運用至其他階段而成爲全劇主要脈絡；如《春蕪記》在生旦遇合的階段，以〈感嘆〉、〈瞥見〉、〈探遺〉、〈閨語〉、〈言謝〉、〈邂逅〉六齣，鋪陳了季清吳遺帕、宋玉拾帕、還帕、傳情，直至兩人以帕定情的過程，「春蕪帕」作爲生旦情感起始的重要媒介。而後生旦分離乃至團圓，卻都未再提起此物；《西樓記》以「〈楚江情〉花箋」一紙，在〈砥志〉、〈私契〉、〈病晤〉三齣敷演了穆素徽慕才，于叔夜感知，而後兩人終於相會盟訂的過程。然花箋線索僅到〈錯夢〉齣由叔夜對箋思人，其後則以生旦交換的「玉簪」、「舊玉」取代「花箋」成爲表記線索，而令花箋僅於生旦情感起始階段發揮作用。另如《尋親記》，前半劇鋪寫寒儒周羽與妻郭氏的悲慘境遇，後半延伸出周羽之子周瑞隆一線，方於最後六齣，設出周羽贈李員外的詞集「《臺卿集》」一物，作爲後來瑞隆尋得親父的線索，則此一「憑物相認」的關目，乃應情節需要而設置，既未納入劇情主要線索之中，亦未在其他情感階段發揮作用。由上舉之例可知，此類作品的作者並無意以表記線索架構整體佈局，僅套用表記在劇中所能發揮的關鍵力量，用以推進階段性情節的進展。

另外尚有部份劇作中的贈物情節，僅作爲某齣中人物表達情感或劇情環節進行的方式，並未對全劇造成任何影響，如《紫簫記》中霍小玉請李益題詩以爲終身之記的「烏絲欄紙」，僅出現於〈勝遊〉一齣，用以表現男女主角訂下情盟的過程，乃套用「臨別贈物」的情節模式；《灌園記》中〈君后製衣〉與〈君后授衣〉兩齣表現太史君后留情法章、私贈「棉衣」，雖套用「傳情媒介」的情節模式，卻並非兩人情感起始的關鍵力量〔註81〕。此類表記情節則只是將傳奇常套置入人物離合過程中的某一環節，可見表記關目實已成爲可獨立運用的情節程式。

〔註81〕 因爲敷演生旦邂逅的〈后識法章〉，以及成就此情的〈園中幽會〉、〈朝英夜候〉
　　　　等齣皆未再提及棉衣，故知作者並無意令此物作爲生旦初識時的關鍵物品。

小　結

本章承接第二章對歷代表記文學發展的追溯，突出明傳奇在表記類別、情節模式與敘事架構上不同於前代文學的時代意義。明傳奇中的表記類型匯合了不同時代的風尚，卻在傳統的文學意象上，變化出自己的時代風格。如「妝品配飾」類的表記加強了文學傳統中相託終身的盟誓意義；「詩箋畫容」類的表記則沿用了唐詩以來文人餽贈的風氣，突出明傳奇中贈受雙方「才子」、「才女」的形象；是對此類物品傳統象徵意義的深化。而唐傳奇中用以渲染異類贈物之神秘感的「奇珍異寶」類表記，在明傳奇中成為神助力量的寄託；宋元話本、雜劇中表達民間情慾的「貼身物品」類表記，則用以展現親密之情，則是就這類物品原有的象徵意涵加以轉化，滲透了明人的文化價值。對於表記的描寫上，則能更細緻地扣合表記特質展現人物、鋪排情節，並援用典故加深表記的精神意涵，透顯出鮮明的文人色彩。

情節的模式化，則是明傳奇與其他文體在表記的運用上最顯著的不同。本章梳理了《六十種曲》中的表記情節，發現大致可歸納為十三種常見類型，且愈後期的劇作類型化情形愈明顯。由這些個別的情節單元中，亦可發現明傳奇中的表記情節不僅能兼具詩歌中表記的抒情功能，與小說中表記的敘事功能，同時照應人物內心情感表現與外在事件的進行，往往作為劇中人物情感或際遇發生轉折的關鍵力量；且劇作家往往有意識地按劇中人物情感起始、轉折至圓滿的發展，一一置入表記情節，使此一線索貫穿全劇。藉表記一線貫穿的手法在雜劇、南戲中初現端倪，而於明傳奇漸成慣例，並由此發展出更複雜、多變的結構模式。

較之前代表記文學，「情物」意象在明傳奇中有更深刻的著墨與開展。運用表記抒發情感、推進情節，乃至於縮合關目的手法，也較歷代的詩歌、小說或戲劇更加成熟，並引發了劇壇以「表記」建構文學主題的風潮。清代《長生殿》、《桃花扇》中爐火純青的表記運用，實奠基於明傳奇對前代表記文學的融會與開展。

第五章 《六十種曲》表記運用技巧之評述

明傳奇中表記的情節類型與敘事架構趨於模式化，使得以一表記作為劇名而以此物貫穿全劇的結構模式蔚為風潮。然而有些作品在情感起始、轉折、圓滿的安排上刻板沿襲表記情節舊套，未在情感精神上深入挖掘，甚至有連結構佈置亦不夠縝密者，而致流於千篇一律，了無新意；但也有些作品，能靈活組合既有的敘事段落，在三階段的結構框架下巧妙變化，並寄予表記獨特的精神內涵與象徵意義，遂成典範之作，更創造出新的表記情節程式，為後來的劇作家所模仿。

明傳奇大量劇作以表記為劇名，揭示著劇作家欲以此物作為全劇核心線索與重點關目的意圖。本章即在前章對表記情節類型、敘事架構分析的基礎上，評述《六十種曲》中的此類作品，檢視劇作家是否能善加發揮、安排表記情節，達到藉此物發揮全劇精神主旨的目的。至於非以表記作為劇名之劇作，如《尋親記》、《南柯記》、《西樓記》、《灌園記》等，雖其中也有表記情節，但題旨並不在此，表記也只用於輔助情節，本章則略而不談。唯《還魂記》所重雖在「還魂」一事，但表記「春容」實為聯繫男女主角與全劇脈絡的重要關鍵，因此仍列入討論。

由前章的論述中，可知個別的表記敘事單元依據推動情節與否，可分為影響情節進展的「敘事性關目」，與渲染當下情境的「抒情性關目」兩種〔註1〕。而綜觀全劇由表記構成的情節架構與個別表記關目中的曲文運用，則大抵可

〔註 1〕 詳見本文第四章第二節〈表記在劇中的關鍵作用〉。

分爲四種功能：

一、支撐敘事架構：藉由敘事性的表記關目作爲全劇情節推進的主要關鍵，主導著情節的走向並且首尾照應，構成「單線貫穿」或「雙線並進」的結構模式，而使表記成爲全劇敘事的核心線索。

二、點綴敘事線索：個別的敘事性表記關目，在整體敘事架構中發揮局部點染作用，並未加以連綴使其貫穿全劇，是「點綴其間」結構模式的表現手法之一。運用佳者亦能成爲精采的情節關目，但表記在全劇中的意象則不如以表記「支撐敘事架構」的劇作強烈鮮明。

三、作爲抒情媒介：藉由腳色贈物或者據物思人時投射於表記的情思，深刻闡釋物件的情感內蘊。並能憑藉特定的表記特質、贈物情境，引起人物心中對情感的抒發或對際遇的感嘆。

四、代稱人物、往事：人物在回憶時以表記代稱對方，或作爲往事的憑證，有時也出現在讖語中作爲人物命運的預示。皆表現了以表記概括此情的象徵意義，但缺乏更深入的情感探求。

上述四項中，一、二項爲敘事功能，以前者較佳；三、四項爲抒情功能，亦以前者較佳。《六十種曲》中大部分的作品，皆具一、四兩項，即能以表記線索貫穿全劇敘事架構，卻未能善加發揮其抒情效果，在表記的運用上「長於敘事短於抒情」。如能在敘事線索完整周密之餘，又在敘事框架下發揮藉物抒情之作用，使表記兼具一、三項功能，在劇中「情節與情感強度兼具」，則堪稱表記運用的上乘之作；反之，若表記只具備二、四項功能，即點綴敘事架構與代稱人物、事件，則易使「表記線索與題旨較不突出」，較之上述兩種類型的劇作，表記的運用較缺乏經營。

以下即就上述三種層次的表記運用情形略加評述，具體說明該類作品中此一手法的優劣之處，並舉代表劇作爲例，以釐析《六十種曲》以表記爲名的劇作運用表記題材手法之工拙。需要注意的是，本章所論高下之分，乃針對表記情節與架構的安排設計而言，並非對全劇的評價。如《紅梨記》的表記情節雖有前後線索銜接不甚周密的問題，卻不掩該劇「佳思佳句，直逼元人」、「排置停勻調妥」〔註2〕的讚譽；又如《紫釵記》的表記運用在抒情與敘事方面都達到極高成就，但全劇「第脩藻艷，語多瑣屑，不成篇章」〔註3〕，

〔註2〕凌濛初：《譚曲雜札》，收於《中國古典戲曲論著集成》第四冊，頁255。
〔註3〕王驥德：《曲律‧四卷‧雜論下》，頁225。

在《臨川四夢》中反落下乘〔註4〕。故本章並不企圖藉表記情節評定劇作優劣，只冀求由明代劇作家對表記抒情與敘事手法的掌握，來了解明傳奇在表記文學發展中所達到的高度。此外，又因篇幅有限，未能將《六十種曲》中所有以表記爲劇名的作品一一歸類詳述，僅舉各類較典型的代表作論之。

第一節　表記線索與題旨較不突出

《六十種曲》中部份劇作的表記情節，在情感上並無較深刻的著墨，只用以「代稱人物、往事」，作爲情感憑證的片面象徵；在敘事上則只作爲局部情節的點染，未成首尾照應的線索，甚至令表記的運用岔出於情節主線之外，使以表記作爲題旨的設計在全劇中較不突出。個別場次中表記情節疏於抒情的情形存在於《六十種曲》多數作品中，將於第二節詳述，本節則就此類劇作表記手法又略遜於另外兩類作品的主要原因——「敘事線索前後有失照應」與「表記意象未扣合主題」兩點深入探討。

一、敘事線索前後有失照應

此類劇作中的表記情節，在人物情感發展起始、轉折到圓滿的三階段中分佈不均。或於其中一階段發揮重要作用，卻在其後未見線索的延續及完結，使表記關目只限於局部點染，未能成爲貫穿全劇的敘事脈絡；或在劇作出現的二件表記中僅偏重一件，使表記的雙線結構比重失衡，有些甚而在情節銜接上出現破綻。兩者皆因表記敘事線索在全劇中照應不周所致，前者以《春蕪記》爲代表，後者則以《紅梨記》爲代表。

《春蕪記》中的「春蕪帕」，是宋玉與季清吳邂逅定情的重要表記。在前十二齣中，作者以〈感嘆〉、〈瞥見〉、〈探遺〉、〈閨語〉、〈言謝〉、〈邂逅〉六齣密集而詳細地鋪陳了季母贈帕、清吳遺帕、宋玉拾帕傳情，乃至於兩人偷會定情的過程。表記在生旦情感起始的階段被賦予了關鍵性的意義，不僅帶動曲折的情節起伏，更詳細鋪展了清吳面對宋玉情意，暗喜在心卻羞於應承的心思。〈邂逅〉齣中男女主角於花園偶遇訴情，清吳贈帕定情，歸結了前五齣香帕傳情的線索，使宋玉寄託帕中的傾慕之情得到回應，是爲小收煞。

〔註4〕如梁廷枏評《玉茗堂四夢》：「《牡丹亭》最佳，《邯鄲》次之，《南柯》又次之，《紫釵》則強弩之末耳。」，見《曲話‧卷三》，收於《中國古典戲曲論著集成》第八冊，頁276。

　　然自此齣後，宋玉在登徒履的阻撓之下無從會見清吳，分別之後從未曾將小姐所贈春蕪帕取出把玩憶往。清吳相思成病，思念中卻同樣也未再提及贈帕之事。及至襄王為宋玉與清吳主婚，促成兩人團圓，春蕪帕不但未再發揮任何作用，久別重逢的場合下也未能對前半劇的「以帕傳情」關目作適度的呼應，使〈贈帕〉齣中清吳贈帕「當為日後表證」的作用未能凸顯，作為題名的「春蕪」線索，在宋、季情感歷程中也未持續發揮響力，而減弱了此物作為情感象徵的代表意義。情感起始階段對春蕪帕的鋪墊渲染，也因後續未能善加承接，使前半劇對此一線索的強調在全劇中顯得比重不均。

　　《紅梨記》中雖以「紅梨」為名，卻是以謝素秋與趙汝州互相交換的「詩箋」作為貫穿全劇的表記。〈詩要〉齣中男女主角兩下以詩箋相邀，後因一連串的陰錯陽差，致使二人無緣相會，詩箋便成了兩人手中對彼此情意的依憑。而在寄箋之後男女主角分別開展的線索中，謝素秋手中的詩箋不時被取出玩賞，寄託其對趙汝州的思念，亦藉對箋的珍視向花婆與錢夫人強調自己心有所屬的堅貞；然而趙汝州手中的詩箋卻似隱沒一般，縱使汝州也多次縈掛素秋，卻未再提及此箋，直至〈發跡〉齣汝州中了狀元重覓素秋，方點出詩箋下落：「素秋贈我一詩，被那小姐取去，倘或相見問起，怎生答應他？」〔註5〕然在汝州與素秋偽稱之王小姐邂逅、幽會的情節中，卻從未提及此節。至男女主角重新相遇、真相大白的〈三錯〉齣，女主角出箋向汝州證實自己即是當初贈詩的謝素秋，並將二箋「相銜首尾，以配雌雄」〔註6〕，以二箋相合象徵著與男主角得諧姻眷的期盼。

　　全劇初以二箋互贈，奠定男女主角的情感基礎，開展生旦各自發展的兩頭線索；末以二箋相合，象徵男女主角終成婚配，綰合雙線歸結為一。表記運用上看似為完整的「雙線並進」結構模式，在情感轉折階段，二箋的劇情份量卻不成比例。女主角的線索中極力渲染詩箋在素秋心中重要的表記意義，男主角一線卻連表記流轉的關目都僅用暗場帶過，亦未寫出王小姐索去詩箋時，男女主角各自的心思，使得趙汝州看待表記的態度流於草率。當結尾又慎重其事地使兩箋共同出現，並藉合箋象徵重逢，反而益顯男女主角對詩箋的重視程度不一，以及二張詩箋在貫穿全劇結構時敘事脈絡的失衡。

〔註5〕徐復祚：《紅梨記・發跡》，《六十種曲》第七冊（原第四套），頁83。
〔註6〕徐復祚：《紅梨記・三錯》，《六十種曲》第七冊（原第四套），頁91。

二、表記意象未扣合主題

　　此類劇作雖以物件作為劇名，該物或也具有相贈過程與紀念價值而堪稱表記，但其情節卻未扣合男女主角情感發展的主要線索與劇作所要表達的中心主旨，而流於敘事旁支。不僅在結構上未起到貫串全劇的功能，亦致使此物的象徵意涵在劇中顯得模稜兩可，無法發揮題旨作用成為全劇的中心意象。諸如《紫簫記》中的紫簫情節偏離主題、《紅拂記》的紅拂關目薄弱無力、《紅梨記》的紅梨線索湮沒不彰，俱因物件意象未扣合主題所致。

　　《紫簫記》中的「紫簫」乃郭貴妃感霍小玉氣節而贈。然此節既與霍小玉及李益的婚姻主線沒有任何關聯，至李益離家而又歸來團圓的後續情節中也未發揮任何作用，而成為全劇的冗節。然本劇原為湯顯祖未完成的作品〔註7〕，雖也自成首尾的刊印，卻不符作者初以「紫簫」作為題名的用意，自不便以此妄評。

　　《紅拂記》雖僅以「紅拂」為劇名，全劇實包含了張女（紅拂女）與李靖、樂昌公主與徐德言兩段故事，而以前者為主、後者為輔。樂昌線索源自唐《本事詩》中「樂昌分鏡」〔註8〕的典故，傳奇繼承記載中樂昌與徐德言分鏡而別的情節，使「破鏡」成為貫穿首尾的表記；而紅拂女線索源自唐傳奇〈虬髯客傳〉，小說中「紅拂」原只是標示紅拂女身分的特徵物，本不具表記意義，但傳奇似為對應樂昌公主線索並於劇末將二線紐合，而將「紅拂塵」與樂昌的「破鏡」賦予相近的定位，卻在敘事框架上仍承襲小說，未使紅拂作為表記的關目與整體情節適當地融合，遂使紅拂的表記意義稍顯牽強。運用紅拂之關目縱可看出作者凸顯此物的意圖，但在全劇情節中亦顯得薄弱無力。

　　作者在劇中首度強調「紅拂」，且與「樂昌鏡」並舉，乃在第三齣〈秋闈談俠〉。樂昌與張女問起彼此常懷破鏡與紅拂塵的緣由，樂昌自述一段夫婦分鏡的傷心往事，張女則在一番掃除塵霧的解釋之後，背地自言：「若問緣由，誰能解得就中機縠。」〔註9〕顯然對紅拂別有寄託。然不僅當下未明言寄託為何，其後亦未承接此一伏筆發展情節。其後張女與李靖相識而至私奔的愛情

〔註7〕 湯顯祖：〈紫釵記題詞〉：「是非蜂起，訛言四方。諸君子有危心，略取所草，據詞梓之，明無所與于時也。《記》初名，《紫簫》實未成。」見《湯顯祖全集・卷三十三》，頁1157。

〔註8〕 孟棨：《本事詩・感情第一・陳太子》載：南朝徐德言亂中與妻樂昌公主分鏡而別，後又合鏡重聚的故事。後多以「破鏡重圓」喻夫妻失散或決裂後重新團圓和好。見顧元慶輯《陽山顧氏文房》（台北：藝文印書館，1966）。

〔註9〕 張鳳翼：《紅拂記・秋闈談俠》，《六十種曲》第三冊（原第二套），頁5。

線索，以及夫妻結識虬髯客、投唐王、遭兵禍、入李世民帳下的政治線索中，紅拂塵都未再被提及，亦即在本劇的情節主線中皆未發揮任何作用與象徵性，終究只是一柄尋常的隨身器具。

紅拂直至張女與樂昌雙線交合的〈奇逢舊侶〉齣，才重新被作者所想起。當張女欲引薦徐德言至李靖帳下，乃以拂塵為信，方重新凸顯此物的重要性。張女言道：

> 奴家相從丈夫之時，曾扮為男子模樣，相見時他正驚疑，出此紅拂，
> 方知我是楊司空家侍女。如今卽將此拂與徐官人帶去，到那里覷個
> 機會，與他看時，自有分曉。〔註10〕

張女口中，私奔李靖時紅拂的重要作用在〈俠女私奔〉齣同樣隻字未提，足見劇作前後對此物重視程度不一的矛盾。但須得有此一節，紅拂在夫妻之間方具有憑證意義，張女以之引薦徐德言也才具有說服力。當徐德言來到李靖帳下，初猶被視為奸細，直至取出紅拂，方為李靖全心地信服，並拜為參軍。紅拂在此，不僅作為夫妻之間的家信，更成為徐德言躋身仕途的契機。及至李、徐沙場立功，榮歸故里，李靖又命徐德言先寄紅拂與妻報喜；張女見拂，引發一連串驚疑揣測，終猜到是丈夫將回，藉拂報喜。連三支曲牌的對拂嘆疑，又將紅拂的憑證意義大加渲染，算是於劇末對於題旨的呼應。

以劇末幾齣強調紅拂表記意義的關目而言，作為李靖夫妻的情感憑證，則此前情節中缺乏鋪墊，使夫妻分離後雙方見到紅拂時的情緒難以發揮深刻的感染力；作為徐德言的入仕管道，則又游離於李、張的情感與政治線索之外。故而雖可看出作者企圖在劇中強化紅拂的重要性，但運用紅拂的情節卻在全劇中既未善加承接伏筆，又無鮮明的精神意涵，而流於無關緊要的情節旁支。

《紅梨記》的題名則繼承了元雜劇《謝金蓮詩酒紅梨花》。雜劇中四折以「紅梨花」貫穿，第二折中謝金蓮以紅梨花贈趙汝州，並應汝州之請作詩一首詠紅梨，使紅梨花的意象與金蓮假扮的「王小姐」這一神祕女子緊密相連。第三折花婆謂紅梨花是鬼花，而王小姐為鬼，以騙趙汝州驚嚇赴考。第四折汝州得中歸來，宴上金蓮在扇上插紅梨，引起汝州驚恐，經第三者說清後，以紅梨花結果了這一段姻緣。全劇以紅梨花為線索，每折亦突出紅梨意象，使敘事簡鍊、脈絡集中。

〔註10〕張鳳翼：《紅拂記·奇逢舊侶》，《六十種曲》第三冊（原第二套），頁55。

及至傳奇《紅梨記》，則以謝素秋與趙汝州贈答的詩箋，取代了紅梨花作爲敘事線索的地位。雖仍保留了「紅梨」的題名與雜劇中的情節，卻將原用以相贈的紅梨改爲女主角請男主角題詠，只作爲趙、謝幽會中淡淡的點綴。其後雖亦有花婆「鬼花」之說與汝州宴上見花之驚，卻將更多的筆墨放在「詩箋」開展的情節線索，使紅梨花的意象隱沒於其他情節中，淪爲敘事旁枝，無法凸顯出作爲題名的重要性。卻因其同樣作爲男女主角相聚時的重要意象，又略爲分散了詩箋作爲表記的中心地位，使全劇的表記線索顯得不夠集中。

第二節　表記情節長於敘事短於抒情

《六十種曲》中大部分劇作中的表記，皆能具備「支撐敘事架構」的功能，卻疏於情感的闡發。此乃因明傳奇中以表記入劇的手法，奠定於《荊釵記》、《香囊記》中以表記貫穿全劇的結構模式，而在成化至萬曆中葉的文詞派作品中相襲成套。故以表記線索支撐全劇情節架構的敘事技巧，遂成明傳奇常見的結構模式。然而詩詞傳統中憑藉表記抒發情感的手法，至明傳奇卻未得到普遍的繼承；細觀個別場次中的表記運用，通常只是以唸白帶出贈物的動作，或在唱詞中提及贈物之往事，往往點到爲止，並未透過此物抒陳人物本身的主觀情感，或深入刻畫表記的精神內涵。因此在抒情作用上，往往只能達到第四項以物「代稱人物、往事」的象徵意義，未能眞正作爲人物抒情的媒介。

而在敘事線索貫串首尾的前提下，又可依表記運用之刻板或靈巧，將此類作品運用表記之技巧略分上下。前者僅制式穿插三階段框架下既定的表記情節類型，透過對話平穩鋪述「以物定情」、「贈物留別」、「合物團圓」等事件發生過程，人物在事件發生當下，對於表記的情緒未能深入展現。後者則能藉表記關目的靈活組合，帶動曲折奇巧的情節進行，透過精彩迭宕的敘事手法，使表記意象突出並賦予繁複的象徵意涵，以彌補抒情不足的問題。以下便就此二項深入論述並舉例說明。

一、敘事架構完整，缺乏情感深掘

相較於上節所述表記的敘事脈絡有失縝密的劇作，《六十種曲》大部分的作品皆能以表記貫穿首尾，構成完整的敘事架構。然在個別場次的安排上，

表記關目常僅於男女或親人相識、分離、思念與團圓等象徵性的情感階段上，循傳統模式置入常見的表記情節，未能扣合劇情作靈活變化或賦與專屬於腳色的情感，使表記情節雖能四平八穩地連綴成劇，卻缺乏新意，亦無法凸顯出該劇的獨特之處。而個別場次中對表記的描寫，也往往只用對話或腳色的自述進行著「以物爲聘」、「贈物留別」、「對物思人」、「憑物相認」等外在事件，卻未使人物的情感在此物之上表現太多的寄託。

　　如《玉簪記》中的「玉簪」、「鴛墜」，初爲潘、陳兩家聘物，後爲潘必正、陳妙常離別相贈之表記，最後又以其聘物的本質促成妙常母女相認、揭曉潘陳舊有婚約。全劇以表記意義的變化，建構男女主角實現命定姻緣的歷程，在整體結構中亦堪稱「單線貫穿」。然而在「以物爲聘」與「贈物留別」的關目中，表記情節皆僅在唸白中點出；前者只以潘父的一語提及，後者則於男女主角秋江送別的場面中，在多支泣訴離情的曲牌之後，方以夾白鋪陳贈物情節：

> （旦）奴別君家，自當離卻空門，洗心待君，君家休得忘了奴。有碧玉鸞簪一枝，原是奴家簪冠之物，送君爲加冠之兆，伏乞笑納，聊表別情。
>
> （生）多謝多謝，我有白玉鴛鴦扇墜一枚，原是我家君所賜，今日贈君。期爲雙鴛之兆。〔註11〕

賓白中以對話帶出交換表記的過程，並道出「聊表別情」、「期爲雙鴛之兆」的心意寄託。然其後的二支曲牌，則未再對表記有進一步的情感投射，而又回到離情別緒的抒陳。若就人物抒情的成就而言，此齣有「關目好、調好」，是爲「全本妙處」〔註12〕的佳評；但就表記在抒情上的運用而言，則只成爲男女主角分別場景的點綴，埋沒在大段的抒情曲牌中，未能使作爲題名的物件發揮足夠的題旨效果，達到推進敘事或渲染抒情之功。

　　別後當潘、陳各自縈念此情，偶或思及表記，卻只將「簪」作爲伊人代稱、借「合簪」象徵團圓而一語點到〔註13〕，卻未深入抒陳表記本身對於人

〔註11〕高濂：《玉簪記‧追別》，《六十種曲》第三冊（原第二套），頁67。

〔註12〕陳繼儒：《六合同春‧陳眉公批評玉簪記》，收於《不登大雅文庫珍本戲曲叢刊》第十三冊（本經：學苑出版社，2003），頁27。

〔註13〕如〈擢第〉齣潘必正道：「當年有約，有約姻緣誓，指日南來，要把玉簪重會。」（頁76～77）；〈情見〉齣妙常暗思：「望斷我錦帳通宵喜合簪。」（頁82），以及必正姑母聞知潘、陳交換表記暗定私情之事後喜嘆：「鴛鴦玉墜，碧霞玉

物的生命意義。末齣陳母與妙常的相認過程，更只藉母女問答的曲白揭曉簪墜原爲聘物的事實。當知曉骨肉重聚、姻緣早諧，劇中人讚頌團圓之樂外，亦無隻字再提及表記於整個事件中的情感價值。故而全劇中「簪、墜」雖於腳色情感發展的關鍵時刻皆被述及以點題，但並未造成潘陳之間情感變化的積極效果，論其情感內涵的開發亦稍嫌不足。

　　《玉鏡臺記》中的表記關目較《玉簪記》多數且佈局結構更爲均衡〔註14〕，然同樣有敘事程式刻板及情感內蘊平淺的問題。綜觀全劇的表記情節，「以物爲聘」、「贈物留別」、「託物顯兆」、「對物思人」、「歸物訣別」、「詠物團圓」等關目平均分布於溫嶠與劉潤玉的情感起始、轉折與圓滿歷程中。然而這些關目幾乎各自獨立，僅以簡單曲白點出該類情節模式的發生經過，彼此之間缺乏伏筆與連結，無論是敘事線索的鋪展或人物情感的表現都稍嫌粗糙。

　　如男主角自媒的〈下鏡〉齣，溫嶠在曲白中多次提及「玉鏡爲聘」〔註15〕，卻始終未說明以鏡爲聘的理由或寓意，似乎僅將鏡臺視爲一般財禮；生旦離別的〈絕裾辭母〉齣，亦在通篇的悲別曲牌中，唯見一支【川撥棹】並夾白提及表記。先令潤玉叮囑「君當牢記玉鏡之盟，毋使妾有白頭之嘆。」〔註16〕然對應到前齣僅將玉鏡當財禮的情節表現，這裡忽提「玉鏡之盟」便顯突兀。隨即溫嶠出鏡承諾：「卑人若忘前情，有如此鏡。」後接「便把這菱花爲證，菱花爲證，偕老深盟誓不更。」〔註17〕的唱詞，雖以鏡設誓，卻未將誓言完成：「如此鏡」如何？只云「菱花爲證」，亦未扣合「鏡」的特質而論，亦即

簪，兩物相贈，天教合歡。」（頁83），皆借玉簪、鴛墜代稱此情，言及舊事或表達對重聚的渴望，都只停留在借物代稱或敘舊的層次。

〔註14〕《玉簪記》中的表記情節自第二齣〈命試〉後，直至第二十三齣〈追別〉才又出現，其後第二十七齣、第三十齣於思人時略提表記，至第三十三齣團圓結局方才使玉簪又發揮具體作用；《玉鏡臺記》則共九齣出現表記情節：第七齣「以物爲聘」、十六齣「贈物留別」、二十一齣「託物顯兆」、二十二齣「對物思人」、三十三、三十四齣「歸物訣別」、三十七、三十八齣「對物思人」、四十齣「詠物團圓」。這些關目平均分布於溫嶠與劉潤玉的情感起始、轉折與圓滿歷程中，使表記單線貫穿的線索較爲縝密、突出。

〔註15〕本齣在生上場的第一支曲牌即唱道：「淑女選才郎，門閥誰能稱？自薦入東林，玉鏡聊爲聘。」，又以唸白言道：「以表妹之貌，配溫嶠之才，眞爲天作之合，豈可令他人得之。今去見姑母，竟當自薦，以此鏡爲聘，成就這段佳姻。」當劉母笑允，溫又出鏡曰：「止有玉鏡臺一面，以爲聘禮。」見朱鼎：《玉鏡臺記‧下鏡》，《六十種曲》第五冊（原第三套），頁16。

〔註16〕朱鼎：《玉鏡記‧絕裾辭母》，《六十種曲》第五冊（原第三套），頁42。

〔註17〕朱鼎：《玉鏡記‧絕裾辭母》，《六十種曲》第五冊（原第三套），頁42。

換作任何物件爲證皆可，無法凸顯「鏡」爲表記的獨特價值。「歸物訣別」的情節由生旦雙方分別以〈獄中寄書〉、〈拆書見鏡〉鋪陳，前者令潤玉出鏡憶往，思量重會無望，託王彬將鏡寄予溫嶠。託鏡之際只道「菱花遙寄，嘆雙鸞此日此離。」同樣僅將玉鏡作爲往昔盟誓的代稱，以陳述歸鏡始末，在歸鏡背後情盟斷絕、夫妻永別的痛苦心境則未扣緊表記抒展；後者齣名雖云「見鏡」，然在溫嶠拆書讀畢後，逕自抒陳妻母繫獄之慟，未有片語言及玉鏡，使前齣潤玉歸鏡的深意更加得不到承接。

《玉鏡臺記》中的表記關目皆如上述，僅承襲常見套式的敘事框架，既未給予表記情節足夠的心理動機，對於表記本身的象徵意涵也沒有充分闡釋。表記情節的安插流於制式，雖然數量多且貫穿全劇，齣與齣之間、表記與劇情之間卻都未能接續融合，以「玉鏡臺」作爲表記及題旨的主題思想在劇中便無法彰顯。

二、情節主導性強，構思別出心裁

另有部分劇作，雖在表記的情感寄託方面亦稍嫌不足，卻能將表記與人物際遇緊密結合，使整體情節隨曲折的表記關目跌宕起伏。只要將表記發揮重要功用的關目逐一串連，即可看出劇情發展的核心線索。且此物並不僅止於作爲情感歷程階段性的注腳，更進一步被賦予積極的力量，引起連環效應主導人物的離合聚散。

如《龍膏記》全劇以「贈盒」展開，一爲元載將御賜煖金盒贈與女兒元湘英，一爲袁大娘將盜出的金盒贈與張無頗，分別象徵著煖金盒俗世的來由與仙界的任務。無頗得煖金盒與龍膏丸而入相府治病，成爲邂逅相女湘英的直接原因；元載見盒起疑，則引出無頗遭陷繫獄與湘英遭逐投靠婢母兩條線索，而埋下其後無頗與代主沒入郭府爲奴的冰夷「錯婚」的伏筆〔註 18〕。男女主角重遇之時，湘英的「歸盒訣別」一方面呼應前齣因盒構禍的線索，一方面也是對錯婚結果的回應〔註 19〕。而男女主角最終的團圓，亦由金盒致禍

〔註 18〕 元載見盒懷疑無頗與己女私通，衍出無頗繫獄與湘英遭逐的兩條情節線索。獄中無頗獲袁大娘救出，赴試得中爲郭子儀招爲婿；湘英則暫投婢女冰夷之母，在元家獲罪時逃過一劫，由冰夷代之沒入郭府爲奴。冰夷卻陰錯陽差地被郭子儀收爲義女嫁與無頗。

〔註 19〕 〈巧遘〉齣中，湘英被郭子儀之子郭曖囚於園中，巧遇成婚的無頗與冰夷。湘英將金盒投還無頗，唱道：「休把珍珠伴寂寥，空遺玉珮在江皋，徒勞，使君有婦，枉到藍橋。」眼見婢女冰夷與情郎無頗已成了婚，往昔園中的承諾

的事件開啓了契機,使郭子儀見到昔日王縉參劾無頗盜盒的奏章,問明事由而促成。末齣當生旦論起金盒來歷,對金盒貫穿的婚姻歷程作一回顧,並引出袁大娘說明仙界宿緣,又呼應了〈買卜〉齣贈盒的本意。

全劇男女主角邂逅、罹禍、錯婚、重圓乃至於被袁大娘點化求仙的生命境遇,俱在煨金盒與龍膏丸的冥冥導引下進行,並環環相扣,埋伏照應針線細密,不僅使全劇的敘事始終聚焦於表記之上,突出劇作主題,更體現了塵世種種際遇皆為宿命冥冥導引的意旨。

《青衫記》中的「青衫」,亦作為全劇的敘事核心。作者令男女主角對於愛情的執著追求,集中體現於對青衫的處置與態度之上,每一個青衫關目皆標示著外在際遇的一番轉折以及人物心境的一次轉變。透過青衫情節所組成的敘事脈絡,推進著白樂天、裴興奴愛情的種種經歷:樂天「帶衫」、「典衫」鋪寫男女主角相識之初樂天的豪邁與多情,青衫雖尚未被賦予表記意義,卻被作者著意提點,預示此物在本劇中的重要份量〔註20〕;興奴於樂天去後,「贖衫」、「守衫」乃至於「歸衫」以求助於樂天侍妾,表現了一名歡場女子對於此情的認眞與認定。守衫的宣示到歸衫的目的,更凸顯了興奴為樂天守身所遭遇的艱難困境〔註21〕;樂天「見衫」知興奴處境、「寄衫」欲聘奴歸來,然而終究好事未成。湖上再聞興奴琵琶聲響,樂天只能「淚衫」憶往,徒添悲愴。劇作以茶客墜湖,興奴歸白作結,末齣樂天獲御賜緋衣一襲,猶交代興奴「收拾青衫」,不忍輕棄,一方面表現了男主角的不忘舊,一方面亦呼應全劇的表記線索,使敘事脈絡依舊歸結於青衫。

全劇中的表記關目,對外在事件的影響性雖不如《龍膏記》來得強烈,無論是情感的產生、經歷的波折或得續前緣的結果,皆非由表記所引發、促

也「只索休了」,金盒所象徵的愛情承諾與相思繫念,都在「使君有婦」的事實下失去意義,故這裡的「歸盒」情節,實承自「錯婚」的結果而來。見楊珽:《龍膏記‧巧遘》,《六十種曲》第十一冊(原第六套),頁83。

〔註20〕〈蠻素餞別〉齣樂天臨行特別詢問青衫是否收入行囊,表現對此物的重視,亦揭示此為重要線索;〈郊遊訪興〉齣樂天脫衫典酒,並在軟玉溫香中喜道:「不有青衫,安得綠酒」、「何妨日日典青袍」(頁14~15),對應前齣的珍視,益顯樂天面對興奴時不拘小節、甘拋愛物的用情。見顧大典:《青衫記‧郊遊訪興》,《六十種曲》第胡七冊(原第四套)。

〔註21〕自〈贖衫避兵〉齣興奴命僕將青衫贖回,便寄託了與樂天重會並成就姻緣之願;〈茶客訪興〉齣因鴇母欲將興奴嫁與浮梁茶客,興奴方需宣示「白頭願首青衫誓」(頁32)的決心;及至〈裴興還衫〉齣因逼嫁事急,興奴將衫歸還蠻、素,藉此告知與樂天之情,即為申明堅心,尋求救助。

成。但透過青衫的流轉，兩方面體現出男女主角對於情感的堅守與回應，卻正是本劇敘事的重點。故而劇中對於青衫的描述，雖僅及於對話或敘事，卻仍賦予了青衫鮮明的象徵意涵與情感深度。

而由上述兩劇的分析中，亦可看出此類劇作在表記情節程式運用與組合上的靈活多變；如《龍膏記》中元載因見金盒而構陷無頗、怒逐湘英的情節，乃循常見的「因物洩情」模式，卻未僅止於一般此類情節「男女主角遭拆散」的結果，而又延伸出生旦各自的曲折遭遇並引發錯婚乃至於歸盒的波折；《青衫記》中興奴歸衫於小蠻、樊素的情節採「憑物相認」模式，卻未造就團圓的結果。樂天見衫後「以衫為聘」，也不似其他劇作多將此一情節置於情感起始階段，反使婚事不成而作為情感歷程中的另番轉折。二劇在運用常見情節套式時，往往藉此引發不同於既定模式的結果，並使表記情節之間互為因果，如《龍膏記》中元載見金盒而命王縉構陷無頗的奏章，反成最後郭子儀為無頗、湘英主婚的契機；《青衫記》中興奴歸衫求助二妾的作法，則直接導致了樂天見衫、寄衫一連串的動作。表記關目的緊密結合使敘事線索一脈相承，任一環節皆有其存在之必要，在全劇中更突出表記為整體情節之樞紐，使劇作避免淪於平直鋪寫才子佳人「相愛—分離—大團圓」的敘事模式，而能隨表記情節的曲折起伏，創造出別出心裁的敘事架構。

除了上述《龍膏記》與《青衫記》以外，表記運用成功的劇作又如《金雀記》藉一對「金雀」促合潘岳與一妻一妾的婚姻始末；《雙珠記》透過王母分贈兒女的一對「明珠」，使幼年遭棄的九齡以珠認母，並引導王家骨肉團聚；《蕉帕記》以狐精幻形的弱妹相贈龍驤「蕉帕」，湊合弱妹與龍驤姻緣，卻又引發種種誤會等。這些作品都能在表記所發揮的奇巧關目支撐下，使全劇結構獨具創意，成功地以敘事之長補抒情之短。

第三節　表記運用情節與情感強度兼具

《六十種曲》中運用表記情節成就最高的作品，既能善加掌握表記在敘事功能上的優勢，創造結構縝密而關目靈活的敘事線索，貫穿並主導全劇情節發展；又能扣合表記特性，寄託其象徵意義並發揮據物抒情的功能，細膩地展現人物的內心世界，兼具「支撐敘事架構」與「作為抒情媒介」的功能。

不僅將表記的敘事與抒情作用皆表現得淋漓盡致，更能達到全劇以表記為中心意旨的目的，令劇作真正地名符其實。以表記「支撐敘事架構」之成功案例已在上節詳述，此節則著重討論劇作如何在精采的敘事架構下，創造更大的抒情空間，令表記的抒情作用得到最深刻的表現。以下便就《明珠記》、《紫釵記》與《還魂記》三劇為例，說明此類劇作在表記的抒情作用之發揮與象徵意涵之闡釋上卓越的成就。

一、表記敘事線索下人物內心的細膩展示

　　能兼顧表記敘事與抒情功能的劇作，除了用心經營表記線索在劇中的主導性與曲折度以外，還能在敘事進行的當下，運用藉表記抒發情感的曲牌，細膩表現人物內心的轉折與衝突。

　　如上節所述，大部分劇作在曲白中提及表記多為贈物之時的對話，或者對事件的描述，以敘事功能為主。較早兼顧到表記的抒情功能者為《明珠記》，全劇不僅以對話與人物自述中的敘事帶出男女主角「分珠」、「寄珠」、「歸珠」、「送珠」直至「合珠」的情節線索，更在臨別分珠、歸珠訣別與合珠團圓的當下，以一、二支曲牌詠唱人物在事件之中對表記的誦嘆。

　　如男女主角甫得劉父允婚，卻又遭逢別離的〈驚破〉齣，在劉無雙贈珠和王仙客收珠的對白之後，接續兩支【玉交枝】，先令仙客藉由詠嘆明珠，道出心中驚喜與感激交雜的情緒，以及對明珠呵護倍至的珍重心意；再令無雙表達冀盼夫妻如雙珠「一對團圓長在」，以及贈珠供仙客睹物思人並代己「長繫郎巾帶」〔註22〕的願望。呈現表記贈受之際，仙客驚喜卻惶恐的情緒、無雙悲悽而溫柔的心思。也在離亂中仙客歸物、無雙重贈的時刻，透過對珠悲嘆〔註23〕突出兩人對於婚姻破滅的絕望和對此情不放棄的堅持。團圓的場合中，更藉由頌珠之功的曲牌〔註24〕，表現夫妻對於命運的感戴與情緣的珍重。

〔註22〕陸采：《明珠記·驚破》，《六十種曲》第三冊（原第二套），頁37。

〔註23〕〈橋會〉齣無雙將珠還贈仙客時唱道：「這明珠錦字，這明珠錦字，與你表思量，芳心搖蕩。」，依舊將一片芳心託付明珠，重申自己贈珠以來的相思情意不曾斷絕；當無雙去後仙客則惆悵唱道：「這明珠可憐，這明珠可憐，本待再成雙，如何又撇漾？」一語雙關地指出二珠再度二分，兩人也終究被拆散的命運。見陸采：《明珠記·橋會》，《六十種曲》第三冊（原第二套），頁83。

〔註24〕〈珠圓〉齣仙客先以唸白強調明珠在愛情中的促合之功，勾勒出全劇由明珠貫穿的敘事脈絡，隨後男女主角各以一隻【羅鼓令】詠嘆珠圓人合，根據珠的種種特質發揮聯想，巧妙與現實中的愛情經歷結合，抒陳心中對於歷劫之

使人物在表記牽引的曲折境遇下，內心情感與外在情節都得到相應的發展。這些纖細婉轉的內心感受，不僅使人物的形象更加細緻豐富，也令表記在劇中的象徵意義有了更深刻的情感涵映。

至湯顯祖的《紫釵記》、《還魂記》，則除了敘事線索較他劇更爲靈活多變，也能更深入地挖掘表記所寄託的情感底蘊。在特定的境況下，往往令人物用數隻曲牌圍繞著表記細膩抒陳內心情思，將表記與愛情的經歷及感受作更緊密的結合，使明傳奇以物寓情的深度有了新的開創。

就情節內容而言，《紫釵記》中「以釵傳情」、「以釵爲聘」與「詠釵團圓」的設計都只是尋常關目，但卻能善用曲牌的抒情效果，透過表記深刻呈現人物的心思變化。如鮑四娘至霍家說親的〈佳期議允〉齣，雖只是單純的議親事件，卻使霍小玉透過紫釵表現出女兒閨情的微妙起伏：首三隻曲牌即令小玉追憶昨日燈下光景，不僅重提拾釵事件，更巧藉「燕釵」外形，委婉抒陳「燕燕于飛」的心願，卻也略帶著不知對方承諾能否兌現的不安〔註25〕。當鮑四娘帶來李益求親之意，小玉的滿心幻夢乍然實現，詠歡玉釵的曲詞也頓時盈滿了歡悅的春意〔註26〕。及至霍母得知釵聘始末，婚事眞正確定後，當小玉回應母親對拾釵事件的追問時，雖猶然是嬌羞女兒態，卻已坦誠了對李益月下柔情與纏綿話語的一番眷戀，甚至想像起對方爲己畫眉、插釵的夫妻生活〔註27〕，全然沉浸在有情人終成眷屬的幸福氛圍中。全齣二十四隻曲牌中，就有十三隻曲牌圍繞著表記抒陳繾綣心事，使紫釵不僅作爲推進情節的關鍵物品，更反映了人物幽微深邃的內心世界。

而《紫釵記》的表記情節中最爲精采且別出心裁之處，則是〈凍賣珠釵〉至〈玩釵疑嘆〉所造成的衝突中，「紫釵」對於小玉與李益之間重重誤會的引發與渲染。「釵賣盧府」作爲引起兩方誤會激化的核心事件，融合了「計物價

後重合的喜悅。見陸采：《明珠記・珠圓》，《六十種曲》第三冊（原第二套），頁130～131。

〔註25〕如【薄倖】：「憑墜釵飛燕徘徊，恨重簾礙約何時再。」、【字字錦】：「是單飛了這股花釵，配不上雙飛那釵，乍相逢怎擺。」，見湯顯祖：《紫釵記・佳期議允》，《六十種曲》第四冊（原第二套），頁18。

〔註26〕如【雪獅子】：「單飛燕也釵，雙飛燕也釵，雙去單來，單去雙來，可似繞簾春色，還上我玉鏡妝臺。」見湯顯祖：《紫釵記・佳期議允》，《六十種曲》第四冊（原第二套），頁19。

〔註27〕如【三學士】：「是俺不合向春風倚暮花，見他不住的嗟呀，知他背紗燈暗影着蛾眉畫，還咱箇插雲鬟分開燕尾斜。猛可的定婚梅月下，認相逢一笑差。」，見湯顯祖：《紫釵記・佳期議允》，《六十種曲》第四冊（原第二套），頁23。

財以突破困境」與「物流離而引起誤會」兩類常見情節模式，卻能翻出新意，開展出生旦雙方對應而激烈的情緒翻騰。

〈凍賣珠釵〉與〈玉工傷感〉作為賣釵前奏，鋪墊小玉走投無路又微帶怨懟的處境與心思，並令當年製釵的老玉公擔任賣釵的腳色，見證了霍府的落魄與小玉愛情的幻滅。〈哭收釵燕〉、〈怨灑金錢〉與〈玩釵疑嘆〉則交織呈現了李益與小玉得知釵賣盧府後兩樣的情緒與行為：〈哭收釵燕〉齣李益見釵又聞小玉別嫁後，【獅子序】直至齣末【哭相思】的六隻曲牌，每隻俱為懷釵憶往，卻非單純敘述舊事，而透露了強烈的人物主觀情感——對自己有負釵盟滿懷愧悔，更引發「少不得鈿合心堅要再見他」〔註28〕的強烈願望；〈玩釵疑嘆〉齣更使李益獨自「取那燕釵端詳一回」〔註29〕，以全齣七隻曲牌反覆思索小玉改嫁的真實性，欲待不信卻見表記鑿鑿，勾動舊情又恐改嫁事真，寫盡男主角心中痛苦矛盾的掙扎。

而對應李益線索的〈怨灑金錢〉齣，則由開頭兩隻【玉山鶯】中小玉思釵悔賣的一腔悶懷，到【桂花鎖南枝】知曉釵賣盧府的震驚、【小桃紅】對於誓冷盟寒的絕望、【下山虎】漫灑金錢的無奈和憤懣、【醉歸遲】思想往事對比今朝的悲切控訴，乃至於【憶多嬌】、【哭相思】懇求崔允明尋求續緣的哀告，曲曲扣緊表記意象，道盡小玉從悲到怨、由怨生恨，最後再歸於至愛懇告的心情轉折。透過這五齣中人物各自對物抒情的表記關目，勾勒出表記的流轉以及引發的效應，藉情緒的變化帶動外在情節進行。在釵賣盧府的敘事線索下，賦予表記更豐富多變的抒情空間。

《還魂記》無論是在表記敘事結構或抒情技巧上，都較《紫釵記》又更為成熟。全劇中表記「春容」的敘事線索以杜麗娘回生分為前後兩部份：前半促成麗娘與夢梅得償夢中宿緣，在「借物傳情」情節模式下，藉由留畫遺情、拾畫引魂、因畫繫緣、藉畫告實的幾番轉折，表現男女主角對愛情的追尋以及生旦情感的深化；後半則引發麗娘託夢梅尋父、認父的種種波折。〈急難〉齣中麗娘臨別贈畫既不同於傳統「贈物留別」情節的目的，另賦予春容認父的憑證作用，並扣緊其後的劇情發展。而夢梅因畫被視為盜墓賊，則融合了「憑物相認」與「因物流離引起誤會」的情節元素，帶動人物曲折境遇。表記情節不僅首尾完整，結構上分布均勻而線索縝密，且關目創新，在常見

〔註28〕湯顯祖：《紫釵記·哭收燕釵》，《六十種曲》第四冊（原第二套），頁128。
〔註29〕湯顯祖：《紫釵記·玩釵疑嘆》，《六十種曲》第四冊（原第二套），頁142。

的情節模式下加以變化，許多場次甚至成為後起作家相繼模仿的新敘事程
式。〔註30〕

　　而在表記的抒情作用上，較之《紫釵記》連綴多隻曲牌據物抒情，《還魂
記》更進一步地使人物對於表記的寄託、玩賞自成一齣。本劇的表記「春容」
不同於明珠、紫釵俱為現成物品，而是出自女主角的自我創造，故而無論畫
中容貌、姿態，乃至於畫上所題之詩，俱充滿了麗娘鮮明的自我意識。而在
麗娘創作過程的描寫中，亦開展了豐富的抒情空間，使其將創作意識細緻地
自抒於唱詞，從而投射內心對愛情的嚮往。試看〈寫真〉齣麗娘繪容之時的
一段唱詞：

　　　【鴈過聲】輕綃，把鏡兒擘掠，筆花尖淡掃輕描。影兒呵和你細評
　　　度，你腮斗兒恁喜譃，則待注櫻桃染柳條，渲雲鬟煙靄飄蕭。眉梢
　　　青未了，個中人全在秋波妙，可可的淡春山鈿翠小。

　　　【傾杯序】（貼）宜笑，淡東風立細腰，又似被春愁攪。（旦）謝半
　　　點江山，三分門户，一種人才。小小行樂，撚青梅閒廝調，倚湖山
　　　夢曉，對垂楊風裊。忒苗條，斜添他幾葉翠芭蕉。〔註31〕

作者透過麗娘之口，不但將作畫的動作、情緒作了詩意的展現，並細細勾勒
畫中女子飽含秋波的眉眼、笑意盈腮的櫻唇、春愁縈繞的細腰與撚梅傍蕉的
姿態，建構出一幅姿容婀娜而春情嫣然的畫中形象，透露麗娘在花容易逝的
作畫動機下掩不住的春心。而當春香笑言「少甚麼美夫妻圖畫在碧雲高」，更
勾動了麗娘尋夢不得的失落；欲待將夢中書生繪入春容，又「怕泄露風情稿」
〔註32〕，於是改題一詩於上，表現了對夢裡書生強烈的依戀。完畫之後無人
可寄的現實，則引發麗娘對於幻夢無憑、春色易老的感嘆：「寄春容教誰淚落，
做真真無人喚叫。」〔註33〕當她體悟到夢境以及愛情對象的虛幻飄邈，原本
旖旎的情懷轉為傷感，只能將對愛情的滿腔渴望寄託畫容。全齣細緻抒陳麗
娘繪容、題詩、裱畫過程中思緒的流轉，使春容所寄託的精神內蘊得到層次
分明的呈現。

〔註30〕如《療妒羹・畫真》、《風流夢・繡閣傳真》皆可見女子病重，自繪春容的情
　　　　節；《畫中人・玩畫、呼畫》、《嬌紅記・玩圖》、《療妒羹・禮畫》等，也都有
　　　　男子拾畫，動情呼喚的情節。見許子漢：《明傳奇排場三要素發展歷程之研究・
　　　　研究資料甲編　襲用關目》，頁312～314。
〔註31〕湯顯祖：《還魂記・寫真》，《六十種曲》第四冊（原第二套），頁42。
〔註32〕湯顯祖：《還魂記・寫真》，《六十種曲》第四冊（原第二套），頁42。
〔註33〕湯顯祖：《還魂記・寫真》，《六十種曲》第四冊（原第二套），頁43。

　　與杜麗娘寫眞相對應，作者亦用〈玩眞〉全齣以及〈幽媾〉前半齣的篇幅，細膩鋪陳柳夢梅觀畫、詠畫，乃至於迷戀畫容無法自拔的過程。齣中令夢梅細觀春容而暗驚似曾相識，又由題詩中「不在梅邊在柳邊」之句察覺此畫與己之淵源，建立起其對春容的特殊情感，進而在玩賞之中直將畫作擬人化，對畫中女子產生種種想像，並一廂情願地與之互動。〈玩眞〉齣初生愛慕之意，〈幽媾〉齣則已對畫容玩賞多日，一連十隻曲牌或思想女子作畫心境，或詠歎女子風韻與題詩才情，甚至對畫傾訴戀慕之意，一派神魂顛倒的癡態。也就是這份情癡，成爲麗娘魂魄前來的基礎，方促成了其後此情的完成。雖自夢梅拾畫之後，至麗娘來會之前，大段夢梅玩畫、叫畫的抒情關目中情節並未推進，男主角情癡的形象卻躍然紙上，也回應了麗娘因夢而死的深情。由〈寫眞〉到〈幽媾〉的敘事線索中，表記不僅超越陰陽地連繫了男女主角的相遇，也成了杜柳在不同時空下，得以各自抒懷對彼此情意的媒介。然而一對夢中人，一對畫中人，情愛投射的對象俱是虛象幻影，便使得兩方的對物抒情都有些癡狂的味道。

二、表記精神內涵隨情節靈活變化

　　部份劇作在愛情起始到重合的過程中，表記一概以愛情憑證的意義貫穿其間，藉由腳色對於此物的堅守與珍視，突出情深、情堅的劇作宗旨。此類劇作則更靈活地使表記隨情節變化與人物心境的轉換，賦予不同的精神內涵與實際作用，一方面藉表記性質的變化凸顯情節的波瀾起伏，一方面也作爲人物在不同階段的情感歷程中，賴以呈現內心感受變化之載體，使表記的象徵意義與人物際遇、情節轉折更加密合，更適切地發揮以物作爲題名的中心意象。

　　如《明珠記》中表記「明珠」的意義在劇中四度轉換：當王仙客與劉無雙將一對明珠各分一顆而別，盼兩人能如雙珠原貌般「一對團圓常在」〔註34〕，乃以珠作爲相思憑藉與團圓希望的寄託；及至〈煎茶〉齣塞鴻留下仙客之珠，無雙嘆道：「雙珠依舊成對好，我兩人還是飄蓬」〔註35〕，鮮明的對比凸顯「珠合人圓」的期盼落空，引發物是人非的淒愴。而〈橋會〉齣中無雙依舊將珠還贈仙客，表達情感不願收回的堅持。然而婚姻無望，只好託言濟貧，看似消解了原本明珠所具有的表記意義，實際上表現的是無雙對重合的無能爲力。無雙

〔註34〕陸采：《明珠記・驚破》，《六十種曲》第三冊（原第二套），頁37。
〔註35〕陸采：《明珠記・煎茶》，《六十種曲》第三冊（原第二套），頁77。

去後，仙客悵然言道：「這明珠可憐，這明珠可憐，本待再成雙，如何又撒漾？」〔註36〕明珠至此，對於贈受的當事人而言，已不只是寄託相思與團圓希望的愛情紀念品，更藉二珠之乍合又分，象徵著兩人成雙夢碎的生命軌跡。

而承著無雙二度贈珠時「客中貧乏，賣來供給」〔註37〕的建議，明珠在隨後的〈訪俠〉、〈珠贖〉、〈授計〉三齣中，則被作為財禮換取解決愛情困境的力量，用以取信古洪、贖取無雙屍身，以及在事成後答謝古洪相救之功，對於促成仙客與無雙的婚姻發揮積極的作用。及至劇末，又因古洪與運屍的剎使皆為義士，為善不求回報而堅不受珠，使明珠能在仙客手中留至最後，終於見證了生旦的團圓。明珠意義的每次轉變，正代表著仙客與無雙愛情歷經患難而臻於圓滿的每一階段，以此構成全劇的敘事骨架，綰合仙客、無雙、古生各自發展的三路線索，使焦點能集中在兩人之間的愛情承諾上，突出題旨並加強一線到底的結構特徵。

《紫釵記》中的「紫釵」初為李益、霍小玉的傳情媒介，作為聘物後被則被賦予了此段婚姻的象徵意義。此一婚姻意義貫穿全劇，卻在後半劇因與作為商品的意義形成矛盾，造成劇情與人物心理的轉折衝突。〈凍賣珠釵〉齣是紫釵的聘物意義與財物價值在小玉心中拉扯的階段；當浣紗提醒小玉聘釵不可賣時，小玉一句「他既忘懷，俺何用此。」〔註38〕點出了賣釵一方面是因家產蕩盡，一方面也有對於李益負情的怨懟。待要拋撇了紫釵所象徵的婚姻承諾，卻又牽動回憶，引發小玉滿心不捨，最後只好依依對釵叮囑：「倘那人到來，百萬與差排，贖取你歸來戴。」〔註39〕在亟需紫釵發揮財物價值的情境下，猶對表記見證婚姻重諧，寄託著微渺的希望。

及至〈怨灑金錢〉齣，面對著釵賣盧府得來的百萬金錢，紫釵真正發揮了它的經濟效益，卻也完全破滅了小玉與李益之間的婚姻承諾。表記意義的徹底轉化，引發了小玉內心的悔恨與拋灑金錢的怨忿。換來的金錢既「濟不得俺開貧賤，綴不得俺永團圓」〔註40〕，失去了資助尋夫的價值和必要，當年的婚聘之物又成了他家妝奩，連表記的憑證意義都不復存。

然而釵入盧府，卻未真正成為盧女的妝奩，反而回到李益手中，一來作

〔註36〕陸采：《明珠記·橋會》，《六十種曲》第三冊（原第二套），頁83。
〔註37〕陸采：《明珠記·橋會》，《六十種曲》第三冊（原第二套），頁83。
〔註38〕湯顯祖：《紫釵記·凍賣珠釵》，《六十種曲》第四冊（原第二套），頁119。
〔註39〕湯顯祖：《紫釵記·凍賣珠釵》，《六十種曲》第四冊（原第二套），頁119。
〔註40〕湯顯祖：《紫釵記·怨灑金錢》，《六十種曲》第四冊（原第二套），頁131。

為盧太尉誆騙李益小玉別嫁的證據，引發李益心中一連串驚疑；二來卻令李益重思舊盟，更堅定歸見故妻的心意。故而〈釵合劍圓〉齣夫妻對釵重合時，表記又回歸定情聘物的本質，也令人物彷彿回到拾釵、釵聘的光景，象徵著未受種種誤會沾染前最純粹最浪漫的幸福嚮往。

《還魂記》中表記「春容」意義不同於珠、釵之屬，完全出自杜麗娘的創作；畫中身容既是麗娘自我形象的投影，畫上題詩又是其具體情思的呈現，因此畫容在劇中除了如一般表記具有傳情媒介與相認憑據的作用，更以承載著麗娘容貌與詩才的本質，在男女主角跨越生死的愛情中，具有作為女主角替身的意義。

〈寫真〉齣上承〈尋夢〉，在情緒上繼承了杜麗娘愛情理想的幻滅。夢境裡的歡情在現實中既無以實現，冶豔的容顏又逐漸消瘦，麗娘作畫不僅有留住美貌於人間的企圖，題上「當年得傍蟾宮客，不在梅邊在柳邊」的詩句，更透露了藉此畫代己完成宿情的願望。縱然夢中書生未審虛實，縱然預感自我生命即將消逝，春容表現了麗娘仍對愛情對象近乎迷信的執著，象徵著她對美好愛情的強烈嚮往，同時卻也是麗娘在夢想落空的絕境中僅有的心靈寄託。

也正因畫容出自麗娘親手創造，當夢梅拾得畫容、日夜詠嘆畫上的每個細節時，便恰如與繪容之時的真實麗娘有所交集；而夢梅為之動情的畫中容顏與詩中才情，又正是麗娘美貌與詩才的自我展現。畫軸在此即是已亡故的麗娘之化身，揭開男女主角相遇的序幕。同時也作為男主角愛情理想的投射，回應了麗娘繪容之時的期盼與寄託。

至麗娘回生並與夢梅成婚後，兩人之間由人鬼戀情回歸世俗婚姻，畫容也從跨越生死的媒介，轉化為人倫關係之紐帶，而成為杜寶與夢梅翁婿相認的憑藉。

前者象徵著杜麗娘對愛情的積極追尋，後者則凸顯了柳夢梅對這份婚姻的捍衛與珍視：在畫容被視為盜墓證據所引起的「拷元」之禍下，夢梅面對獄卒的勒索，寧付一身行裝，也要保住畫軸；而當遭杜寶吊打，柳夢梅更理直氣壯地道出拾畫開棺始末，堅持爭取與麗娘婚姻關係的合法性。

全劇畫容初為麗娘夢中之情的寄託，再為夢梅癡喚招魂的媒介，最後成為杜寶衙前柳夢梅爭取婚姻的阻礙，串起杜柳之間夢中情、人鬼情乃至人間情的敘事線索，並透過不同階段中的畫容情節，展現人物內心對於愛情價值的追求。

三、切合表記形質發揮象徵意義

　　《六十種曲》的許多劇作，在臨別贈物、對物思人、合物團圓等情節中，僅將表記作爲一寄託情意、象徵愛情或親情之物件，卻未針對該物的特色多作發揮，於是諸如《玉鏡臺記》的「玉鏡」、《香囊記》的「香囊」、《玉玦記》的「玉玦」、《玉簪記》的「簪、墜」等物，皆可置換爲其他物品，而不影響劇情發展。此類劇作中的表記情節，則多能扣緊表記的物件特質，透過該物獨有的外形、性質與作用引導劇情發展與觸發腳色情思，使象徵意義與物件意象的結合更爲巧妙貼切。

　　如《明珠記》中的表記在相贈之時，劉無雙所道出的贈珠深意，便緊密地切合「明珠」渾圓、成雙的特質：

> （旦）此二珠就如我和你一般。【前腔】明珠堪愛，正相從把他拆開。
> 願他年合浦重相會，一對團圓長在。撫摩如見妾體材，依棲長繫郎
> 巾帶。（合）休教他塵埃暗埋，休教他孤單自回。〔註41〕

以成對的雙珠拆散，象徵著夫妻的離散，更用「合浦珠還」的典故，寄寓女主角對於團圓的冀盼。同時也藉由珠的配飾性質，託以代己「長繫郎巾帶」，表示以珠代身隨侍君側的願望，亦盼郎君睹物思人，珍重收藏。及至重逢，仙客詠嘆明珠之功的曲牌中云「人珠兩下都相傍」，總結全劇以雙珠分合對比生旦聚散的寓意；「今宵不負團圓相」，以珠的圓潤外形象徵著情感圓滿；「光輝依舊照華堂」〔註42〕則藉明珠的光華終能映照當年未成的婚禮，帶出喜慶的場面，以及歷盡滄桑終得團圓的喜悅。在人物的「始離」與「終合」之處，皆以明珠本身的特質託寓，緊扣此一表記在情感歷程中的重要象徵意涵。

　　而《紫釵記》中，「釵」作爲女子首飾的特性更得到絕妙的發揮；在紫釵流落盧府後，小玉悲云：「霍小玉釵頭，到去盧家插戴也。」〔註43〕盧府購入紫釵即爲其首飾價值，對於小玉來說曾爲聘物的紫釵卻幾乎等同於自己的愛情婚姻，釵入盧府之詞一語雙關，也同時表示了自己的婚姻對象竟成爲盧家的新婿。〈怨撒金錢〉中小玉嘆道：「那買釵人插妝鬢儼然，俺賣釵人照容顏

〔註41〕陸采：《明珠記·驚破》：「（旦）此二珠就如我和你一般。【前腔】明珠堪愛，
　　　正相從把他拆開。願他年合浦重相會，一對團圓長在。撫摩如見妾體材，依
　　　棲長繫郎巾帶。（合）休教他塵埃暗埋，休教他孤單自回。」，《六十種曲》第
　　　三冊（原第二套），頁37。

〔註42〕陸采：《明珠記·珠圓》，《六十種曲》第三冊（原第二套），頁130～131。

〔註43〕湯顯祖：《紫釵記·怨撒金錢》，《六十種曲》第四冊（原第二套），頁130。

慘然。」〔註44〕借釵之買賣兩相對照，盧女之「儼然」一方面是因釵綴髮間，備增容光，一方面也是喜事將近使然；而小玉之「慘然」則除了失釵減色，更主要是失婚被棄所致。

紫釵的飛燕造型更幾度成爲巧妙的譬喻，如〈佳期議允〉中，鮑四娘說服小玉接受了李益以釵爲聘的婚事，笑言那書生「接了你嵌成寶玉雙飛燕，難道是飛入尋常百姓家。」〔註45〕借「雙飛」喻姻緣得諧，又暗化「舊時王謝堂前燕，飛入尋常百姓家」〔註46〕的典故，表示釵燕珍貴非常，當如李益不同於尋常子弟的身價；而當小玉聽聞李益負心，唱出：「今朝釵股開，何年燕尾回？鎭雙飛閃出妝簾外。」〔註47〕、「雙飛燕不上俺雲鬟」〔註48〕，將釵去喻爲雙燕飛離髮間，象徵夫妻結髮情斷，生動的譬喻使燕釵的形象與精神意涵更爲精巧靈活。

《還魂記》中畫容的運用，則已超越了借物託喻的層次，而能以物之形質——亦即畫像所承載的容貌與詩作，構成男女主角跨越生死之交會的情節主體——杜麗娘的自畫、留畫與柳夢梅的拾畫、叫畫。作者並透過畫容意象，將夢中情、人鬼情與人間情緊密疊合，具體表現在三方面：

其一爲春容之畫面扣合夢中景象。試看麗娘寫眞之時所勾勒出的圖像：「小小行樂，撚靑梅閒廝調，倚湖山夢曉，對垂楊風裊。忒苗條，斜添他幾葉翠芭蕉。」〔註49〕累累靑梅、湖山石、垂楊線、芭蕉葉俱是園中景物，在〈尋夢〉齣爲麗娘回顧夢境時一一點出，使一草一木俱成了其尋夢不得的千般眷戀萬般悽楚。作者令麗娘以之入畫，首先寄託著麗娘欲藉畫像完其前夢的心願；夢梅拾畫後，見畫上女子「卻怎半枝靑梅在手，活似提掇小生一般。」〔註50〕畫中之「靑梅」扣合著男主角名字「夢梅」，亦同時關合著夢中之景，暗示畫中人即爲夢中人；至〈懽撓〉齣麗娘幽魂自攜「花果二色」來見夢梅，花是美人蕉，果是靑梅數粒〔註51〕，亦皆畫中之物，則暗示著眼前人即爲畫中人。

〔註44〕湯顯祖：《紫釵記・怨灑金錢》，《六十種曲》第四冊（原第二套），頁131。
〔註45〕湯顯祖：《紫釵記・佳期議允》，《六十種曲》第四冊（原第二套），頁24。
〔註46〕劉禹錫：〈金陵五題并序烏衣巷〉，見清聖祖《全唐詩・卷三六五》，頁4117。
〔註47〕湯顯祖：《紫釵記・凍賣珠釵》，《六十種曲》第四冊（原第二套），頁119。
〔註48〕湯顯祖：《紫釵記・怨灑金錢》，《六十種曲》第四冊（原第二套），頁130。
〔註49〕湯顯祖：《還魂記・寫眞》，《六十種曲》第四冊（原第二套），頁42。
〔註50〕湯顯祖：《還魂記・玩眞》，《六十種曲》第四冊（原第二套），頁86。
〔註51〕湯顯祖：《還魂記・懽撓》，《六十種曲》第四冊（原第二套），頁102。

其二爲畫上之題詩與夢梅拾畫之情節密切照應。麗娘寫眞時所題之詩句爲:「近覰分明似儼然,遠觀自在若飛仙。他年得傍蟾宮客,不在梅邊在柳邊。」〔註52〕對應到夢梅〈玩眞〉齣,初將畫像誤作觀音寶相,後又當成月宮嫦娥,正應和了麗娘作畫時對觀畫人視之爲「似儼然」、「若飛仙」的揣度,初步流露了兩人之間的靈犀相通;「蟾宮客」是麗娘盼能「逢折桂之夫」〔註53〕的期待,又對應了其後夢梅中狀元的情節;「不在梅邊在柳邊」是麗娘自夢中場景所悟出的預兆,則直接與柳夢梅的姓名相應,而此名又是夢梅因與麗娘同入一夢而改。短短一詩以夢入畫,又牽繫著夢梅拾畫與麗娘回生之後的情節,與畫像同樣具有暗示夢中人、畫中人與夜半來會的眼前人三者爲一的作用。

其三,則在情節中令人物透過畫容,逐步揭曉畫像與題詩中的暗示。首先是〈懽撓〉齣小道姑闖入杜柳的幽會,麗娘情急之下閃入畫後,小道姑見畫則云:「分明一個影兒,只這軸美女圖在此,古畫成精了。」〔註54〕藉由旁人客觀所見,暗示麗娘原是畫中女子幻出;接著在〈冥誓〉齣中,麗娘爲告柳眞實身分以託其開墳,幾番難以出口之下,方藉畫容表示己爲畫中之人,以道出自己早已亡故的事實;直至麗娘回生之後的〈如杭〉齣,夢梅方問清麗娘因夢留畫與題詩之因由,始知麗娘不僅爲畫中女子,更是當年自己爲之改名的夢中美人,生旦宿緣至此方使夢梅了然於心,乃〈寫眞〉、〈玩眞〉齣以來生旦藉畫通情之線索的完結。而在夢梅赴考前,麗娘亦以詩中「蟾宮客」之句相勉,道:「盼今朝得傍你蟾宮客,你和俺倍精神金階對策。高中了,同去訪你丈人丈母呵,則道俺從地窟裏登仙那大喝采。」〔註55〕呼應題詩情節外,也爲其後夢梅憑畫尋訪岳丈之線索埋下伏筆。而至麗娘回生後,畫容的物件特質與暗示效果也被淡化,回歸純粹的憑證作用。

小 結

在前章總結了《六十種曲》中運用表記的情節類型與結構模式後,大致可將表記在劇中的作用歸納爲四項:敘事方面,或以個別情節單元點綴全劇

〔註52〕湯顯祖:《還魂記·寫眞》,《六十種曲》第四冊(原第二套),頁42~43。
〔註53〕〈驚夢〉齣中麗娘自云:「吾今年已二八,未逢折桂之夫。忽慕春情,怎得蟾宮之客?」見湯顯祖:《還魂記·驚夢》,《六十種曲》第四冊(原第二套),頁27。
〔註54〕湯顯祖:《還魂記·懽撓》,《六十種曲》第四冊(原第二套),頁104。
〔註55〕湯顯祖:《還魂記·如杭》,《六十種曲》第四冊(原第二套),頁133。

線索，或串連成線支撐全劇架構；抒情方面，可以用表記作爲人物與往事的代稱及憑證，亦可根據物件特性抒發情感。

《六十種曲》中大部分的作品都「長於敘事短於抒情」，就是能掌握以表記貫穿全劇的敘事技巧，但在抒情功能上卻缺乏深入的闡發，只藉由提及此物做爲對此情的代稱。若如《青衫記》、《龍膏記》等劇能借表記對劇情發揮強烈的主導性，構成別出心裁的情節架構，還能補抒情之不足；若像《玉簪記》、《玉鏡台記》等，只是分別在每個情感階段中，放進常見的表記情節套式，卻沒有深入表達人物寄寓其中的情感，甚至在敘事單元之間未能善加聯繫，便易使表記的運用流於制式與刻板。

如能在「支撐敘事架構」的功能之外，使表記兼具「抒情媒介」的功能，使表記在劇中「情感與情節強度兼具」，便算得上是明傳奇中表記運用的上乘之作。如《明珠記》在贈珠、歸珠、合珠等情節中，能用一兩隻曲牌抒詠表記，藉以表達人物細膩的內心感受；《紫釵記》跟《還魂記》更進一步用整齣甚至多齣戲，表現人物面對表記時情感的變化起伏。表記在劇中的象徵意義也會隨著劇情發展而轉變，並扣合此物獨特的形質，使其發揮專屬的精神意義，充分表現了表記作爲題名的旨趣。

反之，如果一部劇作的表記情節不僅未深入發揮抒情功能，在整體敘事線索上也未首尾呼應，只作爲劇情主線的旁枝或點綴，則手法上較之上述兩類劇作便顯得稍乏經營。如《春蕪記》的「春蕪帕」只在「情感起始」階段發揮作用，《紅梨記》的「紅梨花」在劇中流於次要的線索，或《紅拂記》中人物對「紅拂塵」的重視程度前後不一，都使作爲劇名的表記在劇中未能成爲中心意象，而發揮題旨的作用。

第六章 《六十種曲》表記情節反映之文化意蘊

　　如前兩章所分析，在《六十種曲》中，有高達三十五部傳奇的作者，不約而同地在劇中運用贈物的情節，其中的二十四部甚至以表記為軸心，成為架構全劇情節的主要線索。而各劇中表記的運用模式，皆圍繞著「情感起始」、「情感轉折」與「情感圓滿」的框架進行，與人物遇合、赴試、分離、團圓等幾種人生情境緊密結合，表現出一定程度的雷同性。

　　儘管《六十種曲》的劇作並不能代表全體明傳奇，但其中作品多具代表性，劇作家亦可謂明代文人的典型。表記題材與特定的描寫方式如此普遍而相似地被運用在這些作品中，並呈現出與前代的詩文、小說不同的運用模式與思想價值，不僅足以視為明傳奇情節表現上的藝術特色，更是這些劇作家在特定的社會文化之下，藉由共同經驗的描寫尋求情感共鳴的結果。本章即試圖藉由《六十種曲》中表記情節的共同趨向，一窺明代文人的思想內涵與集體願望。

第一節　文人生命理想的追求

　　長期浸淫儒家文化的士人，人生目標往往是實現經世治民的理想抱負，即在政治上有一番作為。加之宗族觀念的薰陶，皆盼在功成名就之餘，更能封妻蔭子，討得一門榮寵，在官場與家族都獲得最高的名望。但現實中的明代文人，卻往往在艱難的仕進道路上歷經顛仆。由生員考取舉人、進士而進

入官場的科舉仕途，在生員人數日增，科舉所錄名額卻未相對開放的明中葉之後，顯得更加狹隘壅塞。試看明代才子文徵明對當時士人處境的描寫：

> 開國百有五十年，承平日久，人材日多，生徒日盛。學校廩增，正額之外，所謂附學者不啻數倍。此皆選自有司，非通經能文者不與。雖有一二倖進，然亦鮮矣。略以吾蘇一郡八州縣言之，大約千有五百人。合三年所貢，不及二十；鄉試所舉，不及三十。以千五百人之眾，歷三年之久，合科貢兩途，而所拔才五十人。夫以往時人材鮮少，隘額舉之而有餘，……及今人材眾多，寬額舉之而不足，而又隘焉，幾何而不至於沉滯也？故有食廩三十年不得充貢，增附二十年不得升補者。……顧使白首青衫，羈窮潦倒，退無營業，進靡階梯，老死牖下，志業兩負，豈不誠可痛念哉！〔註1〕

學校招收名額的增加，加上設立附學生員且無名額限制，造成明中期以後生員人數驟增，然能通過科舉而授官者，仍不過「一二幸進」，縱然尚有補廩、出貢一途，卻依然是窄門，往往令生員耗盡半生年歲，猶未必能獲得出貢機會。文中並引蘇州一府八州、縣的士人出仕數據為例：一千五百個在學生員中，合三年通過科、貢二途所拔擢者不過五十人，也就是說每三十人中唯一人能出任官職，大部分的生員則無路仕進，只能落得「白首青衫，羈窮潦倒，退無營業，進靡階梯，老死牖下，志業兩負」的窘迫境地。

　　明代傳奇的劇作家，即多為此類仕途失意的文人。他們或許才氣縱橫、文名四播，然或為才學不見容於僵化的科舉體制，或一身風骨不適於在險惡宦海中生存，或舉止縱情越禮，不合社會規範而遭罷黜，故往往沉居下僚，布衣終身者亦大有人在。著名劇作家如鄭若庸、陸采、梁辰魚、張鳳翼、高濂、徐復祚、周履靖等皆終生屢試不第，最後絕意仕進，或歸隱山中，或杜門著述；即使有機會出仕者，如沈鯨、邵璨、湯顯祖、顧大典、葉憲祖、袁于令等，仕途亦多屢遭貶謫，最後以辭官或遭彈劾收場，鮮有高位以終者，其作劇亦往往在未仕、閑居或歸田之後。然這些劇作家絕非真正絕意仕進，如湯顯祖即在〈答牛春宇中丞〉中表達：「天下忘吾屬易，吾屬忘天下難也。」〔註2〕，正因這些名士之文才異於尋常士人，較之一般生員也具有更強烈的用

〔註1〕　文徵明：《文徵明集‧卷二十五‧三學上陸冢宰書》（上海：上海古籍出版社，1987），頁584～585。
〔註2〕　湯顯祖：〈答牛春宇中丞〉，《湯顯祖全集‧卷四十七》，頁1469。

世之心，故一旦宦途遇阻，縱然能率性任眞地棄經或辭官，卻通常是不得已而爲之，並非自甘於放下儒家價値中的治世理想，與對功名富貴的人生嚮往。

　　於是傳奇即成爲這些文人聊以抒憤寓懷的管道。不同於元雜劇直接抒發文人不遇的憤懣，亦不似南戲以譴責仕進文人的負心行徑，作爲對科舉弊象的揭露，明代文人在傳奇裡，寄託的是現實中無法達成的生命理想：劇中生角初上場時，俱爲懷有滿腹才華與滿腔理想，卻不遇時勢、功名未就的書生，此即作者自我的投射。然眞實人生中的試場偃蹇，並未反映於作品之中，幾乎每部傳奇都使秀才一舉得第，十之七八甚至高中狀元；又令新科進士透過軍功、政績或德行得以晉陞，甚至是由薦舉、裙帶、蔭官、獻賦等非正式的管道獲得官職，最後也都不例外地得到旌獎封誥的結局，完成文人內心理想人生的建構。劇作家潛藏心底的治世理想，與終其一生追求未得的富貴功名，結合了屬於文人的浪漫情懷，遂成傳奇中主角由落魄而至顯貴的經歷過程。

　　心學思潮興起後，傳奇以寫「情」爲主旨，又使愛情得諧、婚姻完滿的人生目標，亦成劇中書生的生命理想之一，有時甚至凌駕於功名之上，成爲劇中人物生命的重心，功名的追求反而成了「順帶」爲之，塑造出一群重情輕名的癡心才子。於是功名的追求與婚姻的爭取，成爲明傳奇中人物行動的主要線索。且兩道線索往往相互交錯、影響。

　　表記在劇中，一方面是情感交流的具體象徵與憑藉，貫串人物的愛情歷程作爲全劇主軸；一方面也穿梭於愛情與功名線索之間，縮合、鎔鑄劇中腳色對這兩大人生目標的追尋，並作爲實現文人生命理想的具體力量。試看下圖對傳奇主題結構與表記情節的分析：

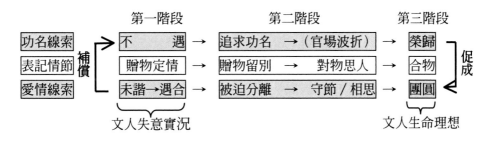

　　上圖可看出劇中的功名與愛情線索，可分成相對應的三個階段：第一階段人物出場時，往往處於功名不就、婚姻未諧的狀態，爾後男女主角相遇，彼此贈物定情，藉表記情節使愛情線索發展到高潮。第二階段愛情受阻、被

迫分離。男主角於是轉而追求功名，歷經宦海沉浮；女主角則爲守誓盟，備嘗折辱，而臨別之際兩人相贈的表記，便成爲別後舊情的憑藉，在功名線索的進行下維繫著愛情線索不致中斷。第三階段男主角揚名榮歸，在生旦流離失散的情況下，表記常發揮憑證作用，令男女主角相認團圓，使功名的力量得以解決愛情困境，達到最後團圓封誥的結局。

三個階段中，表記情節不僅堪爲階段性的象徵，更可從中看出兩大主題的相互滲透、融合，體現了文人在人生各階段的價值追尋。以下即就三個階段中，文人透過表記情節所表露的人生理想與心理寄託分別論述：

一、未遇心理的補償

明傳奇中，才子與佳人遇合之初，往往在其仕途未遇之時。

所謂未遇，指的是士子尙未　入仕途，但卻不掩其才華橫溢、學富五車的本質。書生的滿腹才情，不僅從人物的自報家門中流露而出，劇作家更愼重交代男主角未仕的前因，埋下日後高中發達的伏筆：於是有些劇作令生角甫出場即已會試奪魁或三場得中，只差未得進士；若有科場失利者，則常歸　於因病或遇時亂而誤了科期，否則就是因官場　暗、取才不公；再有則謂男子重情，執著於求訪佳人，而不以科名爲意。劇中書生的不仕，反映著文人宦途失意的實況，但對於生角才學的強調，以及未遇因由的說明，則透露了文人潛在的自信與優越感。因自我價值在政治上無從實現，便轉而從愛情中尋求認同。

故而明傳奇在功名線索尙未開展的第一階段，往往令愛情線索發展到高潮。而表記的獲得，正是愛情獲得的具體明證。有別於中國社會男權強勢的傳統，《六十種曲》中女性贈物佔了絕大多數的比例〔註3〕。且不同於六朝、唐代小說以來書生邂逅異類時神仙或女鬼的贈物，僅是一段聚散無憑的豔遇；明傳奇中的女子不懼逾越傳統禮法的後果，或因慕名留情、贈物訂約；或爲相託終身、贈物固盟，不僅在行爲上更加大膽積極，贈物心態也更爲愼重其事，相當於將身體、生命與情感全副交託於男子，顯示出對男主角更強烈的垂青與信賴。

如果異類女子臨別贈物，是令書生得以驗證其留存人間的事實，以發明

〔註3〕根據【附錄五】的統計，《六十種曲》中的贈物行爲，由男贈女者共八組，由女贈男者共十九組，男女互贈者共七組。以女贈男佔絕大多數。

神道之不誣〔註4〕；明傳奇中佳人主動地贈物以表達青睞，則更能作爲文人未遇境況的心理補償。試看女子贈物之際對書生的欽慕與讚嘆：

> （旦）看他魁梧相貌，軒昂儀表，只合去奮翮扶搖。爲甚似敗翎孤鳥，淹留草茅，淹留草茅，行藏難料。多管是迷邦懷寶。〔遞衣介〕這綈袍。且禦寒威早，還須奪錦標。〔註5〕（《灌園記‧君后授衣》）
>
> （小旦）他道你筆生花綺藻鮮，他道你思飛霞雲錦燦，是子虛賦就無推薦，是鸚鵡題成誰解憐。（生）我看小姐的詩句，甚有意在裏面。
>
> （小旦）他只想和陽春白雪篇，休猜做怨秋風題綺扇。小姐還道你來：分明是鵬搏暫息榆枋也，有日吹噓送上天。〔註6〕（《龍膏記‧傳情》）

《灌園記》中，太史女君后見齊世子改扮的灌園男子法章儀表　、氣質出眾，知其當非久爲人下，而終有騰達之日。因此不顧地位懸殊，親手縫製棉衣贈予法章禦寒。《龍膏記》中相女元湘英因見張無頗所作之詩，心慕其才，回詩謝其救命之恩，並令婢女冰夷送詩傳情。相較於亡國世子、未仕書生，這些女主角皆具有相對崇高的社會身分，卻不惜　尊降貴，對地位低微的士子表達內心愛慕。除了因男子面貌標致、氣質出眾，更重要的是賞其才情、識其大器，明白他們一時的落魄，只是「　搏　息榆　」，終有奪取錦標、振　上天的大才，故而另眼相待，甚至願意以身相許。此乃士人將政治上未獲肯定之遺　，轉向溫柔鄉尋求慰藉，藉由女子的慧眼識英雄，滿足失意文人　芳自賞的情結。

　　無論是女贈男或男贈女的模式，明傳奇中，又常會在女子擇贈或擇受信物之時，安排其他財勢顯赫的追求者，作爲男主角的競爭對象。乍看之下，士子的社會地位處於弱勢，但女子總是毫不考慮地擇才棄富。即如《荊釵記》中錢玉蓮擇「荊釵」而拒「金釵」的考量：「王秀才雖窘，乃才學之士；孫汝權縱富，乃奸詐之徒。才學之士，不難于富貴；奸詐之徒，必易于貧窮。王秀才一朝風雲際會，發跡何難。」〔註7〕有財有勢的追求者往往被塑造成不學

〔註4〕廖玉蕙：「唐宋異類婚戀故事中的信物，固然也有表情或以資留念之意。然進一步深究，作者或者有藉信物之留贈驗證異類確曾存在於人間的事實，以發明神道之不誣。」，見《細說桃花扇──思想與情愛》，頁137。

〔註5〕張鳳翼：《灌園記‧君后授衣》，《六十種曲》第十冊（原第五套），頁33。

〔註6〕楊珽：《龍膏記‧傳情》，《六十種曲》第十一冊（原第六套），頁32。

〔註7〕柯丹邱：《荊釵記‧逼嫁》，《六十種曲》第一冊（原第一套），頁19。

無術的　　子弟，以突出士人獨有的儒雅與才學，並強調「才學爲富貴之本」，以文人具備發達的潛質，彌補現實中缺乏競爭優勢的事實。於是如《青衫記》中裴興奴拒茶客而誓守白樂天之「青衫」；《紅梨記》中謝素秋見了趙汝州之「詩箋」即以心許，寧受拘禁也不願入太尉府；《錦箋記》中柳淑娘爲父配予宦門子弟桃繡衣之子時，猶與梅玉裂分「錦箋」而別，以便睹物思人。在劇中，佳人的選擇被提高爲一套價值尺度，證實才華、學問等內在素養高於富貴、權勢等外在條件，用以肯定文人內心的自我價值，可謂文人優越感的鮮明體現。

二、仕途中舊情的維繫

明傳奇固然以寫「情」爲主體，功名的追求卻是各劇必然的情節內容，因爲此乃文人共同的生命經驗與人生目標，縱使劇作開首即標榜主角不以功業爲念的超然態度，或藉由沉溺情愛凸顯男子的重情輕名，最後仍需令書生走上出仕求名的道路。可看出這些仕途不遂的劇作家們，猶未能眞正放下實現政治理想的抱負，以及社會對士子們政治責任的期待。然功名線索的開展，往往在愛情線索發展到一定的高度之後；此階段中的表記運用，即是在以功名爲描寫重心的情節線索中，對情感主題的延續與維繫。

萬曆以前的劇作，多以仕途作爲愛情受阻的外在因素。男主角常因赴考而需與女主角分離，及第後又因拒贅觸怒權貴、遭　遠調，或被陷參戰等種種宦場糾紛，不得返鄉與親人或情人團聚，如《荊釵記》、《香囊記》、《玉玦記》、《玉合記》、《焚香記》等皆爲此種模式。在功名線索開展之前，臨別留贈的表記是愛情線索的再一次鞏固，在即將展開的諸多磨難中，給予情感雙方信守盟約更堅實的基礎。於是男主角在這一階段中逐步累積功業，於不斷的升遷中實現自我抱負；同時又透過對表記的繫念、追憶，或藉表記引起愛情線索的另番波瀾，標誌著情感在人物心中的首要地位，並未被追求功名之心所掩蓋。而以愛情爲人生唯一重心的女主角，則常透過誓守表記、對物思人等行爲，表達傾盡生命維護愛情的決心。生旦雙方對於愛情的堅持，藉由表記情節得到呼應、統合，使人物縱然分離、男主角縱然轉移人生追求目標，生旦間的情感層次卻愈加深刻、醇厚。

相較於前期劇作在這一階段中將描寫重點放在男主角功名的追求，而以表記情節作爲愛情線索的點染，萬曆中期之後「至情」風氣盛行下的劇作，

則相對地簡化功名線索，往往止於秀才赴考得中，即收歸團圓封誥的圓滿結局。將更多的筆墨集中於人物對情感的縈念與爭取，刻畫出心學思潮衝擊下士人對於生命追求重心的轉移：應舉的動機由原本的男兒志業，轉為書生在愛情難遂的困境下，不得已而為之的選擇。於是在赴考過程中，男主角心頭掛念的，已非如何伸展大志，竟滿心都是對伊人的思念牽縈。

最顯著者如《西樓記》中的于叔夜，來到科場猶然繫念著穆素徽之死，應試之時更無心作答，只管啼哭。及至中了頭榜，仍感歎道：「不得素徽，縱做南面王，也只是不快。」〔註8〕，沉溺兒女之情一至於此，簡直顛覆了士人志在天下的進取形象；《錦箋記》中亦藉陪考友伴之口，道出男主角梅玉在赴考之時「絕不溫習，終日拿著一幅箋兒，暗地默誦」〔註9〕的癡態。表記在此，作為男主角投射情思的憑藉，已遠遠超越儒業經書在應試士子心中的地位，也就是使愛情對於文人生命的價值，凌駕於功名之上。而穿插在相對單純的功名線索中，代表著愛情進展的表記情節則顯著增加，由原本的點綴性質，取代功名的追求而成為人物心靈的追尋重心。

三、理想目標的達成

在上一階段中，無論男主角對於功名的追求是出於有心或無心，最終的結果俱是功成名就，且富貴榮寵往往隨之而來，反映出明代文人在現實中縱因仕途失意而多有歸隱為山人、隱士者，筆下的書生亦常將愛情、孝親置於功名之上，但通過仕進之路揚名立業、富貴顯榮的人生目標，仍是其潛藏心底的共同願望。

又有部分劇作，在人物歷經離別之苦而終聚首後，眼看愛情線索已趨圓滿，猶令男主角求得一第，方歸於團圓封誥的大結局。可見在明人的價值觀中，婚姻圓滿的定義仍以獲取功名為前提，此乃明代文人生命的終極目標，是士人價值得到社會認可的唯一途徑。

功名線索臻於高峰，表現出士人潛在意識中的人生追求；愛情線索的圓滿，則反映著世俗對於「善惡有報」倫理觀的要求，以及嚮往人事合諧、圓融的審美心理。即如李春林所指出：

> 「大團圓」是我國特有的一種文學現象，大量出現在宋以後的戲曲

〔註8〕袁于令：《西樓記・詰信》，《六十種曲》第八冊（原第四套），頁125。
〔註9〕周履靖：《錦箋記・旅訴》，《六十種曲》第九冊（原第五套），頁90。

小說中。……不論戲曲小說描寫的是什麼事，最後總有一個光彩的尾巴、完美的結局。……它所反映的內容是在不平社會人所遭遇到的不幸，和追求美滿生活的強烈願望；它所宣揚的是「善有善報，惡有惡報」的倫理觀念；它追求的是心理圓融和精神勝利的趣味。
〔註10〕

透過文學、戲劇對不盡完美的人生實況作出補償，向來是中國鮮明的民族特色，寄託著文人生命理想的明代傳奇尤其如此。在世俗價值的期待下，善者必能發達，惡者必得報應，有情人終成眷屬亦成為劇中人物必然的結局。然此一結局猶需建立在家族倫理與社會道德所允許的框架之下，方能為世俗所認可。於是藉由功名的力量，消弭生旦地位的懸殊、化解家長的阻撓、抑制強權的威脅，使兩人的愛情終於見容於家族與社會，便成了明傳奇中愛情線索歸於圓滿的既定模式。

而表記在此一階段中，往往作為實現此一人生理想的具體力量或精神象徵。分離過程中的人事丕變，常致使男主角縱已具備爭取婚姻的資格，卻與女子流離失散，或是相距咫尺卻無從相認。劇作家便常藉由「憑物相認」或「透過表記引起外力介入」的方式，來促成兩人最後的團圓，以表記作為將功名力量引入愛情雙方的媒介，實現士人們功名與婚姻雙美的可能。

在愛情與功名線索雙雙達於圓滿之際，生旦間又常會有合物、詠物的動作；如《浣紗記》范蠡、西施相諧泛湖時西施嘆道：「當初若無溪紗，我與你哪有今日。」〔註11〕、《霞箋記》男女主角返鄉成親的場合亦同唱道：「記當初共擲霞箋、霞箋，喜今日大家歡忻、歡忻。一首詩結三生願。」〔註12〕，藉由歌頌表記對於牽繫姻緣或促成團聚的功勞，強調此物在情感波折中作為精神憑藉的意義，並使贈物之初寄託於表記的團圓願望終於得到實現，體現劇作家對人生「始離終合」的期待，反映文人傳奇對於圓滿結局的定向思維。

就創作上而言，大團圓結局乃因應傳奇結構「大收煞」〔註13〕的要求而

〔註10〕李春林《大團圓：一種複雜的民族文化意識》（台北：雲龍出版社，1991），頁1。
〔註11〕梁辰魚：《浣紗記·泛湖》，《六十種曲》第一冊（原第一套），頁158。
〔註12〕無名氏：《霞箋記·畫錦榮歸》，《六十種曲》第七冊（原第四套），頁78。
〔註13〕李漁認為傳奇之結尾需作到「大收煞」，要求「無包括之痕，而有團圓之趣。如一部之內，要緊腳色共有五人，其先東西南北各自分開，至此必須會合。……其會合之故，須要自然而然，水到渠成，非由車輳。……水窮山盡之處，偏宜突起波瀾，或先驚而後喜，或始疑而終信，或喜極信極而反致驚疑，務使

生。以表記作為生旦情感起始、情感轉折中重要線索的婚戀劇，在最後階段也必然需借表記收束各路線索，使之歸於情感的圓滿，方能凸顯出以表記貫穿全劇、一線到底的結構模式；就心理上而言，表記則作為士子們達成生命理想目標的關鍵力量。憑藉著天定或者人為努力下的表記流轉，使全劇所追求的功名與愛情理想得以實現並綰合為一，建構出文人的理想人生藍圖，從中流露了強烈的浪漫思維。

第二節　對儒家道德的挑戰與妥協

　　《六十種曲》所收自明成化至天啓年間的作品，正反映著劇壇風氣由「教化觀」逐步轉向「主情觀」的過程。劇中表記的運用，也從體現倫常、彰顯儒家道德，轉為寄託人物主觀情感、表現腳色真實性情。

　　然在至情之論大行其道的階段，儒家的綱常依舊深根蒂固地留在文人心中。透過劇中表記情節的描寫，可以看出劇作家企圖打破理學家對「私情」的壓制；對愛情自主的違禮行為大張旗鼓地描寫，許多作品往往因此被冠以「淫詞艷曲」的罪名。但這些劇作卻又幾無例外地依循儒家綱常所接受的方式，令情感達到最後的圓滿。郭英德對此提出說明：

> 文人傳奇的愛情婚姻主題之所以發生由情壓倒理而由理制約情的蛻
> 變，其內因在於：作家並不追求理想與現實的根本對立、激烈衝突
> 乃至徹底決裂，而是追求二者的寧靜的合諧和圓滿的調解。〔註14〕

綜觀《六十種曲》含有表記情節的三十五本劇作中，人物枉顧禮教綱常，透過私贈表記、自訂終身等種種違背傳統道德之行為，以彰顯「情」之本體，此謂「情壓倒理」；而生旦成就婚姻的方式，則終究須回歸父母之命的首肯，或透過政治力量如天子的賜婚、封誥，來爭取社會、家族的認同，此謂「理制約情」。文人筆下的表記情節，並非想全然推翻儒家建立的社會秩序，只求能在社會道德體系的認同下，實現愛情自主的理想。故表記所蘊含的精神意義亦未真正悖離倫常，作者反而常透過倫理或政治的力量，彌補贈物之舉的違禮本質，使此情得到合法的基礎，反映了明代文人對儒家道德的挑戰與妥

　　一折之中，七情俱備。」，見《閒情偶寄・詞曲部・格局第六・大收煞》，頁
　　53。
〔註14〕郭英德：《明清文人傳奇研究》（台北：文津出版社，1991），頁57～58。

協。

一、從體現五倫到寄託自我情感

　　表記在劇中作爲突出線索、彰顯劇旨的中心意象，隨著時代思潮與劇壇風氣的遞嬗，表現出不同面貌的精神內涵。明初劇壇承元末餘緒，在程朱理學的盛行下透顯著鮮明的教化目的，劇作往往瀰漫著濃厚的倫理意識與道德典範。成、弘之際丘濬、邵璨之作，更將此種文人教化劇推到最高峰，使宣揚儒家道德、標榜倫理教化成爲傳奇盛極一時的內容。此一時期劇中的表記運用，便常象徵著五倫觀念的體現；《六十種曲》中以《荊釵記》、《尋親記》、《香囊記》、《雙珠記》、《玉玦記》、《明珠記》等劇爲代表。

　　如《荊釵記》中，王母以「荊釵」聘娶錢玉蓮，由兩方家長說合，展現了典型「父母之命」的婚姻型態；玉蓮擇嫁荊釵，亦是嚮往如梁鴻孟光一般相敬如賓的夫妻關係。及遭逼嫁，玉蓮繫釵投江的行爲，凸顯的不僅是對婚姻的忠誠、對情感的繫念，更有堅守貞操、捍衛節義的意味，故在〈責婢〉中遭錢安撫質疑爲「潛奔之女」、「鶯鶯伎倆」之時，梅香爲其辯解：「他本是守荊釵寒門孟光。」玉蓮亦以繫釵之事證明守節決心：「把原聘物牢拴在髻上，荊釵義怎忘。妾豈肯隨波逐浪，卻不道辱沒宗祖把惡名揚。」〔註15〕在在將「荊釵」視爲節義的標榜，強調人物在艱困的環境中，猶堅定奉守著夫婦綱常的可貴。荊釵在此，道德上的意義實高過於情感上的意義。

　　成化、弘治到嘉靖之前的劇作，則較《荊釵記》有更明確的教化訴求，如《香囊記》、《雙珠記》、《玉玦記》等劇皆在劇末揭示作劇宗旨〔註16〕，即爲彰顯忠孝賢義等儒家綱常，在表記牽引的離合聚散中，塑造出忠臣孝子、慈母貞妻，以及兄弟、朋友之間五倫道義的典範形象。

　　如《香囊記》之「香囊」與《雙珠記》之「雙珠」，皆爲母親贈送子女，在骨肉分離之際作爲主角思念親情的憑藉，或藉以帶出母親對子女的不捨牽

〔註15〕柯丹丘：《荊釵記・責婢》，《六十種曲》第一冊（原第一套），頁133。

〔註16〕邵璨《香囊記・褒封》：「人間善惡宜懲勸，管取紫香囊五倫新傳，萬古丹心照簡編。忠臣孝子重綱常，慈母貞妻德允臧，兄弟愛恭朋友義，天書旌異有輝光。」，《六十種曲》第一冊（原第一套），頁132；沈鯨《雙珠記・人珠還合》：「忠孝賢貞具秉彝，雙珠離合更神奇。明王超格頒恩寵，留得餘風作世維。」，《六十種曲》第十二冊（原第六套），頁171；鄭若庸《玉玦記・團圓》：「知幾補過存忠義，這玉玦癸靈祠記，一掃陳編幾處題。」，《六十種曲》第九冊（原第五套），頁116。

掛。劇末親子團圓、歸物於母的場景，更喻以合浦還珠、骨肉完聚之義，營造出濃厚的親情倫理關係。

《雙珠記》與《尋親記》之表記，則將孝親觀念進一步彰顯；兩劇的第二代主角張九齡與周瑞隆，皆不惜辭官尋父，而在表記的冥冥牽引下，得與從未謀面的父親相認。表記在此，寄託著主角願棄功名富貴於不顧的孝親之心，更象徵著父子之間血濃於水的強大力量，無論命運如何擺佈終不會斷絕。

《香囊記》與《玉玦記》之表記，又作為夫婦節義之考驗：「香囊」給張家帶來九成戰死的誤訃，又輾轉成為趙運使強娶張妻邵貞娘的聘物；秦慶娘贈與王商的「玉玦」，則被王商懸於癸靈神廟中與妓女娟奴設誓，標示著書生負心的行徑。但貞娘與慶娘皆在危厄中展現過人的堅貞：貞娘為捍衛操守，持囊進衙告趙運使，遂與任觀察使的丈夫相認；慶娘被張安國所擄，亦為守貞截髮毀容乃至於自縊，最後為癸靈神所救，並示以「團圓逢玉玦」的讖語。二劇中的表記一方面引起種種衝擊與磨難，令人物在其中體現深刻的夫婦倫理；一方面又促成或見證了最後的團聚，給予節夫義婦最熱烈的讚頌與回報。

《明珠記》中的「明珠」，除了在劉無雙與王仙客的愛情歷程中扮演著牽引團圓的功臣，亦用以凸顯俠士古押衙為報答仙客知遇而展現的「義」。〈提綱〉下場詩所云：「王仙客兩贈明珠記」〔註17〕即指仙客兩番將明珠贈與古洪：初見時相贈使古生知其志誠，乃傾心相待，甚至甘冒觸犯禁令的風險，仗義救出無雙，以報仙客知遇之恩；事成後再贈，則為報答古洪相助團圓。然古生不受，一句「所愛者平生得遇知己，區區夜光之珠，何足道哉。」〔註18〕，令其有恩必報、為友拔刀的大義躍然紙上。

及至嘉靖中期，李贄將心學思潮引入戲劇觀，引發劇作家對自我情感的重視與探索。劇作宗旨遂由原本的教化目的，轉為作者情感的寄寓與抒發，「情」在劇中被提升到新的高度，表記也集中呈現了人物在情理衝突中，內在情感的寄託與抒發。

此一轉變最明顯的表現，在於表記流轉過程強調的是人物對於「情」的執著，而非「德」的彰顯。如《牡丹亭》中的「春容」，即是因杜麗娘對夢中戀情的極度嚮往而繪成。後又圍繞著此物凸顯了杜麗娘死後對愛情不棄的追尋、柳夢梅對畫中女子真誠呼喚的情癡，以及麗娘回生之後，夢梅不懼傳統

〔註17〕陸采：《明珠記·提綱》，《六十種曲》第三冊（原第二套），頁1。

〔註18〕陸采：《明珠記·授計》，《六十種曲》第三冊（原第二套），頁120。

勢力如杜寶的打壓，堅持爭取婚姻的勇氣，在在表露了人物對「情」的追求與對「理」的挑戰。作者藉表記冥冥牽引著杜、柳的宿世情緣，令人物循此實現心底對於自主愛情的純粹渴望，體現了〈標目〉中所云的作劇宗旨：

> 忙處拋人閒處住，百計思量，沒箇為歡處。白日消磨腸斷句，世間只有情難訴。玉茗堂前朝復暮，紅燭迎人，俊得江山助。但是相思莫相負，牡丹亭上三生路。〔註19〕

有別於前期劇作動輒以「人間善惡宜懲勸」、「知幾補過存忠義」為提綱，湯顯祖在此揭示了本劇即感於「世間只有情難訴」而作。在罷官的清閒與臨川靈秀的山水陶冶之下，湯顯祖潛心體會人生而有之的愛欲天性，企圖在傳奇中藉由對前定姻緣的歌頌描寫，彰顯個人主觀情感的至高無上。於是內心深處的真實情感成為劇中主角的生命底蘊，其所有思想行動俱圍繞著「情」為中心，作為情感具體象徵的表記，亦凝聚了人物所有情感表現，而成為劇作家發揚情感主旨的中心意象。

此即萬曆中期之後傳奇的普遍趨勢。從開場劇作宗旨的說明，即可看出表記在劇中對「情」的凸顯。如《春蕪記‧家門》云：「仗春蕪作證，意惹情牽。」〔註20〕點出「春蕪帕」為季清吳、宋玉證成情盟的意義。《鸞鎞記‧提宗》云：「看一對鸞鎞分合，總關多少情蹤。」〔註21〕統括了一對「鸞鎞」在分合的過程中，對於兩段婚姻的促成之功。《龍膏記‧敘傳》云：「煖金盒內，藏著巧姻緣，就裏龍膏起死，閨中秀再整芳顏。酬恩處新詩寫意。邂逅訂盟言。……重逢金盒，指點證僝緣。」〔註22〕則具體地說明了張無頗與元湘英邂逅訂盟，乃至成就宿世姻緣的過程中，煖金盒與龍膏的重要作用。

二、父母之命與愛情自主的統一

「父母之命，媒妁之言」強調的是家長在婚姻大事中的權威力量，是中國傳統婚姻的基本原則；如《孟子》云：

> 丈夫生而為願為之有室，女子生而願為之有家，父母之心，人皆有之。不待父母之命，媒妁之言，鑽穴隙相窺，踰牆相從，則父母國

〔註19〕湯顯祖：《還魂記‧標目》，《六十種曲》第四冊（原第二套），頁1。
〔註20〕汪錂：《春蕪記‧家門》，《六十種曲》第五冊（原第三套），頁1。
〔註21〕葉憲祖：《鸞鎞記‧提宗》，《六十種曲》第六冊（原第三套），頁1。
〔註22〕楊珽：《龍膏記‧敘傳》，《六十種曲》第十一冊（原第六套），頁1。

人皆賤之。〔註 23〕

儒家謂身爲父母皆有爲子女設想之心，並有足夠豐富的人生閱歷，故子女將終身大事交由父母全權安排，方能得到眞正幸福周全的婚姻。而子女若不遵從父母之命，私情往來，則不僅禮法不容，更會被社會道德所輕賤。

　　表記在劇中用以引起一段愛情的開展，有時作爲聘物，有時則作爲傳情、定情之物。作爲聘物，象徵著愛情建築在「父母之命」的合法基礎上，以婚姻的形式展開；作爲傳情媒介或定情之物，則即是「鑽穴隙相窺，踰牆相從」的私通之舉，不爲古代社會道德所允許，然而卻更能代表當事人眞實的情感交流與心靈契合。訂婚之物與定情之物象徵著兩套對立的價值，表示著對儒家婚姻倫理的遵守與挑戰。《六十種曲》中後者的數量遠高於前者，反映出在理學熾盛、男女大防甚於前朝的明代〔註 24〕，文人心底對於自由戀愛的嚮往，以及婚姻自主的渴望。此亦是在心學思潮的衝擊下，個人自覺意識的發揚與體現。

　　於是未婚男女贈物自許、佳期訂盟，乃成文人筆下津津樂道之風流韻事。然而在追求情愛自主的前提下，劇作家仍力圖使傳情、訂情時私贈的表記，於劇情發展中逐漸被賦予合法的地位。最直接的方式乃使之以聘物的形式重新被贈與；如《紫釵記》中，霍小玉的「紫玉釵」不愼於觀燈時遺落，爲李益拾得。李益藉還釵攀談，兩下暗生情愫。後李益託鮑四娘爲媒，即以此釵爲聘，娶得小玉。則燈下私談之逾矩行爲，亦成美事一椿；《金雀記》中也是在元宵玩燈時節，井文鸞與潘岳一眼留情，文鸞藉投果風俗將「金雀」一對

<hr />

〔註 23〕孟子：《孟子・滕文公・章句下》，楊伯達譯注：《孟子譯注》（北京：中華書局，1988），頁 143。

〔註 24〕明代盛傳大批女教之書，萬曆時更出現合編的「女四書」（即《女誡》、《女論語》、《內訓》與《女範捷錄》），其中即再三申明未婚女子愼防與男子接觸的自處之道；如《女論語・立身章第一》云：「內外各處，男女異群，不窺壁外，不出外庭。出必掩面，窺必藏行，男非眷屬，互不通言。」（見張福清編注《女誡——婦女的枷鎖・女論語》（北京：中央民族大學出版社，1996），頁 15）一旦犯此律條，風氣使然下女子往往以自殘甚至自戕的方式維護貞節；如《明史・列女傳》中記載：「崇禎中，興安大水，漂沒廬舍。有結筏自救者，鄰里多附之。二女子附一朽木，俄沈俄浮，引筏救之，年皆十六七，問其姓氏不答。二女見筏上有男子裸者，嘆曰：『吾姐妹倚木不死，冀有善地可存也，今若此，何用生爲？』攜手躍入波中死。」，見張廷玉等撰，楊家駱主編：《新校本明史并附編六種・列傳第一百八十九・列女一》（台北：鼎文書局，1975），頁 7706。

擲予潘岳表情。然因此舉有違閨訓，并父問及時，文鸞僅云不慎失落，不敢言明真相。後井父以詩招婿，選中潘岳，潘遂以金雀為聘，令此物重回井家手中。由於此段婚姻已有了父母之命的禮法基礎，井父亦不深究此物為何落入潘生之手，竟還將女兒的私心相贈視為「姻緣非偶，天意有在」〔註25〕。私自傳情或定情之物，一旦被賦予聘物的意義，便擁有合法的地位，使原本不見容於社會道德的私情，透過合法的聘娶制度得到成全；而象徵著「父母之命」的聘物，也因事前曾被作為情物相贈，而不致徒具財禮的功能，更代表著夫妻之間實質的情感基礎。

　　另《六十種曲》中亦有表記先被作為家長作主行聘或收取的聘禮，並不包含當事人的主觀意願。如《荊釵記》中的「荊釵」為男方母親下聘、《玉鏡臺記》中的「玉鏡臺」為女方母親收聘，而《玉簪記》與《鸞鎞記》中則為兩家父母互聘對方子女，皆在當事人對彼此產生情愫之前就由第三者決定其婚姻關係。

　　然劇作家並未令此物淪於純屬婚禮儀式的品物，依舊在其中注入了人物的自我情感。如《荊釵記》猶令錢玉蓮經歷了一番「荊釵」與「金釵」的抉擇，最後違逆了後母與姑娘的安排，堅持嫁與寒儒王十朋，展現了自身對於相敬如賓之婚姻型態的嚮往選擇；《玉鏡臺記》中，劉母託溫嶠覓婿、溫嶠以「玉鏡臺」自媒，雖皆未慮及女方劉潤玉的決定，卻也讓潤玉在上場時便向婢透露對溫之情意，使此樁婚事成為家長與當事人共同盼望的結果；《玉簪記》的「碧玉簪」與「鴛鴦扇墜」初雖作為潘陳兩家指腹為婚的聘物，後卻令男女兩方在不知情的情況下猶自相遇、相戀，最後以二物相贈為記，將聘物轉化為自由戀愛的定情之物，賦予實際的情感價值。而原具的聘物意義，則扭轉了這段書生與道姑戀愛的違禮本質，使之得到家族與社會的容許；《鸞鎞記》則在父母訂定的此段姻緣美滿達成後，藉由趙文姝將一對「鸞鎞」分贈丈夫杜羔與義妹魚蕙蘭，為這段父母之命的婚姻增添情感基礎，甚至成就了魚蕙蘭與溫庭筠的另段姻緣。由此可看出，劇作家縱然以現實社會所能接納的父母之命作為婚姻基礎，仍在其中賦予情感自主的色彩。故原只代表著婚姻形式的聘物，在往後的劇情發展中猶能成為象徵人物情感的表記，貫串愛情發展的始末。

　　表記情節反映出明代文人嚮往情愛自主，卻又不敢過於悖離「父母之命、

〔註25〕無心子：《金雀記・定婚》，《六十種曲》第八冊（原第四套），頁20。

媒妁之言」的婚姻原則,力圖在合法的婚姻與自由的戀愛之間取得平衡。於是劇中盡量使父母之命的限制降到最低。因男方具有傳宗接代的義務,家長對於婚姻對象的選擇通常更爲嚴格,故而男子一方往往椿萱早逝,使書生具有更大的自由去爭取與佳人之間的愛情婚姻。女方身分如爲妓女,則無父母之命的限制;如爲閨女,家長的反對便常常是生旦情感遭阻的首要波折。最後女方父母或因男主角取得功名而接受求婚,或因本身爲反派而遭到報應,使女子父母之命的限制被解除,而與男主角得成姻眷。在「有情人終成眷屬」的前提之下,明代劇作家主張婚姻自主的方式,並非反抗或漠視父母在婚姻大事中全權作主的力量,而是藉由人物身分的安排,盡量淡化父母之命的必然性,使男女主角能在不違背社會道德的前提下依據自我意志自由結合,達到父母之命與情愛自主的統一。

三、從私授表記到團圓旌獎

信物的傳遞,象徵著私情的萌生,因此物件被賦予表記意義的當下,常常代表著人物對儒家綱常的悖離。縱使其後得到家長承認成爲合法的婚姻,亦無法改變情感本身有違禮法的本質。但明人並不忌諱歌頌此情的偉大,甚至令劇中人物爲了追尋這份出自本眞的情感,而做出種種踰越道德禮法、藐視儒家價值的舉動,試圖令純粹的「情」的價值凌駕於道德標準之上。

然而枉顧禮教的追求行動,至多只能達到兩心相許的愛情高潮,男女主角卻終究會在大環境的衝擊下被迫分離。表記所能維繫的,也僅是精神上的兩相牽縈,實質上的相聚團圓、成就婚姻並長久廝守,往往仍須依循社會規範所能接受的方式。不僅不能違背父母之命的成婚原則,多數劇作家更在劇末援引政治的力量,或逕由天子賜婚,或獲得聖旨褒封,令愛情不僅爲社會道德所接納,甚至被奉爲典範,得到具體的旌獎封誥,滿足文人以德立業的價值追求。

皇權是古代社會至高無上的力量,在政治勢力上可以壓制權貴富豪,在道德標準上可以凌越家庭倫理。是以當阻撓生旦愛情的權貴力量過於強大,或者父母之命與子女自主追求的愛情無法達成共識時,透過功名表現攀附皇室、得到皇權的支援,便成了士人對抗這些傳統勢力的唯一方式。

如《玉合記》與《紫釵記》中,男女主角分離後,皆因強權阻撓而不得團聚。《玉合記》中柳氏遭番將沙吒利逼從不服,被囚拘數年,縱與丈夫韓翊

得會一面,卻無法再相廝守,只得歸還表記「玉合」以示緣盡。《紫釵記》中李益則受盧太尉強行逼贅,雖見了霍小玉的舊物「玉釵」仍引起深沉的思念,在太尉的挾勢威脅下亦不敢返見舊妻。表記在劇中帶出了男女主角對舊情堅守不渝的心思,卻無法改變兩人天涯遠隔的處境。兩劇最後皆出一義士,救出受困一方使夫妻重會,並上奏天聽,令男女主角的節義得到聖旨褒嘉,且俱獲晉陞與封誥。而拆散姻緣的權豪,亦在皇權威勢下被削職或悔過,不再足爲生旦愛情的威脅。一道聖旨便解除了劇中最主要的衝突,成爲主角婚姻終歸圓滿的關鍵力量。

以皇室力量化解家長反對的例子則如《牡丹亭》與《霞箋記》。《牡丹亭》中杜寶拒絕承認杜麗娘還魂與柳夢梅爲婿的主要原因,是因這段婚姻並未經過納采下聘、保親送親的合法程序,是爲兒女自主的私婚,並不符合儒門閨訓。湯顯祖的解決方式,乃令翁婿各自上奏,在金鑾殿前辨明是非,由聖上親自認可還魂之事的眞實性與杜柳婚姻的合法性。如此杜寶縱然不信,也無立場再加阻撓;《霞箋記》中當李父聞知其子李彥直迷戀名妓張麗容,猶斥其飲宿娼樓、玷污家聲,更將彥直拘禁書房以絕其情。及至彥直得中狀元,回書告父駙馬賜婚的宮人即是當年相親的青樓女子時,李父竟感嘆皇恩浩蕩、佳侶得諧。彥直的高中推翻了昔日狎妓行徑的不成材,皇親的賜婚則扭轉了麗容出身的不堪。在皇家旨意的包裝下,當初暗傳霞箋的違禮行爲,都成了親族稱頌的千古奇緣。

皇室旨意之所以能夠化解強權與倫理在愛情中的阻撓力量,除了因其政治權力凌駕其上,亦可看出明代文人將之視爲傳統社會道德的最高準則。私情但經認可,往昔種種逾禮違法之舉,也都有了被包容、甚至被歌頌的價值。如《懷香記》中賈午姐與韓壽的私情,建立在踰牆偷香等被賈充視爲家醜的行爲上,然當韓壽征吳建功,賈充不僅主動議婚,並喜得俊傑爲婿,毫不計較前事。末齣的婚禮中,以丑扮演的贊禮用略帶調笑的口吻言道:

> 伏以男女及時,要遂室家之願;風流得意,何須媒妁之言。一種異香,百年佳偶。婚無定禮,只因你愛我貪;律有明條,實是先姦後娶。畫堂前向空展拜,堪誇兩個新人;錦帳內對面交歡,各出一般舊物。請新人行禮。〔註26〕

原爲賈充譴責的私贈異香之舉,在此成爲成就百年佳偶的媒介;原是違反律

〔註26〕陸采:《懷香記‧畢陰封錫》,《六十種曲》第五冊(原第三套),頁133~134。

條的「先姦後娶」，反成夫榮妻貴的美好婚姻，觀念的轉換即在於韓壽功名的成就與否。贊禮語中「風流得意，何須媒妁之言」、「婚無定禮，只因你愛我貪」實略帶譏諷意味，譏此情出自淫欲、不合倫常。作者卻又在其後搬出皇帝封誥，並令賈充夫妻在內的眾人同唱道：

> 椿庭萱室優容，優容。奇香誼篤房櫳，房櫳。狐狸跡，顯牆東，天作合，俾參戎。成偉績，奏彤宮。成偉績，奏彤宮。〔註27〕

全然正面地讚頌贈香之情與踰牆之舉，並表揚賈充夫妻對韓壽醜行的包容，方能使其參軍立功，獲聖旨嘉勉，而成就此段天作之合。由此即可看出文人面對男女私情的矛盾心態：一方面肯定自主愛情的珍貴美好，一方面卻又無法擺脫傳統道德對踰禮之舉的譴責。故而只好以皇權的認同彌補私情本身的道德缺失。在此一道德權威的支持下，私授表記之舉不再被質疑其合法性，反為促成良緣的契機；分離過程中人物對於表記的癡念與誓守，更成了聖旨褒揚忠貞節義的道德典範。將一切以「情」為內在動機的行為思想，都納入道德的體系之下，以模糊其最初違禮的本質。故而表記每至劇末便常成為人物在團圓褒封的場合中歌頌的對象，不僅歌頌其作為情感憑藉的精神價值，亦頌其維繫道德、成就良緣而造就今日旌獎結局的道德價值。

第三節　佛道思想的反映

　　以儒家價值為核心的明傳奇，在表記情節中同時滲透了濃厚的佛、道思想。佛教自東漢傳入中國，靈魂不滅的信仰基礎，結合儒家「積善之家必有餘慶，積不善之家必有餘殃」〔註28〕的傳統思想，突出了因果、輪迴、報應等觀念，如《涅槃經》云：「善惡之報，如影隨形，三世因果，循環不失。此生空過，後悔無追。」〔註29〕，勸化世人積德行善，並以輪迴業報來解釋現世中善惡與報應不對等的實際情形，將一切世事變化、個人際遇甚至是人情關係，都納入因緣果報的體系之下。此一因果思想深植人心，在歷代的文學中也多有反映。

　　道教為兩漢以來逐漸形成於中國的傳統宗教，奉老子為宗，援引先秦道

〔註27〕 陸采：《懷香記・畢陰封錫》，《六十種曲》第五冊（原第三套），頁136。

〔註28〕 《易經・坤卦》，李塨撰《周易傳注》，頁44。

〔註29〕 若那跋陀羅譯：《大般涅槃經後分卷上・憍陳如品餘》，大藏經刊行會編《大正新修大藏經・涅槃部》（台北：新文豐出版社，1983～1988），頁901。

家的「道」（宇宙萬物的主宰）作爲最高信仰，發展成以崇奉神仙、齋醮法術、煉丹服食、追求長生與飛升成仙爲教理的多神信仰。北宋之後，道教吸收儒、釋義理，形成大批勸善書，如其中最具代表性的《太上感應篇》開篇即言：「福禍無門，惟人自召。善惡之報，如影隨形。是以天地有司過之神，依人所犯輕重，以奪人算。」〔註 30〕藉由神道嘉善懲惡的力量，宣揚勸善戒惡、陰騭觀念與因果報應的思想，將道教由自我生命的修煉，推展到社會道德的維繫，流傳廣佈，對中國人的倫理、道德、民俗、民族心理乃至於思維方式，都有廣泛而深遠的影響。

　　儒、釋、道三教自南北朝以來，在爭長與融會之間相互磨合，各有消長。及至明代，三教合一的思想臻於圓融，並成爲社會的主流思潮。自明太祖即制定了三教並用的政策：

> 於斯三教，除仲尼之道祖堯舜，率三王，刪詩制典，萬世永賴。其佛仙之幽靈，暗助王綱，益世無窮，惟常是吉。嘗聞天下無二道，聖人無二心。三教之立，雖持身榮儉之不同，其所濟給之理一，然於斯世之愚人，於斯三教有不可缺者。〔註 31〕

以儒家的聖賢教化爲核心價值，佛、道兩家的報應與神道思想，則有助於社會綱常的維繫。將三教的中心理念以勸善戒惡、裨益世風的作用統合，佛道遂與中國主流思想的儒家並列爲「正道」，同爲統治者所讚許、宣揚。此一政策貫穿整個明代，嘉靖時更有林兆恩創立「三一教」，主張「儒爲立本，道爲入門，釋爲極則」〔註 32〕，即以遵守儒家的三綱倫理爲始，道家的養命修性爲中，佛家的虛空無住爲終〔註 33〕，形成以儒家綱常爲根基，兼容釋、道二教的思想體系。將三教徹底融合，正符合太祖頒行此令的宗旨。也令長期服膺儒家傳統的文士，更能在釋、道二教中體會儒理的精妙，或由浸淫仙佛思想的過程中，尋得生命的另番歸宿。因此三一教成立以來，便造成「自士人及於僧道，著籍爲弟子者，不下數千人，皆分地倡教，所過往觀投拜者，傾

〔註 30〕王傳村輯錄：《太上感應篇釋錄》（台南：和裕出版社，2002），頁 28。

〔註 31〕朱元璋：《明太祖文集・卷十・三教論》，收於《文淵閣四庫全書・集部・一六二》（台北：台灣商務印書館，1986），頁 108。

〔註 32〕黃宗羲撰，沈善洪主編：《黃宗羲全集・南雷詩文集上・傳狀類・林三教傳》，頁 560。

〔註 33〕孔令宏：《宋明道教思想研究》（北京：宗教文化出版社，2002），頁 404。

城單里」〔註34〕的盛況。即便是僧、道人士，在宗教傳播的考量之下，亦力倡三教合一，遂使三教教義雜糅互通，僧、道與儒生交遊往來者，亦所在多有。

於是在思想或行為上兼求佛理、道術，成為明代儒士普遍的**趨勢**。明中後期影響甚鉅的陽明心學，即帶有濃厚的佛教色彩。王陽明曾逕言心學與佛教禪學相通之處：「夫禪之學與聖人之學，皆求盡其心也，亦相去毫釐耳。」〔註35〕二者皆是講求由本心發掘自我善念，亦即王學所謂「良知」。陽明弟子與後學更常援禪證儒，乃至宣稱「學佛以知儒」，以陽儒陰佛而達儒佛俱顯，掀起晚明「狂禪」之風〔註36〕。而道教勸善書的流行，在明代也得到全盛的發展。李贄、焦竑、屠隆等人都曾宣揚過《太上感應篇》，在晚明形成一股翻印與注解的熱潮。〔註37〕

明代劇作家更多有出入於佛、道之間者。如湯顯祖的祖父篤信道教，使其少年時期即受仙道思想的薰陶〔註38〕。同時亦與佛教高僧紫柏老人交好〔註39〕，曾為《陰符經》、《蜀大藏經》、《五燈會元》、《袾宏先生戒殺文》等釋、道經典作注或作序〔註40〕。其劇作《南柯記》與《邯鄲記》，更是佛、道思想的最佳體現。〔註41〕

〔註34〕黃宗羲撰，沈善洪主編：《黃宗羲全集·南雷詩文集上·傳狀類·林三教傳》，頁559。
〔註35〕王陽明：《王陽明全集·卷七·重修山陰縣學記》，頁257。
〔註36〕陳永革：《陽明學派與晚明佛教》（北京：中國人民大學出版社，2009），頁247。
〔註37〕余英時：〈明清變遷時其社會與文化的轉變〉，《余英時文集·第三卷·儒家倫理與商人精神》（桂林：廣西師範大學出版社，2004），頁158。
〔註38〕湯顯祖〈和大父遊城西魏夫人壇故址詩有序〉：「家君恆督我以儒檢，大父輒要我以仙遊。」，見《湯顯祖全集·卷二》，頁23。
〔註39〕紫柏老人，俗姓沈，法名達觀，後改名真可，明代四大高僧之一。湯顯祖有〈達公來自從姑過西山〉：「厭逢人世懶生天，直為新參紫柏禪。」，見《湯顯祖全集·卷十四》，頁563；紫柏亦有〈與湯義仍〉書信多篇，以及〈還度赤津嶺懷湯義仍〉、〈玄帝閣望石門寺懷湯遂昌〉等詩。見毛效同編：《湯顯祖研究資料彙編·交遊·釋真可》（上海：上海古籍出版社，1986），頁231～238。
〔註40〕見《湯顯祖全集》第三十卷〈袾宏先生戒殺文序〉（頁1040）、第三十二卷〈蜀大藏經敘〉（頁1071）、〈五燈會元敘〉（頁1072）、第四十二卷〈陰符經解〉（頁1207）。
〔註41〕王思任：「邯鄲，仙也；南柯，佛也；紫釵，俠也；牡丹亭，情也。」，見〈批點玉茗堂牡丹亭敘〉，收入毛效同編：《湯顯祖研究資料彙編·還魂記述評》，頁857。

　　汪廷訥崇儒敬佛，尤尊道教，梅鼎祚謂其：「傳言先生嘗從祝、李講性命之學，從簽峰受記禪荊，又從呂祖賚全一之號于蕊珠之寤言。是三大聖人之教旨，先生皆遊衍其端，調劑其用，以環應於無方。」〔註 42〕，是三教兼修的典型。劇作亦多「留心佛乘，假託神仙」〔註 43〕，其作《獅吼記》、《種玉記》中頗強調神仙與冥界之力量，《天函記》、《同升記》等更是以佛道故事爲題材，「其意不過紐合三教」〔註 44〕。

　　屠隆是著名佛學家，又慕道崇仙，篤信慧盧子，不仕後亦遨遊吳越，尋山訪道。〔註 45〕自號一衲道人、蓬萊仙客、娑羅主人、冥寥子等〔註 46〕。其曾將儒學比爲嘉谷，釋、道比做甘漿，認爲「以釋道治世，若以漿濟飢，固無所用之；欲存儒而去釋道，若食谷而不飲漿，如煩渴何？故三教並立，不可廢也。」〔註 47〕從入世的立場，主張儒釋道三教並用的必要。其作《彩毫記》、《修文記》與《曇花記》，皆帶有濃厚的佛道思想。

　　其他如高濂、李贄、徐渭等劇作或劇論家皆受佛、道思想濡染，或亦有三教合一的主張。是以因果報應、神佛顯靈、輪迴宿命、求仙訪道等宗教情節，便雜糅而普遍地出現在這些文人筆下的劇作之中，成爲明代傳奇的基本面貌。有時作爲全劇彰顯的宗旨，更多的時候則是劇中人物遭遇困境時的助力。而表記便常常作爲落實此一力量的媒介，或冥冥牽引男女雙方，成就宿世姻緣；或令神靈以之爲讖，藉此發揮仙術；或借表記虛幻，點破世情虛幻，度化劇中人物成仙或成佛。以下即就表記在劇中這三方面的具體表現深入論析：

一、成就宿世姻緣

〔註 42〕梅鼎祚：《鹿裘石室集‧文集卷十八‧書坐隱先生傳後》，收於《續修四庫全書‧集部》，頁 350。

〔註 43〕董康輯：《曲海總目提要‧卷三十九‧同升記》（天津：天津古籍書店，1992），頁 1694。

〔註 44〕董康輯：《曲海總目提要‧卷三十九‧同升記》，頁 1694。

〔註 45〕錢謙益：「吳人孫榮祖，挾乩仙，稱慧盧子，長卿（屠隆）篤信之。病革，猶扶床凝望，幾慧盧飆輪迎我，悵快而卒。長卿既不仕，遨遊吳越間，尋山訪道，嘯傲賦詩。」見錢謙益：《列朝詩集小傳‧丁集上‧屠儀部隆》（上海：上海古籍出版社，1983），頁 445。

〔註 46〕見郭英德：《明清傳奇綜錄‧屠隆》，頁 150。

〔註 47〕屠隆：〈冥寥子游〉，收於陳繼儒輯：《寶顏堂秘笈‧卷下》（台北：藝文印書館，1965），頁 23。

　　視婚姻爲天命作合的觀念，早在《詩經》、《左傳》中已有記載，漢儒以陰陽五行之說解經，更使婚姻天命的觀念成爲儒家傳統。〔註48〕唐代之後，佛教因果輪迴思想結合了儒家的天命觀，遂使婚姻的宿命性更被強調，認爲每個人的婚姻關係皆爲命中注定，無法因後天的人爲力量所改變。唐傳奇即普遍透露出姻緣天定的觀念，如〈定婚店〉〔註49〕、〈灌嬰女〉〔註50〕等作，皆在婚姻問題上表現強烈的「天命不可違」思想。故事中的男性，亟欲打破此一定數，最終卻仍服膺於命運的預言；故事中的女性，則往往以「命也」作爲接受一切婚姻安排的心理，亦即以「命」作爲婚姻關係的唯一基礎。不僅反映了唐人的婚姻觀念，又帶有儒家勸戒女子認命、守分的教化意義。

　　元明以降，姻緣天定的觀念愈形發達。然而相較於唐傳奇中將「冥數」作爲男女離合的唯一原因，使人物以消極接受的姿態面對不可違背的命定婚姻，明傳奇則是令宿命的力量體現於自我意識的「情」，而非空具形式的婚姻關係，使男女在個人意志下結合，再以宿緣解釋情愫之產生非因淫欲，而是天命注定如此。於是宿世姻緣的完成，不但被賦予了積極的精神意義與實際的情感價值，更證實了愛情的力量穿越前世今生，連生死的阻絕都不足以消解，更遑論現世中倫理、權勢、天涯遠隔等種種磨難。

　　在宿世姻緣體現於自主情愛的前提下，男女之間的情物便常成爲落實此一天命的關鍵物品。劇作家往往在男女主角遇合之前，便點出兩人之間具有「夫妻之分」，而後來被作爲表記的物件，也常是神靈安排用以成全姻緣的機關。如《飛丸記》中，易弘器與嚴玉英作詩相和，詩成原只揉成紙丸隨意拋擲，只因土地公思量：「嚴玉英與易弘器秦晉宿緣，吳越世隙，婚姻怎能自合？不若用箇機關，做個轉折，使他兩下暗托一丸媒妁，造成百世姻緣，有何不

〔註48〕陳鵬：《中國婚姻史稿・卷一・總論》（北京：中華書局，1990），頁 16～17。

〔註49〕李復言：《續玄怪錄・卷四・定婚店》，收於李昉：《太平廣記・卷一五九》，頁 1142～1143；敘韋固遇一老人，預言其將與賣菜陳婆之女成婚。是時該女年方三歲，韋固見之大怒，命奴殺之，奴失手只刺中眉間。十四年後，韋固娶得相州參軍王泰之女，此女眉間常貼一花子，固問之，方知爲昔所刺之女，乃信天命不可違，夫婦自此愈加相敬。

〔註50〕李昉：《太平廣記・卷一百六十・灌園嬰女》，頁 1151～1152；敘一秀才問卜姻緣，謂其將娶灌園郭氏兩歲之女。秀才以門第自負，乃誘女嬰至，以針插其顱，欲置之於死地。後女嬰父母皆亡，爲廉使收養，長成後廉使招秀才爲婿。每遇天陰，秀才妻輒患頭痛，遍訪名醫，乃自腦門潰出一針，此疾遂癒。秀才乃暗訪妻身世，方知即爲當日圖者之女，方信卜人不謬。

可？」〔註51〕於是在兩人之間傳遞詩丸，使情詩能到達伊人手中；此乃土地念及嚴、易二家身爲世仇，欲成就夙緣當非容易，故而有意令「詩丸」成爲兩人相識、相愛並相守的媒介。《龍膏記》賦予表記「煖金盒」的使命更爲強烈，洞悉天緣的袁大娘一上場，便將男女主角與表記煖金盒的前世因緣清楚交代：

> 奉玉帝之旨，說那南康秀才張無頗是天宮司香散吏，元載之女湘英是水府織綃仙妹。他兩個夙緣未了，合爲夫婦，著我先結他浩劫業緣，方授他清虛仙訣。但目前尚有磨難，未得會合。昨日朝廷賜元載的煖金盒，原是水府廣利王之寶，只因無頗與湘英的姻緣，該在這金盒上結果，因此傳出人間。〔註52〕

這段話不僅預言了今世尚未相逢的張無頗與元湘英將有姻緣之分，但在成爲夫婦之前尚有諸般波折，也點明這段姻緣「該在這金盒上結果」，亦即以「煖金盒」作爲主導兩人接續夙緣、引發浩劫，最後成就婚姻的關鍵。袁大娘贈盒於無頗是執行「玉帝之旨」的第一步，其後無頗以金盒內的「龍膏丸」治癒湘英之病，使兩人得以相識萌情；因元載認出御賜金盒而陷無頗於獄，拆散鴛鴦；最後又因郭子儀見盜盒奏章，問明眞相，方使無頗與湘英重聚、成婚；此皆是天命所定，金盒則是實踐天命的具體力量。

　　或有劇作縱使未必逕言表記乃爲成就夙緣而設，卻也令此一物件在冥冥之中穿針引線，憑藉多次機緣湊巧，實現天命注定的婚姻關係。如《牡丹亭》中杜、柳原有「姻緣之分」，夢中相遇即是花神意欲成就此緣的安排。其後杜麗娘留畫而亡，柳夢梅赴考竟來到同一座院落，拾畫、叫畫而喚出麗娘幽魂。兩人透過「春容」接觸、交流非因偶然，皆是命運暗自牽引。又如《玉環記》中韋皋與妓女玉簫各藏一枚「玉環」而別，後玉簫思韋，吞環而亡，託生爲姜承之女姜簫玉。韋皋見其貌似故交，只勾動傷感之情，並無續緣之意。直到成婚之時簫玉自言：「前緣宿世豈非常，見有玉環手上」〔註53〕，方知此乃宿世姻緣。前世的信物隨人物投生來世，以便與前世的情郎藉此相認並重續舊緣。「玉環」在此，除了牽動了玉簫生命之起落，更作爲韋、簫之間宿緣不誣的證據。

〔註51〕張景：《飛丸記·得稿賡詞》，《六十種曲》第十一冊（原第六套），頁18。
〔註52〕楊珽：《龍膏記·買卜》，《六十種曲》第十一冊（原第六套），頁8～9。
〔註53〕楊柔勝：《玉環記·繼娶團圓》，《六十種曲》第八冊（原第四套），頁128。

也有部份劇作並未點明生旦之間命定結合，卻因表記贈出或回歸時的湊巧機緣，縮繫二人看似冥冥注定的姻緣關係。如《玉簪記》中潘必正與陳妙常道觀相戀而互贈信物，後方知信物原是父母許下的聘物，新妻本爲指腹爲婚的舊聘；《霞箋記》中李彥直所作詩箋遺落隔院爲張麗容拾得，麗容作箋答詩回擲過牆，又恰爲彥直拾得；《贈書記》中賈巫雲贈書予談塵，兩人各自喬裝易性後，又正好爲皇帝賜爲婚配，而藉此書識破彼此性別。這些劇中都沒有令執行天命的神道現身，也未表明人物聚合乃宿緣所致，但表記在非人力所能掌控的流轉過程中幾番爲媒，已說明了劇作家對主角婚姻的安排，仍不脫命定觀念的影響。

二、發揮神助力量

明傳奇的婚戀、家庭劇中，常在人物分離過程設置種種大劫，使主角備經磨難；在人生絕境中，無力改變現況的書生或女子，就只能冀望在神明幫助下，使自己脫離困境。這些擔任救助腳色的神靈形象多來自道教信仰，或爲神祇，或爲仙人，有時則以修道之士的身分出場予以主角指點，反映了文人心靈上對道教解厄力量的信服和倚恃。

表記在劇中一方面是人物情感的具體象徵，一方面又是宿世姻緣的貫徹媒介，因此神明的救助力量也常透過此物顯靈，作爲天命的實際執行者。如上文所舉《龍膏記》的袁大娘贈「金盒」與《飛丸記》的土地公傳「詩丸」，都是神靈透過表記助成宿緣之例。而《種玉記》同樣是藉由表記實現天命，安排三星夢中贈玉器予霍仲孺，則使此物添上更濃厚的神仙色彩：

> （末）平陽霍仲孺，今日雖爲小吏，眼底便遇良緣。後因子貴，受封將相，兼享大年。奈他不能前知，特地來曉諭他，我們一同分付。
> （進介末）霍仲孺，你聽我道，【西江月】將相從來無種，婚姻會合有時。（小生）天台花下是佳期，更向藍橋重遇。（丑）威遠羞稱頗牧，調元不讓周伊。（合）他年福祿壽兼齊，始信玉成天意。（小生解玉縧環，丑放玉拂塵，末留紫玉杖介）留玉貽人世，乘雲入帝鄉。
> （下，生醒見介）呀，我只道一場夢，誰料那福星的玉縧環、祿星的玉拂塵、壽星的紫玉杖，一一都在桌上。這等看起來，夢中詞句，後來必有應驗也。〔註54〕

〔註54〕汪廷訥：《種玉記・贈玉》，《六十種曲》第十冊，頁2～3。

福、祿、壽三星首先道出霍仲孺一生運勢將因子貴，並有心令其預知，不僅入夢曉諭，更在夢中贈霍三件寶器。霍仲孺醒後見物，始信讖言非虛，三樣玉器首先有了證實夢兆的意義。其後霍以「玉縧環」與衛少兒定情，又因「玉拂塵」贅入俞氏家。衛女之子霍去病征番建功，晉爵封侯；俞女之子霍青得中狀元，召爲駙馬。果眞一家齊備將相之貴，榮寵無限。二子的成就當溯自霍仲孺與二女的兩段姻緣，婚姻之所成又歸功於表記的冥冥牽引，於是玉縧環與玉拂塵又成了神仙給予霍仲孺的導引指點，是建構其榮寵人生的關鍵。三星夢中所言「玉成天意」一語雙關，一方面是指成全天意賦予霍仲孺的今生福分，另一方面，也暗示了天命當由三仙所贈之「玉」來完成。末齣衛女持玉縧、俞女持玉拂，高齡七十歲的霍仲孺則拄著紫玉杖出場，除了以縧、拂象徵兩段婚姻的建立，亦以三器爲福、祿、壽星所贈，象徵霍仲孺福祿壽兼享，呼應夢兆。全劇緊扣著表記線索進行，表記背後則由神仙力量主導，透露出作者欲藉由仙道齊享福祿壽的強烈嚮往，正可與《曲海總目提要》中記載的「廷訥好神仙」、「尊信導引之術」〔註55〕相互印證。

神道透過表記發揮神力，除了爲成就宿世姻緣之外，也反映了「積善之家必有餘慶」的果報思想。劇中人物得到神靈救助，往往因其具備忠義貞節等崇高性格，合當富貴顯榮。眼下縱有困厄，亦能得神明指點解救，以證天道昭彰。因此當主角遭惡人迫害，神靈不僅救其脫困，並往往預示讖語，助其與家人團圓。有時雖尚未遇害，但命有此劫，亦得遇仙道人士加以點破。

然既是讖語、預言，自不便言明，表記便常作爲語中的代稱。如《玉玦記》中癸靈神救下自縊的秦慶娘，告其：「團圓逢玉玦，咫尺在神京。」〔註56〕，預示其與丈夫團圓在即；《玉鏡臺記》中郭璞燃犀助溫嶠大軍渡淮河後留下讖詩：「落幘王臣效義，俘囚烈婦堪悲，樂昌寄遠復完歸。」〔註57〕預言溫嶠妻母被囚之禍，及與其妻完鏡之兆；《香囊記》更在張九成應舉前，即令呂洞賓題詩酒舍曰：「鴻雁聯登第，豺狼不可當。沙場千萬里，會合紫香囊。」〔註58〕揭曉九成考試結果與宦途波折。其中玉玦、紫香囊，或借「樂昌分鏡」典故暗

〔註55〕董康輯：《曲海總目提要・卷十・天函記》，頁413。
〔註56〕鄭若庸：《玉玦記・夢神》，《六十種曲》第九冊（原第五套），頁79。
〔註57〕朱鼎：《玉鏡臺記・燃犀》，《六十種曲》第五冊（原第三套），頁53。
〔註58〕邵璨：《香囊記・題詩》，《六十種曲》第一冊（原第一套），頁21。

喻的玉鏡臺,皆爲主角與親人之間相贈的表記,唯當事人自己明白。而在讖兆中以此微物扣合主角的人生機遇,更凸顯此物冥冥主導人物命運的重要份量。

三、象徵虛幻世情

　　佛道二教與儒家本質上的區別,在於出世與入世。佛家主張「緣起性空」,亦即世間一切乃依於因緣而生,亦依於因緣而滅,故萬事萬物無常無我、皆爲虛空〔註 59〕。是以在佛家眼裡,塵俗之中種種功業起落、情感交纏,俱是由心識幻化出的虛妄之事。需得消解自我存在的執著,方能超脫煩惱,而達到涅盤境界。

　　道教修煉的起點,則強調人與物具有同樣的最初源頭,即以道爲本體;其終點同樣強調人能自如地應對、役使外物,以凸顯人與宇宙的一體性。〔註 60〕於是道教透過煉丹、煉氣、服食、道教科儀等方式,達到長生不死或飛升成仙的境界,並度化世人脫離苦短塵世,追求靈肉共天地並存的永恆。

　　兩者的出發點不同,卻都將經世濟民的志業、維繫五倫的綱常等儒家價值,乃至於塵世中的七情六慾,視爲應當勘破的俗慮,自當斷絕清淨。然如前述,功名與情感的追求,正是明代婚戀傳奇中的兩大主題;受佛道濡染卻又放不下儒家價值的劇作家,遂常令劇中人物在歷經艱辛地求索後,終於達成儒家社會功業與婚姻雙成的理想,卻看破世情虛誕;或享盡世間榮華後,毅然放下凡俗一切,入山訪道或遁入空門。以此表現自己在嚮往儒家人生理想之外的另類超脫。

　　表記象徵著劇中人物對情感的汲汲追求與耽溺縈念。有些劇作便藉由此物本質的變幻,作爲主角勘破世情的關鍵。最具代表性者乃湯顯祖之《南柯記》。劇中的「金鳳釵」與「文犀盒」初爲牽引淳于棼進入槐安國、成就姻緣之物。在槐安國中,淳于棼經歷了升官、拜相、妻亡、淫遊、放逐等種種際遇,直至明瞭此乃南柯一夢,重會蟻國故妻時,猶然執迷舊情,借金鳳釵、文犀盒相約續緣。契玄禪師點破釵盒原爲槐枝槐葉,方令淳于棼大夢初醒,體悟:「人間君臣眷屬,螻蟻何殊;一切苦樂興衰,南柯無二。等爲夢境,何

〔註 59〕 王邦雄、岑溢成、楊祖漢、高柏園著:《中國哲學史》(台北:里仁書局,2005),頁 343。
〔註 60〕 孔令宏:《宋明道教思想研究》,頁 8。

處生天，小生一向癡迷也。」〔註61〕象徵著姻緣媒介與舊妻情意的表記，原只是癡迷之心所起的幻象；槐安國的一切榮寵謗譽，亦不過是大夢一場。以表記的虛幻點破苦心鑽營的世情全為虛幻，以棄物表示主角的棄情乃至於棄世，發揮〈題詞〉中「夢了為覺，情了為佛」〔註62〕的意旨，反映了佛教「萬事皆空」的思想。

佛教借物之虛幻，強調情之虛空，道教思想下的表記描寫，則著力凸顯「俗物乃仙物，姻緣本宿緣」的概念。如《龍膏記》與《蕉帕記》，便一開始即明言表記乃是仙幻之物。《龍膏記》的「煖金盒」只因負有成就張無頗、元湘英前世仙緣的使命，故而以御賜寶物的名目流傳世間。無頗歷經一連串邂逅、繫獄、錯婚、歸盒、重圓等事件後，自以為「纔涉宦途，再完伉儷，事業未終」，還待要「佐飛龍麗九天」〔註63〕，偕伴侶追求事業的高峰，殊不知一切看似人為所致的遭際，皆是仙物冥冥操持的定數。當金盒完成宿緣，袁大娘方才現身道破金盒來歷與前世因果，對劇中人物揭曉此一表記乃為仙府寶物的本質，也象徵著這段人間情愛實為天界前緣，以此勸化二人離卻苦海，重登仙班。

《蕉帕記》中的「蕉帕」，則為蕉葉變成的羅帕，由女狐幻化成的胡弱妹，贈與男主角龍驤。女狐自云：「（龍驤）日後數該與他小姐（胡弱妹）有夫妻之分，我今化作小姐略施小術，漏他幾點元陽，脫此軀殼。然後指點前程，先自撮合姻眷，了完這段因果。」〔註64〕可見其贈帕動機有二：一為撮合龍驤與弱妹的天定姻緣，二為攝取元陽，脫胎升仙。於是在龍驤認知中兩情相悅的戀情，事實上對方所贈的表記為假，贈帕之意亦原有功利目的，甚至連贈帕的佳人都非弱妹本人。成婚之夜，羅帕在真弱妹面前恢復成蕉葉，女狐方留詩告其一切乃「仙姬點化成」〔註65〕。作者看似欲傳達姻緣命定、情痴虛誕的觀念，卻又令本應清心無欲的狐仙，在贈帕、贈珠之際流露真情。這一點凡心並成為女狐脫化成仙的阻礙，呂洞賓度化女狐之時，還特地警告其「再休想芭蕉作破題」〔註66〕。贈帕之情，似假還真，流露了人間情愛與求

〔註61〕湯顯祖：《南柯記‧情盡》，《六十種曲》第四冊（原第二套），頁137。

〔註62〕湯顯祖：《南柯記‧題詞》，《六十種曲》第四冊（原第二套），頁1。

〔註63〕楊珽：《龍膏記‧遊仙》，《六十種曲》第十一冊（原第六套），頁95。

〔註64〕單本：《蕉帕記‧幻形》，《六十種曲》第九冊（原第五套），頁10。

〔註65〕單本：《蕉帕記‧鬧婚》，《六十種曲》第九冊（原第五套），頁62。

〔註66〕單本：《蕉帕記‧提因》，《六十種曲》第九冊（原第五套），頁115。

道修行的矛盾拉扯。但如《龍膏記》一般,在以表記成就了宿世姻緣後,呂洞賓現身道出胡家每個人的前生因緣、今生結果,並命眾人五十年後了卻塵緣,入山修道,收歸佛道出世的宗旨。

綜上所述,可看出傳奇中的宗教思想,事實上乃以雜糅交錯的面貌呈現。如宿世姻緣的強調,或為彰顯佛教的因果輪迴之說,卻以道教的神仙力量助之完成。而劇末神仙點化入道的情節,有時亦隱隱透現佛教的果報思想。鄭傳寅也指出,明代戲曲「無論是佛教劇還是道教劇都有僧道同臺、仙佛錯綜、三教合一的特點,有相當一部分道教劇的宗教蘊含與佛教劇並無太大的差異,其中,『果報劇』尤其突出,這說明明代宗教的個性特徵進一步弱化。」〔註67〕除了反映明代三教合一的程度已臻圓融而普遍,令佛道二教各自的宗教內涵趨於模糊,亦可看出表記情節中所流露的明代文人佛道思想,實際上並非真正的宗教意識,而是文人尋求安身立命的精神寄託。是以並不嚴格區別不同宗教的分際,而是將之調合後融入自我生命境界,反映在立身處世的人生態度上。

於是劇中透過表記呈現的神佛情節,無論是佛教的宿世姻緣、因果報應,或者道教的神道顯靈、度脫入道,其目的皆非純粹地宣揚宗教理念,而是藉由信仰的力量,解決現實人生中的困境,達到「情」的完成。李志宏亦指出,「天緣觀」之所以成為才子佳人文學的慣例,乃因:

> 現實政治的混亂,使得個人的出處遇合難期。職此之故,當作家將
> 情志寄寓於敘事之時,對於才子佳人遇合過程及其結局的認知,往
> 往便歸因於天意所在的時命之感的制約。〔註68〕

劇作家自佛道思想中汲取婚姻、仕途皆為命定的觀念,乃因現實中的功名與愛情往往難以透過個人意志與力量達成。將才子佳人的戀愛訴諸天命,並透過冥冥之中的神助力量,使其邁向終成眷屬的必然結局,一方面作為現實人生不盡理想的慰藉補償,另一方面,當愛情一旦置入因果輪迴的範疇,則成就婚姻之前的種種行為便不受世俗禮法、倫理的拘束,縱使有悖綱常,也是天命使然,為自由戀愛尋求精神上的合理基礎,也利用宗教思想作為爭取自

〔註67〕鄭傳寅:《古代戲曲與東方文化》(台北:國家出版社,2010),頁487。
〔註68〕李志宏:《明末清初才子佳人小說敘事研究》(台北:大安出版社,2008),頁337。

主婚姻的積極力量。

第四節　女性形象的塑造

　　《六十種曲》的作者毫無例外皆爲男性，故而劇中男主角往往是作者自身的投射，女主角則反映了文人心目中對理想伴侶的形塑。劇作家除了直接賦予傳奇中女性腳色完美而鮮活的形象面貌，透過表記的選擇、贈物的描寫，以及男女主角面對表記不同心態的表現，也呈現了明代文人對於女性的觀感與期待。而其中不僅反映出文學表現與社會價值之間的落差，亦掩不住劇作家在追求「情眞」的同時，男權思維模式的流露。

一、知性之美的追求

　　中國傳統社會教育女子遵奉「四德」，即婦德、婦言、婦容、婦功〔註69〕，皆將「順從」視爲女教的最高原則。班昭《女誡》中更強調女子「不必才明絕異」、「不必辨口利辭」〔註70〕，直言「才」在女德中當非必然，甚至須以之爲戒。

　　此一婦訓在中國行之百年，至明代在程朱理學的張揚下愈發嚴密。後代被奉爲女訓圭臬的「女子無才便是德」一語，即出自明人陳繼儒之口。〔註71〕又有溫璜作《溫氏母訓》，謂「婦女只許粗識柴米魚肉數百字，多識字，無益而有損也。」〔註72〕，許卿相亦對女子教育提出「勿令工筆札學詞章」、「詩

〔註69〕 如《周禮》載：「九嬪掌婦學之灋，以教九御。婦德、婦言、婦容、婦功，各率其屬，而以時御敘于王所。」見鄭玄注、賈公彥疏：《周禮注疏・天官》，頁116；《禮記》亦載：「古者，婦人先嫁三月，祖禰未毀，教于公宮；祖禰既毀，教于宗室。教以婦德、婦言、婦容、婦功。教成祭之，牲用魚，芼之以蘋藻，所以成婦順也。」，見《禮記・昏義》，頁1002。
〔註70〕 班昭：《女誡・婦行第四》，收於張福清編注：《女誡——婦女的枷鎖》，頁3。
〔註71〕 此語出自陳繼儒一說尚有爭議，但出自明人則無異議。本文採《家訓鈔・靳河台庭訓》之說：「女子通文識字，而能明大義者，固爲賢德，然不可多得；其他便喜看曲本小說，挑動邪心，甚至舞文弄法，做出無恥醜事，反不如不識字，守拙安分之爲愈也。陳眉公云：『女子無才便是德。』可謂至言。」見王利器：《元明清三代禁毀小說戲曲史料・第三編・社會輿論》（上海：上海古籍出版社，1981），頁175。
〔註72〕 溫以介（述）：《溫氏母訓》據學海類編本排印初編，收於《叢書集成初編976》（北京：中華書局，1985），頁1。

詞歌詠斷乎不可」〔註73〕，認為女子舞文弄墨、作詩炫才，乃犯了婦德的大
忌；錢謙益《列朝詩集小傳》也載一例：嘉靖間的女子季貞一，因幼時吟誦
出「淚滴非因痛，花開豈為春」的詩句，而為其父痛斥：「非良家女子也。」
〔註74〕現實中女才在社會上被壓抑、約束的情形由此可見。

　　然而在傳奇中，「才」卻成了劇作家塑造佳人形象時不可或缺的元素。如
《鸞鎞記》中的溫飛卿讚魚玄機：「才堪詠絮，貌復羞花。」〔註75〕；《霞箋
記》中李彥直慕張麗容：「操志不常，才貌異眾。」〔註76〕；《雙珠記》中陳
時策見棉衣中詩，亦遙想王慧姬：「此詩立意溫醇，措詞雅麗，乃才女子也。」
〔註77〕可見劇中女子之「才」在男子眼中不僅不被忌諱，還被視之為佳人不
同於平凡女子的出眾之處，成為與「貌」並重的擇偶條件。故而連宦門家長，
如《牡丹亭》中的杜寶、《玉環記》中的瓊英之母，都以「自來淑女，無不知
書」〔註78〕、「時將愛女教經史」〔註79〕來教育閨中女兒。文人筆下對女子的
塑造，從傳統的嫻淑貞靜，轉而為知書達禮，更要求別具詩才、精通文墨，
方能在愛情中扮演男主角性靈上的知音。

　　在男女遇合之際，女子的「才」甚至較「德」更易吸引男子的注意。由「詩
箋畫容」或「書籍」一類極具文人雅致的表記，在《六十種曲》中數量僅次於
表記傳統類型的「妝品配飾」〔註80〕，即可看出此一趨勢。如《紅梨記》、《霞
箋記》中的名妓謝素秋、張麗容，俱以詩作引起當世才子的青睞；《西樓記》
的歌妓穆素徽，則因能賞于叔夜之詞，而被叔夜視為知音；《錦箋記》、《飛丸
記》、《龍膏記》、《鸞鎞記》、《懷香記》等作中，更令閨中女子透過詩歌與男子
唱和、定情，打破女子忌於炫才的閨範。而如《紅梨記》、《飛丸記》等，甚至
令雙方未曾謀面，僅憑一詩便彼此誓以心許，以「才」作為雙方愛情的唯一基

〔註73〕 許卿相：《許雲邨貽謀》據鹽邑志林本影印，收於《叢書集成初編975》，頁6。
〔註74〕 錢謙益《列朝詩集小傳·香奩下·季貞一》：「季貞一，常熟沙頭市女子，嘉
　　　　靖間人。少有夙惠，其父老儒也，抱至膝下，令詠燭詩，應聲曰：『淚滴非因
　　　　痛，花開豈為春。』其父推墮地曰：『非良家女子也。』」，頁772。
〔註75〕 葉憲祖：《鸞鎞記·覓鸞》，《六十種曲》第六冊（原第三套），頁39。
〔註76〕 無名氏：《霞箋記·和韻題箋》，《六十種曲》第七冊（原第四套），頁11。
〔註77〕 沈鯨：《雙珠記·繢衣得詩》，《六十種曲》第十二冊（原第六套），頁98～99。
〔註78〕 湯顯祖：《牡丹亭·訓女》，《六十種曲》第四冊（原第二套），頁4。
〔註79〕 楊柔勝：《玉環記·賞妻訓女》，《六十種曲》第八冊（原第四套），頁23。
〔註80〕 《六十種曲》中，各類表記的數量分別為：「妝品佩飾」十七項；「詩箋畫容」
　　　　或「書籍」十六項；「貼身物品」十四項；「奇珍異寶」六項。見本文【附錄
　　　　一、表記劇作一覽表】表記種類欄。

礎，將此情提高到心靈層面的契合，取代傳統以「貌」、「德」擇偶的標準。

能以詩箋、畫容為表記，凸顯女子能詩會畫，極具才情。詩箋唱和、題詩贈畫的行為同時也充滿文人風雅；而以書籍作為表記，則表現女子不遜於男子的胸懷與識見。於是從劇中女子詩箋贈答、自描春容、表記授受的舉止，即可看出明代文人筆下才女「文人化」的幾個傾向：

其一是女子有著文人一般的情趣雅好。如趙文姝自云：「自小聰明，愛觀書史。鎮日幽靜，好就詩詞。」〔註81〕；《贈書記》賈巫雲亦曰：「奴家一生不愛金銀，雅好文墨。」〔註82〕，不同一般女子生活圍繞脂粉女紅，讀書、作詩乃才女平日所好，故而遇見傾心對象時，能以詩、畫之作或者所閱書籍相贈，在生活娛樂與精神層次上，得與才子有所共鳴。

其二是女子有著不亞於男子的才氣識見。往往令佳人詩才高於一般的士人學子，能慧眼獨識男主角未被發掘的大才。如《龍膏記》中元湘英一見張無頗之詩，便讚其「如俊鶻摩霄，詞藻清妍，似新桐濯露，是好才子也」〔註83〕，並援筆立就和詩兩首；《鸞鎞記》中魚玄機視眾多士子所投之詩為俗品，唯溫飛卿之詩得其歡賞，憑此即願以終身許之。才女一方面以賞識、傾慕的眼光，凸顯才子不凡的學識修養，另一方面，更表現了不囿於閨閣的識見，在男子的仕途上給予激勵的作用。如《鸞鎞記》中杜羔落第後本欲歸家，妻子趙文姝作詩婉諷，激其發奮不歸；及至杜羔中榜，文姝又寄詩賀之。對於丈夫而言，文姝除了是賢妻，更似良師與益友。

其三是女子有著如同才士覓求知音的情懷。士子之間志趣相投者往來酬唱、引為知己，乃是文人至樂；女子交遊範圍狹小，縱使有才，也難以覓得交流對象，劇作家遂常令才女們將這份以才相知、相惜的情誼，投射於婚姻對象。詩箋贈答、祕書贈合，皆是透過表記覓求知音的表現。如《贈書記》中賈巫雲聞知談塵相借圯橋老人祕書，感其志趣相投，由此萌生託身之意；《霞箋記》中張麗容投遞詩箋，亦期待「三生若也是良緣，東華幸與些兒便，早覓知音送綵箋」〔註84〕，盼箋兒送至能解其詩的伊人手中。以知音情懷作為情的基礎，使才女在精神思想上，都與才子更貼近了一層。

〔註81〕葉憲祖：《鸞鎞記‧閨詠》，《六十種曲》第六冊（原第三套），頁4。
〔註82〕無名氏：《贈書記‧甘逐攜書》，《六十種曲》第八冊（原第四套），頁8。
〔註83〕楊珽：《龍膏記‧酬詠》，《六十種曲》第十一冊（原第六套），頁28。
〔註84〕無名氏：《霞箋記‧和韻題箋》，《六十種曲》第七冊（原第四套），頁12。

在明代文人的傳奇創作中，「才」的尺規從書生士子那裡被挪用到青春佳麗身上，「文人才女天生就」作爲對男女雙方對等的要求被提了出來，自然而然，讚美女子才華的詞章也就出現在諸多文人筆下，並且不約而同。〔註85〕於是明傳奇中出現了大量的才女形象，極力追求、讚頌女子的知性之美。然而康正果亦提出：「才女於是被描繪成文人最鍾情的女性，而才也與情發生了密切的關係，並由此引起了才與情的危機。」〔註86〕亦即文學中士人對才女的偏愛，與女才受到壓抑的社會現實出現牴牾的現象。此一價值落差之形成，一方面因對於明代文人而言，擁有心靈相契、才識相當的愛情伴侶，無疑較之擁有貞德嫺淑、謹守婦道的妻子，更能凸顯才子的風流雅趣。另一方面，也因傳奇中的女性形象不僅只是明代士人對女性要求的反映，更是劇作家本著補償和慰藉心理願望創造出來的；即如蔣小平所說：「她們出類拔萃的才情、率性而爲的風度、尚義慕俠的情懷是作家理想追求的對象化。」〔註87〕故而傳奇中的才女形象，不同於傳統女子的重德輕才，反而表現了濃厚的文人情懷。

二、閨女與妓女形象的相互滲透

閨女與妓女在傳統的中國社會中，作爲文人生命裡不同層面的女性伴侶，承受了判然二分的社會價值。閨女乃婚姻對象，故而其未出閣即被教育著爲人婦的種種職責與節操。如《禮記・內則》云：「女子十年不出，姆教婉婉聽從，執麻枲，治絲蠒，織紝組紃，學女事以共衣服。」〔註88〕，《管子・輕重篇》亦謂：「一女必有一刀、一錐、一箴、一鉥，然後成爲女。」〔註89〕皆強調女子織績、裁縫等基本治家能力的培養。及至明代，除了女工教授之外，無論是《女孝經》、《女訓》、《列女傳》、《閨範》等道德觀念的教化，或在家學淵源下的詩文教習，俱是欲賦予閨女作爲妻子的道德義務與母性責任，令其成爲男性生命中的賢妻、慈母，亦即家族內持家育子的工作者與道

〔註85〕 李祥林：《戲曲文化中的性別研究和原型分析》（台北：國家出版社，2006），頁84。
〔註86〕 康正果：〈重新認識明清才女〉，《中外文學》第22卷第6期（1993），頁129。
〔註87〕 蔣小平：〈「才女」與「文人」的雙向建構——略論晚明傳奇中才女形象的文人化〉，《戲曲研究》第七十八輯（2009），頁307。
〔註88〕 《禮記・內則》，鄭玄注，孔穎達疏：《禮記注疏》，頁539。
〔註89〕 管子：《管子・第二十四卷・輕重乙第八十一》，黎翔鳳撰，梁運華整理《管子校注》（北京：中華書局，2009），頁1448。

德典範。

　　若以閨女爲社會與道德上的法定伴侶，妓女則更接近文人心靈交流的對象。自唐代科舉制度興起後，「妓」成爲獨特的社會階層，與士人產生了密切的關係。至晚明更形成了盛極一時的名妓文化〔註90〕。名妓活動的青樓作爲士人經常涉足的場所，與官場及文人文化緊密結合，乃儒生仕途中必然之經歷；加之這些名妓集書法、繪畫、詩歌、舞蹈、戲劇、音樂等才藝於一身，使之得與文人達到才華、情趣與性靈上的共鳴，而扭轉了過往以肉體交易爲主的士妓關係，重新建立爲一種志同道合的知己情懷。〔註91〕於是狎妓成爲文人的時尚，妓女甚至成爲文人投射愛情的對象。晚明心學思潮引起文人主觀情感與個體意識的覺醒，現實生活中文人欲尋求情感的寄託對象，卻仍無法推翻理學箝制下嚴密的男女大防與閨閤禁忌，於是不受傳統婦道拘禁、能透過交際顯露萬種風情與滿身才華，又勇於追求自我情愛的名妓〔註92〕，便成了文人實現愛情嚮往的最佳對象。在此一社會風氣的推波助瀾下，晚明名妓「一改過去狎昵的妓女性質，將名妓做爲一種理想的情人轉向「情」的觀念和象徵。」〔註93〕士妓交往中「慾」的需求被淡化，而「情」的觀念被彰顯。由明代文人評賞名妓的文字中可以看出，才華與美學修養逐漸取代「性」成爲男性心目中妓女的主要價值〔註94〕，而這正是文士對妓女產生情感的基

〔註90〕【美】高彥頤：「名妓文化繁盛於晚明時期；無論是其能見度，還是其文化水平，都在這一時期達到了巔峰。在人數和她們及其主顧所支配的經濟資源上，晚期帝國的名妓都超過了其中世紀的同行。」見高彥頤著，李志生譯：《閨塾師——明末清初江南的才女文化》（南京：江蘇人民出版社，2005），頁269。

〔註91〕如【加】卜正民指出：「明朝後期的一些士紳在婚姻和姬妾體制之外得到有教養的女子作藝妓。藝妓的出現是那個特定歷史階段文化意韻的表現。它將妓女的純粹性關係重塑造成一種文化關係，甚至是志同道合的金蘭之交。……通過要求藝妓具有男子的文化修養和在書法、繪畫、詩歌等純粹男性士大夫的藝術領域內得到薰陶的方式，使她們高雅化，甚至男性化。」見卜正民著，方駿、王秀麗、羅天佑譯：《縱樂的困惑——明朝的商業與文化》（北京：三聯書店，2004），頁312；柳素平亦云：「名妓名士之間有著精神上的投契、情趣的認同和心靈的共鳴，二者氣味相投，在中國傳統社會中形成珠聯璧合的名士佳人文化。」見柳素平《晚明名妓文化研究》（武漢：武漢大學出版社，2008），頁159。

〔註92〕晚明名妓對於婚姻愛情主動而執著的追求，詳見柳素平：《晚明名妓文化研究》，頁206～209。

〔註93〕柳素平：《晚明名妓文化研究》，頁194～195。

〔註94〕【美】曼素恩：「正如那些評賞名妓的文字所顯示的，在她們所提供的服務中，

礎。

　　然妓女縱使擁有文人的眞實情感，以其迎來送往的工作性質，與身爲非良家女子的道德罪愆，在社會觀感中仍擺脫不了勾引士子「蕩志迷魂」、「沉溺不反」的罪名，以及「青樓薄倖」〔註95〕的指控，難以擁有眞正得到祝福與認同的純粹愛情及美滿婚姻。〔註96〕而閨閣女子在行爲思想上亦被勸誡勿以妓女之「才」爲務；如宋代女詞人朱淑眞曰：「翰墨文章之能，非婦人女子之事。」〔註97〕，司馬光亦謂：「刺繡華巧，管絃歌詩，皆非女子所宜習也。」〔註98〕在傳統觀念中，閨女自有其應恪守的本分，善於詩才歌舞，難免給人善於交際、輕薄放浪的觀感。即如章義和、陳春雷指出，妓女善詩往往使人們逆向認爲知文的女子難有善果，在心理上視女子有才即爲喪失婦德。〔註99〕於是閨女與妓女的社會地位無形中更拉大了差距，文人寄託於二者的價值追求益顯得涇渭分明。毛文芳便指出此一價值分別即在於「德」與「才」的對立：

　　　　晚明時期，女性的德與才似乎分屬於閨秀與名妓，閨秀不敢標榜文

　　　　才，而歌妓從良，亦努力追尋德範，二者經常產生認同上的矛盾，

　　　　到清中葉以後，德與才始合一成爲大家閨秀的立身標竿。〔註100〕

由文人的眼光看來，閨女的價值在於主內持家、體現婦德，標示著士人婚姻目標的達成；妓女的價值則在實現文人才情心靈上的知己情懷與對愛情的嚮

性愛被認爲是最不重要的一項。對於品艷行家來說，重點在於名妓的才華和美學修養。」，見曼素恩著，楊雅婷譯：《蘭閨寶錄：晚明至盛清時的中國婦女》（北縣：左岸文化出版社，2005），頁 264。

〔註95〕余懷《板橋雜記・卷上》：「迨夫士也色荒，女兮情倦，忽袠斂而金盡，亦遂歡寡而愁殷，雖設阱者之恆情，實冶遊者所深戒也。青樓薄倖，彼何人哉！」（頁11）；〈中卷・麗品・李大娘〉亦以名妓李大娘口吻言道：「世有遊閒公子、聰俊兒郎，至吾（李大娘）家者，未有不蕩志迷魂、沒溺不返者也。」（頁15）；頗能代表當時士大夫對妓女的社會觀感。見《板橋雜記》（南京：南京出版社，2006）。

〔註96〕柳素平《晚明名妓文化研究》中列舉晚明名士名妓間結合而成婚戀關係之例，在三十三對眷侶中，僅三對娶妓爲妻，餘十八對納妓爲妾，十二對婚姻未果，可見妓女從良，仍難以與閨閣女子相提並論，在地位上難以得到婚姻的保證。見《晚明名妓文化研究》，頁 204～205。

〔註97〕朱淑眞：《朱淑眞集注・詩集前集・卷十・雜題・序》（浙江：浙江古籍出版社，1985），頁 113。

〔註98〕司馬光撰，莫友芝批校：《家範・卷六・女》（台北：廣文書局，1995），頁 3。

〔註99〕章義和、陳春雷：《貞節史》（上海：上海文藝出版社，1999），頁 122。

〔註100〕毛文芳：《物・性別・觀看──明末清初文化書寫新探》，頁 50。

往。兩者各司其職、互不相混。然而一旦文人與閨女企盼在成婚之前建立眞正的情感基礎，或者文人與妓女冀求通過婚姻制度長久維繫愛情，則兩種身分的社會定位與才德之間的價值追求便會產生矛盾。

及至清代，才、色、德兼具始漸成社會對於女子要求的標準，但仍不乏才、德二分的論調；如以詩聞名的王貞儀無疑是個才女，卻視時下自命才女者「不守姆教，不謹壼矩，不端大體」〔註101〕，乃「逞小有才而薄於德之流，其末也已。」〔註102〕極力強調「德」乃婦之本，而「才」則「非閨閣之正務」〔註103〕。李漁則以田莊與園圃分喻妻與妾，認爲妻乃「爲衣食所出」，因地力有限故「稍涉游觀之物，即拔而去之。」；妾則是「爲娛情所設」，故「所重在耳目」。亦即「以德屬妻，以才色屬妾」〔註104〕，妻與妾亦正是閨女與妓女日後在婚姻中的歸屬。閨女擁才，無不強調競競業業行禮修德的心態，以免因才掩德，落入不守婦道之譏；妓女從良，爲人之妾，亦只爲滿足文人娛情之需，永遠無法取代人妻的道德地位。可見由明至清，閨女與妓女的社會腳色與對於士人的生命意義始終截然不同。然而從明傳奇的表記情節中，卻已出現「閨女青樓化、妓女閨秀化」——閨女與妓女形象相互滲透的情形。

前文已述及，現實中被教育著「女子無才便是德」的閨女，在明傳奇中卻往往留心翰墨，詩、畫、琴藝兼具，有著文人一般的志趣與才情。且贈詩表情、贈畫留念，毫不忌諱向閨房之外展露一身的才華，以此散發獨特的女性魅力，透過「才」建立起與文士相互傾慕的關係，追求名妓與文人之間性靈共鳴的情感模式。劇作家更關注到女子縱使居於深閨之中，內心深處仍會有對於愛情的渴求嚮往，唯不似名妓沒有道德禮法的牽絆，而能盡情追求；於是遂令閨女們跳脫婦道框架，回歸自然情感，勇於表達懷春思緒與對才子的悅慕之情，並透過主動贈物此一具體的悖禮行爲，落實了心思上對於傳統婦德的逾越。因此在儒家社會規範下，閨女們贈送表記的行爲，較之沒有名

〔註101〕王貞儀：《德風亭初集・卷四・上卜太夫人書》，收於《叢書集成續編193》（台北：新文豐出版公司，1989），頁377。

〔註102〕王貞儀：《德風亭初集・卷四・上徐靜雍夫人書》，頁382。

〔註103〕王貞儀：《德風亭初集・卷四・上徐靜雍夫人書》，頁383。

〔註104〕李漁：《閑情偶寄・聲容部・習技》：「娶妻如買田莊，非五穀不植，非桑麻不樹，稍涉游觀之物，即拔而去之；以其爲衣食所出，地力有限，不能旁及其他也。買姬妾如至園圃，結子之花亦種，不結子之花亦種；成陰之樹亦栽，不成陰之樹亦栽；以其原爲娛情而設，所重在耳目，則口腹有時而輕，不能顧名兼顧實也。」，頁123～124。

教約束的妓女，能更強烈地突出其對自我感情的執著與追求。

傳奇中閨女的才藝卓絕，被賦予了青樓女子的文化氣質；其贈物定情之舉又充分展現晚明名妓追求自我愛情的積極與大膽，「才」與「情」這兩項原為名妓異於良家女子的女性特質，在傳奇中的閨女身上得到展現，一方面是文人為寄託情愛而塑造人物的需求使然，另一方面則因閨女不同於妓女，尚有與男子交好以維持生計的商業動機，故閨女之「才」不為取悅男性，更能彰顯文人情懷體現在女子身上的清雅本質；閨女之「情」亦較妓女更為純粹而強烈，使其不懼違背名教的後果，堅持追求從一而終的愛情。

而明傳奇中的名妓形象，則減了幾許唐宋文學以來妓女的冶艷風流，反添了幾分端麗純良的閨秀氣質。往往令名妓在自報家門時，即吐露思欲從良的心聲，強調墮落煙花原非所願，身雖遭玷心卻猶然高潔。交換或收藏表記的行為，正是妓女對恩客終身認定的表示。即使這些女子所欲託身的士子，未必給予實質的名份或承諾，但她們仍對表記誓死不棄的奉守著，突出妓女在風月門庭下權豪誘逼、鴇母脅迫的艱難環境中，堅持為伊人守身的節操。

如《青衫記》中裴興奴僅憑白樂天一席醉後歡語，便在其去後贖回樂天典酒的「青衫」，癡候來日歸衫重逢，就算逃避兵亂猶且衫不離身。當鴇母強行將興奴嫁與浮梁茶客，興奴猶不死心地以衫為信，爭取白妾樊素、小蠻的支援，一心只想與白樂天偕老；《紅梨記》中謝素秋與趙汝州相互慕名，互贈一「詩箋」約期相會。後因故未能得見，素秋卻自此心屬汝州，在太尉有意納為寵妾、提供其脫離教坊的機會時，素秋卻斷然拒絕；逃出太尉府及獲錢濟之收留之時，亦對花婆與錢夫人出箋訴情，表達情繫汝州、非君不嫁的心願。其他如《玉環記》玉簫思人，吞表記「玉環」殉情；《西樓記》穆素徽遭于父迫遷，寄書向于叔夜索「玉」為記；《四喜記》的青霞與《焚香記》的桂英，贈「髮」欲喚起情郎舊恩⋯⋯皆以表記凸顯著妓女對情感的執著認真，在沒有婚姻保障的士妓戀愛中，更作為昔日承諾的唯一憑證。

在社會價值對於名妓的認知之下，傳奇以妓女作為士人的愛情伴侶，不免給人遊戲情場的觀感。劇作家故而突出筆下這些妓女類同於閨女的特質——真情的專一與節操之堅貞，亦即上述引文所謂「德範」，來加強寫情主旨的高度。而堅守表記象徵著對單一愛情對象的忠貞，妓女在風月場中對這份忠貞的維繫又勢必面臨比閨女更多的挑戰，是以能堅持到底者則較閨女更為難

能可貴。

具備「情」、「才」的青樓化閨女，與具備「德」的閨閣化妓女，統合了士人生命中對兩類女性個別的需求與期待，遂成傳奇作家筆下賦予單一女性腳色的身分與特質，反映出文人對於才德合一的女性標準，早在明傳奇中已露出端倪。

三、貞節觀的另類體現

明代爲獎勵貞節風氣最盛的時代。明太祖即詔令：「民間寡婦，三十以前，亡夫守志，五十以後，不改節者，旌表門閭，除免本家差役。」〔註105〕令許多寡婦爲求旌表與除役而守節。加之理學熾盛、女教推行，貞節觀念逐趨於宗教化，出現許多女子爲未嫁之夫守節甚至殉死之事，貞節漸成爲明人盲目遵從、缺乏理智，且毫無情感基礎可言的迷信教條。〔註106〕

上文提及明傳奇中所強調的女子之「貞德」，即奠基於此種社會背景。在人物所經歷的種種磨難中，女主角表現了對愛情婚姻高度的意志力與忠誠度，而堅守著象徵愛情承諾之表記，不因流離失散或外力逼迫而移情，正是這份堅貞精神的具體實踐。

然而明劇作家卻賦予了劇中女子所奉行的貞節全然不同的精神內涵；支持著這份堅貞的心理動因，並非是道德的教化或政策的規範，而是劇中人物共同賦予表記的盟誓意義。相較於前代文學中贈物表現單純的悅慕、依戀之意，或透露慾念的渴望，明傳奇中的表記情節更添上一層相託終身的「自媒」意義，帶有更慎重的承諾意味與約束力量，促使人物在日後的分離中，猶能以此物爲憑，提醒或證實著往昔的約定。於是守護表記亦即守護愛情，乃出自對自我與對方實踐承諾的期許，是基於人物本身的真實情感，與倫理上「從一而終」、「守身不二」、「女德有常，不踰貞信」的女教有本質上的不同。

袁宏道有詩〈秋胡行〉云：「妾死情，不死節。」〔註107〕謂女子殉死，

〔註105〕申時行：《明會典·卷七十九·旌表》（王雲五主編，台北：台灣商務印書館，1968），頁1826。

〔註106〕陳東原列舉《明史·列女傳》與《明外史》中的幾條記載，說明「貞節這件事，到得明代，已經變成迷信了、教條了。」，見《中國婦女生活史》（台北：台灣商務印書館，1981），頁179～183；章義和、陳春雷亦指出明清因理學的正統化與女教的再發展，使貞節觀念攀上頂峰，而走向宗教化。見《貞節史》，頁112～125。

〔註107〕袁宏道：《袁中郎全集·卷二十六·秋胡行》（台北：偉文圖書出版社有限公

實出於一片眞情，而非爲博得節婦之名，守節的動機是以「情」爲基礎，正精準的道出傳奇中女子對於貞節不同於社會價值的態度。如《青衫記》中，鴇母欲令裴興奴接見茶客時，興奴言道：「我白頭願守青衫誓，豈忍輕拋棄。」〔註108〕其與白樂天並未眞正以衫設誓，也沒有名份或婚姻的約定，但此衫象徵著與樂天的一夜歡情，憑此足令興奴以心相許，爲其守身，故而連妓女的本業都不肯爲繼；又如《種玉記》中，衛少兒與霍仲孺私情來往，逾牆偷會，雖屬禮法不容的淫奔之舉，一旦情盟已定，分別之際少兒亦道：「烈女不更二夫，奴家既已身事霍郎，寧沒齒以待，決不肯改節從人。」〔註109〕即使私情難遂，亦不改相從之心。別後少兒更常對著定情的繅環垂淚思人，謹記著仲孺贈繅之時「貽玉關情，拚取白璧完歸趙庭」〔註110〕的承諾。外在阻撓無以化解的情況下，表記突出著人物之間的執著認定與生死相許的心意，表現劇中女子不亞於歷史上貞節烈女的意志與忠誠，其行爲動機卻因有眞實情感爲根本，更能引起感動與共鳴。

　　晚明馮夢龍總結並發揮傳奇中以「情」爲「貞」的現象，提出「情教」〔註111〕說：

　　　　自來忠孝節烈之事，從道理上作者必勉強，從至情上出者必眞

　　切。……世儒但知理爲情之範，孰知情爲理之維乎！〔註112〕

明前期劇壇的教化之風，自明中後期逐漸被湯顯祖爲代表的至情觀所取代，至馮夢龍則試圖統合情理二者，重新正視戲劇教忠教孝的社會功能。但不同於前期劇作概以倫理綱常的體現塑造人物範本，馮夢龍主張以「情」爲「理之維」，即將情作爲維繫一切社會秩序、支持所有道德精神的內在價值，並認爲「借男女之眞情，發名教之僞藥」〔註113〕的方式，較之盡以儒家教條訓誡，更能眞正感化人心並得到社會認同，達到「情教」的推行目的。此說的提出，

　　　　司，1976），頁1230。

〔註108〕顧大典：《青衫記・茶客訪興》，《六十種曲》第七冊（原第四套），頁32。

〔註109〕汪廷訥：《種玉記・愴別》，《六十種曲》第十冊（原第五套），頁22。

〔註110〕汪廷訥：《種玉記・愴別》，《六十種曲》第十冊（原第五套），頁23。

〔註111〕王瓊玲指出，馮夢龍「仿照了宗教以『約』取『繁』的方式，提出了一項從未經人道出的『情教』之説。……將情作爲維繫一切、佈置一切的根本。……可説是一種以『社會』爲本的情一元論。而馮氏正是用這種情一元論來與儒教觀念中的禮教相對立。」見《晚明清初戲曲之審美構思與其藝術呈現》，頁72。

〔註112〕馮夢龍：《情史・卷一・情貞類・朱葵》，《馮夢龍全集》第七冊，頁36。

〔註113〕馮夢龍：《山歌・敍》，《馮夢龍全集》第十冊，頁1。

正是明傳奇中對貞節觀另類詮釋的歸結與延伸,而表記在劇中所扮演的腳色,便是以情爲基礎而實現禮法精神的具體象徵。

然劇作家雖以「情專」作爲「德貞」的內涵,此「德」行諸兩性,仍舊有不同的尺度。由生旦對於表記忠誠度的落差,即可看出現實社會中「嚴於婦人之守貞,而疏於男子之縱慾」〔註114〕的偏頗標準,在講究男女平等〔註115〕的明傳奇中,終究還是露了餡。女子對於表記的態度已如上述,儘管遭到脅迫、逼嫁,也要緊守著表記,甚至拋棄家財、截髮毀容在所不惜。然而男子卻常在收取一女表記後另贅別娶,如《種玉記》中霍仲孺先以「玉縰環」與衛少兒定情,後又以「玉拂塵」贅入俞家;《玉環記》中韋皋方與妓女玉簫各留一枚「玉環」、叮囑莫忘舊情而別,隨即贅入張延賞家,對父執許女於己滿懷感恩。與衛、俞二女數十年來獨立撫子,未曾改嫁,以及玉簫思念韋皋至深竟自吞環而亡相較,霍仲孺與韋皋對於贈物的承諾意義顯得並不掛心。然三仙贈霍玉縰與玉拂的夢兆,便預示了其命中注定坐擁二妻,將男主角的背盟解釋爲奉行天命;玉簫吞環亡後託生爲姜女簫玉,隔世又因韋皋戰功嫁爲其妾,證成眾人贊嘆的宿世姻緣。二劇皆未譴責男子的負心行徑。

更甚者還有男子將女子贈己的表記轉贈他女,如《玉玦記》中的王商將妻秦慶娘所贈之「玉玦」,懸於癸靈廟中與妓女娟奴設誓。不僅辜負了妻子盼其睹物思人的心意,更以此物見證了男主角情感的背叛。王商的負心最後因遭娟奴誆騙而反悔,同樣將妻子井文鸞所贈、兼爲夫妻定情物與聘物的「金雀」,轉聘歌妓巫彩鳳的潘岳,在《金雀記》中卻被賦予了妻妾和睦的大團圓結局,更以二只金雀的湊巧會合,歌頌兩段姻緣的上天注定,模糊了男主角背叛妻子投雀之情的事實。

而劇中女子對於男主角輕率看待表記之情的反應,卻與自己對表記的珍視並不對等,而表現出不合常情的寬容。此亦根植於中國社會中「夫有再娶之義,婦無二適之文」〔註116〕的觀念影響,認爲賢德的妻子就該對於丈夫納妾不起妒心,甚至必須樂見其成;而青樓女子亦需認清事實:縱使與男子相

〔註114〕呂坤:《呻吟語‧卷五‧治道》(台北:河洛圖書出版社,1975),頁281。

〔註115〕郭英德謂明清傳奇婚戀觀的近代命題之一爲「主張男女平等、夫妻平等,以色、才、情的相對稱爲擇偶標準和婚姻基礎,三者尤以情爲主。」,見《明清文人傳奇》,頁56。

〔註116〕班昭:《女誡‧專心第五》,張福清編注《女誡──婦女的枷鎖‧女論語》,頁3。

識在良家女子之先，表記所能鞏固的最多只是妾的名分，無法要求情感與婚姻上的專屬權。故而明傳奇中雖看似將婦人與妓女都提高到與男子同等的高度，在婚姻型態上，仍無法擺脫男尊女卑的社會觀點。

是以對於女子來說，男子狎妓之後娶妻，或者娶妻之後納妾，只要不違背儒家的婚姻原則，都不算是負心的行為。試看上述諸劇中，得到婚姻名分的女子，如《玉環記》的張瓊英、《金雀記》的井文鸞，在面對丈夫納妾時，往往表現出成全宿緣的寬容大度，文鸞更讚頌巫彩鳳為潘岳守身的節烈，代其測試丈夫的真心，親手促成潘、巫的姻緣；而與男子交好的妓女亦不論定情先後皆甘於為妾，如《玉環記》的姜簫玉與《金雀記》的巫彩鳳，面對情郎贈物前後另娶的妻子，不僅不生怨妒，反衷心感謝娘子的賢德相容。偶有二女拈酸吃醋的情節，如《種玉記》中的衛少兒與俞氏女，在知曉丈夫另有他女後，悲嘆歷年繫念之心遭到辜負，較真實地道出了女子獨守空閨數十年換得丈夫薄倖的怨懟心聲。然當霍仲孺一番分解並自云逃入山中避此紛擾的念頭時，二女隨即悔過言道：

> （旦）有緣千里重相會，喜刑于家室相宜，忍教骨肉成乖戾。
> （小旦）同居豈可懷猜忌，守三從四德良規，琴調瑟弄相和美。
> 〔註117〕

一方面對霍仲孺適才分剖的一番道理有所認同，更重要的是害怕丈夫離去又須再度面對空閨寂寞，二女只好對愛情婚姻遭到瓜分一事妥協，收起怨妒爭名之心，以宜室宜家、三從四德的規範自許，全然轉變為貞婦、賢妻的口吻，掩蓋了男女對情感忠誠度不對等的問題。明代劇作家便常以此粉飾太平的手法，滿足文人坐擁雙美、妻妾融洽的美好想像。

小　結

表記情節在《六十種曲》中，為仕途不遂的劇作家作為實現生命理想的力量，滿足文人得到佳人青睞的補償心理，亦成就了男主角功成名就與婚姻合諧的結果。自明中葉至明末，表記象徵意義由「理」至「情」的轉變，亦可看出文人生命追求的轉移。然在劇作家藉由私授表記大加張揚情愛自主的同時，卻也幾無例外地令男女主角在家族與社會的認可下成就婚姻，隱隱透

〔註117〕汪廷訥：《種玉記》，《六十種曲》第十冊（原第五套），頁67。

現明代文人對儒家道德的意圖挑戰而終至妥協。

　　除了以表記寄託個人情感，劇作家同時也令此物作爲實現天命、促成宿緣的重要媒介。劇中表記冥冥牽引生旦離合，或賴以發揮佛道雜糅的神助力量，或暗喻世情虛幻的出世意旨，皆可看出明代文人在儒家價值之外對佛道思想的依託。然表記神佛力量的展現卻又不在宣揚純粹的宗教思想，而是藉以達到「情」的圓滿，足見文人對佛道的信仰終究離不開俗世的情感與倫理價值。

　　而觀察《六十種曲》表記情節所塑造的女性形象，則可窺見文人生命理想之投射與對傳統儒家觀感的矛盾。傳統社會要求女子「無才便是德」，且對閨女與妓女的社會價值涇渭分明。然在傳奇中，才子所傾慕的佳人形象，往往同時具備閨女的端雅、堅貞，以及妓女的才氣、多情。此乃文人冀求於另一半身上獲得知音器賞，以彌補現實中不遇境況的反映。劇中女子以「情」爲動因的貞節表現，則可看出劇作家在張揚「情」的同時，仍擺脫不了對「理」的頌讚。然傳奇中的女子終究僅爲實現文人理想而塑造，是以「才」的發揮、「情」的寄託、「節」的堅守，都只單方面地作爲女子對男子的付出，男子則無須有等同的回饋。甚至是劇末出世與否的決定，都只顧及男主角的意願。傳奇構築著文人理想人生的性質，自此更昭然若揭。

第七章 結 論

　　歸結前文對表記文學的溯源，以及對《六十種曲》表記情節的觀察分析，可將明傳奇的表記描寫置於表記文學發展脈絡中，由其融匯前代文學手法而達到的成就，以及明傳奇所發展出的文學特色，看出表記文學在明傳奇中特殊的時代意義，亦即本文最主要的研究成果。以下即就三個方面，對全文的論點作一總結：

一、《六十種曲》對前代表記文學的繼承

　　《六十種曲》中表記之象徵意涵、抒情與敘事手法，與縮合結構的功能，都可從前代文學的表記運用中尋見源頭。但在明代特殊的藝術風格與文體特質下，又能將前代手法加以融合、轉化，而形成明傳奇獨特的文學風貌。以下略由三個方面，總結明傳奇對前代表記文學的承襲與轉化：

（一）各類表記象徵意義的深化與轉化

　　明傳奇中的表記類型大抵可分為「妝品佩飾」、「詩箋畫容」、「貼身物品」與「奇珍異寶」四類，物類的流行與象徵的涵意皆承襲自不同時代的風尚。前兩者乃就原有意象擴大發揮，深入體現該類物品傳統象徵意涵，如「妝品佩飾」是《詩經》至漢魏詩歌以來最普遍的表記類型，無論是女子閨閣用品，或文人隨身的玉珮、扇墜，皆象徵了情意纏綿、相託終身的心意。明傳奇即由此加強了該類物品見證情愛的盟誓意義，常用作聘物、定情物，或於分離之時兩下互贈。

　　「詩箋畫容」則是唐、宋詩中士人常用以互贈之物，標榜了文人的才情雅趣。唐傳奇則將此種文人行徑帶入戀愛男女之間，突出男女主角「才子」、

「才女」的形象。明傳奇更重視以性靈、才情相契合作為愛情的基礎，因此不僅以贈詩、贈畫等行為刻畫人物才氣與強調知音之情，更強化此物的個人性創造與憑證功能，較之其他表記能寄託更鮮明的個人情感訊息。

後兩者則在前代意象的基礎上加以轉化。如「奇珍異寶」始大量出現在唐傳奇中的神仙饋贈，襯托出仙物的靈妙、神秘，加強人心對仙道之嚮往。而至明傳奇中，此類表記則轉化為帶有神助力量的珍奇物件，協助世間男女化解困境、完成姻緣，表現作者所要宣揚的因果觀或宿命論。

而以「貼身物品」為表記，在宋詞中暗示著文人與青樓女子的雲雨之情，在宋話本、元雜劇中則表現了市井小民大膽而奔放的慾念。明傳奇則將此類表記「肌膚之親」的象徵意義，由「慾」的表現轉化為「親密之情」的凸顯，寄託人物之間極親密的關係，或者對達到此種關係的渴望。

（二）抒情、敘事作用的融合

在表記文學的發展脈絡中，作為抒情傳統的詩歌，多用表記承載情意的傳遞，發揮物的特性，並扣合對所贈之人欲表達的情緒，在物件中蘊含各異的情思與寄寓；敘事體裁的小說，則藉物推動情節的進行，有加強渲染或造成衝突的作用。至以代言體敘述故事的戲曲文學，南戲於特定情境下藉贈物事件點染氣氛、反映人物思緒；元雜劇則利用表記前後照應、推動劇情，並在一人獨唱的體製下使腳色對物抒發心聲。皆初步融合了詩歌與小說中藉表記抒情與敘事的功能。

《六十種曲》中的表記情節，則將戲曲文學「兼容抒情體和敘事體」的特色發揮的更加淋漓盡致。在不同的情節單元中，有時透過表記渲染情境氣氛、刻劃細膩心緒，如「以物定情」、「贈物留別」、「對物思人」等，是為「抒情性關目」；有時藉此物引發情節波折、推進事件發展，如「藉物傳情」、「因物洩情」、「憑物相認」等，是為「敘事性關目」。在抒情與敘事關目的交織下，劇中表記同時照應了人物內心情感的表現，與外在事件的進行，與全劇的中心意旨及敘事線索密切結合。

（三）縮合線索之功能的加強運用

早在宋話本中，便常令表記反覆出現於故事中以牽引情節進行。如〈蔣興哥重會珍珠衫〉、〈陳御史巧勘金釵鈿〉，皆圍繞著珍珠衫、金釵鈿鋪排情節衝突。至元雜劇，在四折之中藉由一件表記貫穿始末，已成為常見的手法。

前後呼應、互為因果的表記關目串聯成銜接劇情的線索，使篇幅有限的雜劇敘事簡鍊、脈絡清晰，也奠定了表記在戲曲文學結構上作為中心線索的樞紐地位。

篇幅龐大的明傳奇，承襲了元劇以表記貫穿全劇的手法，以縮合繁冗的劇情線索，突出敘事主線。或自雜劇「起、承、轉、合」的佈局結構而來，明傳奇中的表記情節也往往帶動了情感起始、轉折至團圓的劇情發展，而貫串人物離合始末。但在齣數大幅開展下，表記情節常帶出了不止一次的轉折衝突，敘事脈絡較元雜劇更為曲折細膩；加之明傳奇不侷限於一人獨唱，能平衡地在生且線索中發揮作用，不僅能表現更豐富的情感交流與情節變化，作為題名也更能囊括全劇意旨。

在由表記「單線貫穿」結構模式的基礎上，明傳奇又創發出藉兩件表記引領、交織兩條情節線索的「雙線並進」結構模式。在兩條線索中，表記或伴隨生、旦各自境遇，或貫穿雙生雙旦／一生二旦的愛情發展。其間常藉二物的流轉帶動雙線交會，最後也因二物之功，使雙線收束為一，構成更複雜而靈活的情節網絡，是為表記縮合線索之功能的極致發揮。

二、《六十種曲》表記情節之時代特色

《六十種曲》中的表記情節，一方面有對傳統的繼承，一方面也有所創發，建立了表記文學新的發展里程，主要可就描寫手法、敘事模式與思想內涵三方面，看出明傳奇表記情節不同於前代文學的特色與時代意義：

（一）表記描寫手法細緻化

歷代表記文學不僅在物類上隨時代風氣影響而有不同的選擇，賦予物件的象徵意義與描寫手法也各有時代特色。《六十種曲》中各種表記類型，雖承襲自不同的時代風尚，卻能將物件的特性與情節安排、情感抒發緊密的結合，發展出較前代更為細緻的描寫手法：

一是能藉表記類型凸顯人物形象，發揮不同物類的專屬價值。如奇珍異寶類的表記，能顯示贈者的家世顯赫；以詩詞為表記，則多強調男女主角的才情雅趣，以及性靈相契的愛情本質。

二是在情節安排或腳色抒情中，能巧妙扣合表記的性質、外形或用途，作為情感的喻依。使該物的形象與特質在劇中得到充分的發揮，而非僅為任一物件皆可更替的憑證象徵。

三是將表記結合典故，如贈珠寓「合浦珠還」之意，贈鏡託「破鏡重圓」之盼。使表記的涵義在物件本身之外，又多了一層歷史意蘊，更細膩地傳達人物幽邃婉轉的內心意念，充分體現文人作劇典雅蘊藉的審美風格。

（二）表記情節規範化

表記情節在明傳奇中，受傳奇體製與敘事模式的影響，漸漸趨於類型化、程式化。因婚戀劇作的情節走向大抵雷同，在生旦雙線體製與串珠式結構的規範下，表記在特定情境中也常以類似的方式出現，而形成了類型化的敘事單元。比較三十五本劇作中的表記情節，大致可歸納出十三種常見的情節類型，且自明中葉到明末，表記情節超出此十三種者越來越少，乃劇作家慣於襲用既有表記套式而產生的現象，足見此類情節單元規範化的情形。

然個別情節單元的定型，卻不影響整體敘事的變化。萬曆中期後，劇作家在循「情感起始→轉折→圓滿」三階段設置表記情節的結構基礎上，表記情節漸不拘於特定的情感發展階段，而能自如運用於劇中任何環節，在人物相類的行為模式下引發不同的情緒衝突，而產生迥異的效果與影響。全劇中表記情節單元的運用也更加頻繁，帶動劇情曲折發展，甚至在情感發展之前即令表記先行登場，預示全劇離合關目將圍繞此物而展開，加強了表記在情感發展中的主導意義。個別表記情節單元也較前期用更多的齣目鋪陳，在既定的情節模式下使敘事更顯細膩。

在漸趨定型的情節模式下，表記情節組合連綴的靈活度，與個別情節格套中對表記精神意義的寄託，便成了此一手法在各劇中區別高下的關鍵。《六十種曲》中雖有多數劇作皆以表記作為題名，卻未必能掌握題旨，使劇作名符其實。若能以表記情節連貫始末，支撐全劇敘事架構，同時又能以表記作為抒情媒介，充分發揮其情感內蘊，如《明珠記》、《紫釵記》、《還魂記》等，則為上乘之作。而《六十種曲》中大部分的作品，則都只能達到以表記貫穿全劇情節，個別場次的描寫則僅止於以表記代稱對方或往事，缺乏情感上的深掘，如《青衫記》、《玉鏡台記》等。另有一類劇作既未能適切地運用表記抒發情感，在敘事上表記情節也缺乏首尾呼應，表記情節遂僅作為全劇的局部點綴，甚至流於劇情主線的旁枝，如《春蕪記》、《紅拂記》等。相較於前兩類劇作，則較無法凸顯以表記作為題名的意義。

（三）明代文人的價值反映

明代文人在傳奇中創造大量的表記情節，並以之為多數婚戀劇作的題名與中心意象，在表記情節的設計中寄託了濃厚的士人情結，且可從中窺見明代文人群體的社會價值與文化思想。

表記情節在《六十種曲》中，為仕途不遂的劇作家作為實現生命理想的力量，滿足文人得到佳人青睞的補償心理，也成就了男主角功成名就與婚姻合諧的結果。自明中葉至明末，表記象徵意義由「理」至「情」的轉變，亦可看出文人生命追求的轉移。然在劇作家藉由私授表記大加張揚情愛自主的同時，卻也幾無例外地令男女主角在家族與社會的認可下成就婚姻，隱隱透現明代文人對儒家道德的意圖挑戰而終至妥協。

除了以表記寄託個人情感，劇作家同時也令此物作為實現天命、促成宿緣的重要媒介。劇中表記冥冥牽引生旦離合，或賴以發揮佛道雜糅的神助力量，或暗喻世情虛幻的出世旨，皆可看出明代文人在儒家價值之外對佛道思想的依託。然表記神佛力量的展現卻又不在宣揚純粹的宗教思想，而是藉以達到「情」的圓滿，足見文人對佛道的信仰終究離不開俗世的情感與倫理價值。

而觀察《六十種曲》表記情節所塑造的女性形象，則可窺見文人生命理想之投射與對傳統儒家觀感的矛盾。傳統社會要求女子「無才便是德」，且對閨女與妓女的社會價值涇渭分明。然在傳奇中，才子所傾慕的佳人形象，往往同時具備閨女的端雅、堅貞，以及妓女的才氣、多情。此乃文人冀求於另一半身上獲得知音器賞，以彌補現實中不遇境況的反映。劇中女子以「情」為動因的貞節表現，則可看出劇作家在張揚「情」的同時，仍擺脫不了對「理」的頌讚。然傳奇中的女子終究僅為實現文人理想而塑造，是以「才」的發揮、「情」的寄託、「節」的堅守，都只單方面地作為女子對男子的付出，男子則無須有等同的回饋。甚至是劇末出世與否的決定，都只顧及男主角的意願。傳奇構築著文人理想人生的性質，自此更昭然若揭。

三、《六十種曲》表記情節模式化成因

《六十種曲》表記情節呈現出與前代文學迥異的文學風格，並形成獨特的敘事模式，除了是歷代文學淘洗凝澱的結果，更有明代社會、文化與文學發展的因素。本文即由四個層面，來觀察表記情節在明傳奇中大量形成並蹈

襲成套的原因：

（一）外在環境因素

表記題材在文學中受到重視，乃根植於傳統社會中對饋贈制度與風俗的重視。儒家的饋贈精神與民間的定情習俗，都使饋贈之物超越物質意義而被賦予象徵意涵，自然成了歷代作家抒發細膩心思、浪漫情懷的載體。

明傳奇中表記情節的大量增加，除了是對傳統文化的延續和發揚，更受到當代經濟發展的刺激；明中葉商業發達，人們對物質生活的重視日漸加強，甚至將審美情趣建立在世俗品物的賞玩之上。社會風尚的轉變衝擊傳統價值觀，促使文人慣於將精神生活寄託於物質。反映在劇作中，不僅使前代既有的表記題材大行其道，且對此物賦予更多的關注，使之成為作品中敘事的焦點。劇中表記種類也隨商品的多樣化大幅開展，更令物件的商業販賣也成了表記流轉的情節模式之一，皆反映了商業經濟對表記情節的影響。

（二）創作群體因素

明代以文人為傳奇創作的主體，其作品無論在題材、內容或精神上，都注入了濃厚的文人審美情趣。劇作家大量運用表記作為傳奇的抒情與敘事載體，也有文人價值思維的介入。

從創作手法來看，文人為使曲體繼承詩詞等「雅文學」的文學地位，將抒情傳統中物我交感、據物抒懷的手法帶入傳奇創作。而託物言情的手法，也適足以承載時代思潮下追求至情的思想內涵。

從劇作的主題思想來看，受明中後期心學思潮的影響，劇壇風氣由教化觀轉為主情論，於是大量劇作便借由象徵著情愛憑證的表記，來標榜「情至」的主題思想，而以「私授表記」此等悖禮的行為，表達對禮教的抗衡。

在傳奇代言特徵與曲折的敘事架構下，表記不僅寄寓劇中人物的精神情感，同時也投射了作者的主觀意識，往往還象徵著全劇的中心意旨，深刻體現文人借物寓情的審美思維。

（三）文學體製因素

無論是元劇或傳奇中的敘事熟套，形成的原因皆與文體形式關係密切。以生旦為重的傳奇在「事隨人走」的敘事模式下，必須使衝突事件均分於生旦各自展開的情節中，是以常敷演男女離合的婚戀劇或家庭劇。在情人或親人之間，設計一具有憑證意義的表記，流轉於生旦雙線，連繫情感、突出主

題，最後藉此物將兩條線索縮合為一，便常成為劇作突顯敘事脈絡、貫穿情節架構的方式。

而傳奇獨有的「串珠式結構」，也需靠表記情節的前後呼應，作為一貫穿全劇的中心線索，方能避免各自獨立的事件、場次使敘事結構流於鬆散冗長。而當表記情節逐漸形成敘事模式固定而首尾相對完整的情節單元，「串珠式結構」亦使之便於套用在不同劇作相類的情節段落中，或藉不同敘事單元的連綴，產生相異的戲劇效果。於是便造成表記敘事程式在傳奇中迅速累積的結果。

（四）傳播考量因素

明傳奇透過案頭讀本與舞臺演出的方式傳播，是以文本傳達給讀者的感受，以及演出呈現的戲劇效果，便成了劇作家創作之時的重要考量。

運用表記成功的劇作數量既多，影響又大，相關情節在讀者喜愛的前提下不斷被因襲、模仿，逐漸使特定的敘事模式被賦予約定俗成的文化意涵，寄寓作者與讀者之間共同感知的情感訊息。後起作家遂更常以此帶有豐富象徵意涵的藝術符號入劇，為善於寫情的明傳奇增添更深沉的精神意義。

而由演出本對原著的改動中，也可看出表記情節在表現戲劇效果方面的重要性。如《荊釵記》、《還魂記》等名作在以演出為考量的改編中，皆常刪節場次、減省曲牌，表記情節卻多完整保留，甚至較原著更凸顯表記的意象。又如馮夢龍的《楚江情》、《新灌園記》等劇，更將原著中並未貫穿始末的表記，提高為全劇的核心線索。可見表記情節與結構模式在演出上有突出主線、加強戲劇效果的功能，不僅多為改編者援之入劇，更促進了後起作家為求舞台效果而套用的風潮。

表記文學在明傳奇的發展中，繼承並融匯了歷代表記文學的象徵意義與線索功能，發展出更深厚的情感內蘊與更縝密的敘事結構；又在對表記的描寫上進一步的細緻化，使物件特質扣合人物形象與情節發展，成為劇作的中心意象。同時表記情節也在大量的襲用下趨於定型，組合的方式卻由規律而靈活，開展出較元雜劇更豐富多變的結構模式。表記情節中亦寄託了文人藉之實現生命理想的浪漫情懷，同時亦透顯明代士子對傳統社會價值的重新思考，與佛道信仰對文人生命的浸潤。此皆為明代表記文學獨特的時代特色。

在明傳奇的奠基下，表記情節發展愈趨成熟，及至清初出現了表記文學

臻至巔峰的雙璧——洪昇《長生殿》與孔尚任《桃花扇》。二劇中如「藉物傳情」、「贈物定情」、「寄物溝通」、「合物團圓」等情節，猶可見明傳奇表記敘事程式的輪廓，卻在其基礎上開展出更深刻的意涵，或以有別於舊套的方式鋪展同一敘事單元，使情節獨具新意。在劇情架構上，則跳脫了明傳奇由「遇合贈物」，到「離別分物」，最後「團圓合物」的敘事框架，而使人物的離合與家國的興亡緊密結合，表記也由個人生命理想的寄託，被提高到對歷史興亡的見證與反思，寄寓了較明傳奇中更加深刻的精神意涵。

　　本文以《六十種曲》中表記情節數量龐大而模式相類的現象出發，將明傳奇中的表記運用，置於歷代表記文學的發展脈絡中觀察，期能突出明代文人傳奇對「表記」主題開展的文學技巧與思想內涵，更藉此看出自先秦以來源遠流長的表記文學，在達到清代《桃花扇》、《長生殿》的巔峰之前，明傳奇的奠基之功。

附錄一 表記劇作一覽

	劇名	生	旦	表記物件	表記種類	情節模式	表記作用		
							起始	轉折	團圓
1	《荊釵記》	王十朋	錢玉蓮	荊釵	妝品佩飾	單線	以物為聘	（繫釵投江）	引起外力介入 憑物相認
2	《玉環記》	韋皋	玉簫（貼）	紫金魚扇墜	妝品佩飾	點綴		贈物留別	憑物相認
				玉環一對	妝品佩飾	單線		贈物留別 對物思人	憑物證明身分
				春容一幅	詩箋畫容	點綴		贈物留別 寄物溝通 對物思人	
3	《玉簪記》	潘必正	陳妙常	碧玉簪 鴛鴦扇墜	妝品佩飾	雙線	以物為聘	贈物留別	憑物相認（母女）
4	《青衫記》	白樂天	裴興奴	青衫	貼身物品	單線		對物思人	憑物相認（妻妾）
5	《紅拂記》	徐德言	樂昌公主	破鏡半面	妝品佩飾	雙線		贈物留別	憑物相認 合物團圓
		李靖	紅拂	紅拂	貼身物品	點綴		寄物溝通	合物團圓
6	《錦箋記》	梅玉	柳淑娘	錦箋	詩箋畫容	單線	傳情媒介	贈物留別 對物思人	合物團圓

7	《明珠記》	王仙客 劉無雙雙	明珠	妝品佩飾	單線		贈物留別 寄物溝通 歸物訣別	象徵圓滿 計物價滿 突破困境
8	《紅梨記》	趙汝州 謝素秋	贈答詩兩首	詩箋畫容	雙線	傳情媒介	對物思人	引起外力介入 證明身分
9	《浣紗記》	范蠡 西施	紗	貼身物品	單線	以物定情	贈物留別 對物思人	合物團圓
10	《霞箋記》	李彥直 張麗容	贈答霞箋兩張	詩箋畫容	雙線	傳情媒介 以物定情	寄物溝通（歸物固盟）	引起外力介入 相認憑藉
11	《玉鏡台記》	溫嶠 劉潤玉	玉鏡臺	妝品佩飾	單線	以物為聘	贈物留別 歸物訣別	詠物團圓
12	《金雀記》	潘岳 井文鸞 巫彩鳳	金雀一對	奇珍異寶	雙線	傳情媒介／以物為聘／以物為聘	贈物留別 對物思人	相認憑藉（妻妾）合物團圓
13	《贈書記》	談麗 賈妃老人祕書	黃妃老人祕書	詩箋畫容	單線	（傳情媒介）〔註1〕	（贈物留別）〔註2〕	相認憑藉
14	《紫釵記》	李益 霍小玉	紫釵	妝品佩飾	單線	以物為聘	計物價財突破困境 流離引起誤會 對物思人	詠物團圓
15	《鸞鎞記》	杜羔 趙文姝／溫庭筠 魚玄機	鸞鎞一對	妝品佩飾	雙線	以物為聘／以物定情	贈物留別（姐妹）	相認憑藉（姐妹）／引起外力介入

〔註1〕賈巫雲開談慶索借祕書，感談生識書，與己相契，遂萌生委身之心。贈書之舉帶有小兒女的濃情密意，但談慶渾然不知，一心只寶愛此書本身。因此情節模式上雖類於「以物為傳情媒介」，實際上僅是單方面傳媒介之功。

〔註2〕談慶開知禍事，勿勿攜書逃離，途中也書不離手，卻全未知贈書者的一片心意，因此與贈書留別」情節有所不同；然也因攜書於身後未贈祕書與巫雲易性別方時，被迫嫁娶對方時，揭露夫妻原來性別並認出彼此的媒介。

序號	劇作	生	旦	信物	貼身物品	單線		流離引起誤會	相認憑藉
16	《香囊記》	李九成	邵貞娘	香囊					
17	《雙珠記》	王楫（王母）	郭氏（慧姬）	明珠一對	妝品佩飾	雙線		贈物留別 1. 王母贈子 2. 王母贈女 3. 郭氏贈子 對物思人 物流離傳送訊息	相認憑藉
		陳時策	王慧姬	縷衣詩一紙	貼身物品 詩箋畫容	點綴	傳情媒介		引起外力介入
18	《嫇香記》	韓壽	賈午姐	西域異香 韓壽詩帕	奇珍異寶 貼身物品 詩箋畫容	單線 點綴	以物定情 以物為聘	因物淺遭情拆散	詠物團圓
19	《玉玦記》	王商	慶娘	玉玦	妝品佩飾	單線		贈物留別 對物思人	引起神力介入 憑物相認
20	《種玉記》	霍仲孺	衛少兒 俞氏	玉纕環 玉拂塵	奇珍異寶	雙線	以物定情 以物為聘	因物淺遭情拆散 贈物留別 對物思人	憑物相認（父子） 詠物團圓
21	《玉合記》	韓翃	柳氏	玉合 玉劍 淚帕 練囊詩 鮫帕詩	妝品佩飾 貼身物品 詩箋畫容	單線 點綴 點綴 點綴	傳情媒介	對物思人 歸物訣別 贈物留別 寄物溝通 歸物訣別	引起外力介入 詠物團圓

序號	劇名	生	旦	信物	物品類別	表記方式	傳情媒介	因物洩情遭拆散 歸物訣別	引起外力介入 詠物團圓
22	《龍膏記》	張無頗	元湘英	煖金盒 龍膏丸 湘英之詩	奇珍異寶 奇珍異寶 詩箋畫咨	單線 點綴 點綴			詠物團圓
23	《飛丸記》	易弘器	嚴玉英	詩丸二只	詩箋畫咨	雙線	傳情媒介	對物思人	引起外力介入 憑物相認 合物團圓
24	《還魂記》	柳夢梅	杜麗娘	麗娘春咨	詩箋畫咨	單線		贈物留別 物流離引起誤會	憑物相認 （生旦／岳婿）
25	《西樓記》	于鵑	穆素徽	詞箋 玉簪 佩玉（註3） 髮束	妝品佩飾 詩箋畫咨 貼身物品	點綴 點綴 點綴	傳情媒介 以物定情 以物定情 寄物溝通	對物思人 臨別相贈 寄物溝通	詠物團圓
26	《南柯記》	淳于棼	瑤芳	金鳳釵一對 文犀盒一枝	奇珍異寶	點綴	傳情媒介	贈物留別	
27	《善薺記》	宋玉	季清吳	春蕪帕	貼身物品	點綴	傳情媒介 以物定情		（棄物絕情）
28	《紫簫記》	李益	霍小玉	九子金龍鏡 三珠玉燕釵 烏絲欄紙題詩	妝品佩飾 詩箋畫咨	點綴 點綴	以物為聘	贈物留別	

〔註3〕《西樓記》之玉簪、玉佩雖是互贈之信物，但僅定情與回書時各自出現一齣，爾後抒情時提及一兩次，未對情節造成大的影響，故只算做點綴式的表記。

編號	劇目	角色	信物	貼身物品	點綴	以物定情 傳情媒介	因物洩情	
29	《蕉帕記》	龍驤 胡弱妹（狐仙）	蕉帕 題衣詩句	詩箋畫容 詩箋畫容	點綴		因物洩情 寄物溝通	
30	《尋親記》	周羽 郭氏（周瑞隆）〔註4〕	周羽詞集	詩箋畫容	點綴			憑物相認 （父子）
31	《灌園記》	法章 君后	綿衣 （玉簪）〔註5〕	貼身衣物 妝品佩飾	點綴	以物定情 （母贈女）〔註6〕	因物洩情	
32	《焚香記》	王魁 敫桂英	髮束	貼身物品	點綴		贈物留別 對物思人	詠物團圓
33	《金蓮記》	蘇東坡 王朝雲	玉管	妝品佩飾	點綴	以物為聘	對物思人	
34	《四喜記》	宋祁 菁霞	髮束	貼身物品	點綴		寄物溝通（一齣）	
35	《琴心記》	司馬相如 卓文君	肚兜	貼身物品	點綴		寄物溝通（一齣）	

〔註4〕就本劇結構觀之，周瑞隆雖為生，卻是旦角一脈線索的延伸。表記亦聯繫的是父子之間，而子又負載其母對團圓的盼望。

〔註5〕此玉簪為君后（旦）之母贈女的，若把親情納入討論則亦算表記之列；而後君后與法章私情的傳遞完全沒有影響。連帶法章身為齊閔世子的身世曝光，有著重要作用。但對此后、法章定情信物之意義，

〔註6〕馮夢龍改本有〈還簪訂盟〉情節，則又賦予玉簪定情信物之意義。

附錄二　單線貫穿結構生長期劇作表記情節

劇名	表記	（前因交代）	情感起始	情感轉折	情感圓滿
《玉珠記》	玉玦			贈物留別 〈4.送行〉 （與妓對物設誓）〈13.設誓〉 對物思人 〈19.赴試〉〈25.夢神〉〈35.宿廟〉	引起神力介入 〈25.夢神〉〈32.陽勘〉〈34.陰判〉 憑物相認 〈36.團圓〉
《明珠記》	明珠			贈物留別 〈12.驚破〉〈14.探關〉 寄物溝通 〈25.煎茶〉 歸物訣別 〈26.橋會〉	計物價財 〈28.訪俠〉 突破困境 〈36.珠贖〉〈37.接計〉 合物團圓 〈41.珠圓〉
《襲香記》	異香	〈3.欽賜異香〉	以物定情 〈25.佳會贈香〉	因物淺情遭拆散 〈26.閨香致疑〉〈27.茶香看牆〉	詠物團圓 〈40.畢姻封錫〉
	詩帕		以物爲聘 〈24.謀踰東牆〉		

劇　名	表記	（前因交代）	情感起始		情感轉折		情感圓滿	
《浣紗記》	紗		以物定情	〈2.遊春〉	贈物留別	〈27.別施〉	合物團圓	〈45.泛湖〉
					對物思人	〈34.思憶〉		
《玉合記》	玉合		傳情媒介	〈6.緣合〉〈7.參成〉〈9.詞約〉	對物思人	〈20.英修〉〈23.祝髮〉〈37.還玉〉	詠物團圓	〈40.賜完〉
					歸物訣別	〈35.投合〉		
	玉劍、淚帕				贈物留別	〈17.言祖〉		
	練囊詩				寄物溝通	〈27.通訊〉		
	鮫綃帕				寄物溝通	〈29.嗣音〉		
					歸物訣別	〈35.投合〉		

附錄三　單線貫穿結構勃興期劇作表記情節

劇名	表記	（前因交代）	情感起始	情感轉折	情感圓滿
《紫釵記》	紫玉釵	小玉得釵〈3.插釵新賞〉	傳情媒介〈6.墮釵燈影〉李益拾釵〈8.佳期議允〉聘物〈7.花鮑謀釵〉、〈9.得鮑成言〉	計物財價以突破困境流離造成誤會〈44.凍賣珠釵〉〈45.玉工傷感〉、〈46.哭收釵燕〉對物思人〈47.怨灑金錢〉〈50.玩釵疑誤〉	詠物團圓〈52.劍合釵圓〉、〈53.節鎮宣恩〉
《青衫記》	青衫	白赴試攜衫〈4.蠻素餞別〉白脫衫典酒〈7.郊遊訪興〉	以物定情贈衫〈24.裹興人至〉	對物思人贈衫〈13.賣衫誕兵〉守衫〈17.茶客訪興〉見衫〈23.蠻素至江〉淚衫〈28.坐濕青衫〉	憑物相認歸衫〈19.裹興還衫〉收衫固盟收衫〈30.樂天盟召〉
《錦箋記》	錦箋		傳情媒介〈6.遺箋〉、〈7.尋箋〉、〈8.婆奸〉、〈9.初晤〉、〈10.傳私〉、〈11.詒婚〉	贈物留別〈25.分箋〉對物思人〈29.旅訴〉	合物團圓〈40.合箋〉

劇名	表記	（前因交代）	情感起始	情感轉折	情感圓滿
《還魂記》	畫容		傳情媒介〈14.寫真〉、〈20.鬧殤〉、〈24.拾畫〉、〈26.玩真〉、〈27.魂遊〉、〈28.幽遘〉、〈29.旁疑〉、〈32.冥誓〉、精畫告賞	贈物留念〈39.如杭〉、杜以畫詩勉柳赴試〈44.急難〉、杜託春容子柳尋父物流離離引起誤會〈49.淮泊〉、〈50.鬧宴〉、〈53.硬拷〉、杜父視柳盜墳	
《玉環記》	玉環			贈物留別〈8.趕逐韋皋〉、對物思人〈11.玉簫寄真〉、〈13.玉簫女亡〉	憑物相認〈繼娶團圓〉
	紫金魚扇墜				
	玉簫春容			贈物留別〈8.趕逐韋皋〉、寄物溝通〈11.玉簫寄真〉、〈25.韋皋得真〉	憑物證明身分〈34.繼娶團圓〉
《玉鏡臺記》	玉鏡臺		以物為聘〈7.下鏡〉	贈物留別〈16.絕裾辭母〉、〈21.燃犀〉、對物思人〈22.閨思〉、歸物訣別〈33.獄中寄書〉、〈34.拆書見鏡〉、〈37.蘇獄〉	詠物團圓〈38.賞雪〉、〈40.完聚〉
《龍膏記》	龍膏丸、煖金盒	〈3.寵賜〉欽賜金合〈4.買卜〉表大娘盜合贈顏	傳情媒介〈7.閨病〉、〈8.投膏〉、〈9.閨閣〉	因物淺情遭拆散〈13.歐禍〉、〈14.藏春〉、〈15.羅織〉、〈22.錯媾〉、歸物訣別〈26.巧遘〉	引起外力介入〈27.訴因〉、詠物團圓〈29.償緣〉、〈30.遊仙〉

劇名	表記	（前因交代）	情感起始	情感轉折	情感圓滿
《贈書記》[註1]	祕書	〈3.甘逕摘書〉	(傳情媒介)〈7.染病托棲〉	(贈物留念)〈8.秘書贈合〉、〈9.女妝邂緝〉、〈19.認男作女〉	(憑物相認)〈27.花燭猜謎〉、〈29.輕煙辯男〉、〈30.保母識女〉

—189—

〔註1〕《贈書記》創作時代無考，且在「傳情媒介」與「贈物留念」的關目上，將書賦予表記意義記實為旦角一扁情願的想法。但情節進展樣式並未脫出三階段的框架，各情節單元的鋪陳上，則已用較多的齣目展現一個情節單元之歸於「勸興期」劇作，以便分析比較。

附錄四 雙線並進結構劇作表記情節

時期	劇名	表記	贈與對象	情感起始	情感轉折	情感圓滿
生長期	《雙珠記》	王母明珠一	母贈子王楫，媳贈孫		贈物留別〈5.母子分珠〉王母贈子〈19.賣兒繫珠〉郭氏贈子 對物思人〈42.並拜榮陞〉	憑物相認 1.母子相認〈40.奐珠見珠〉〈41.西市認母〉 2.父子、姑甥相認〈43.棄官尋父〉〈45.月下相逢〉〈46.人珠還合〉
		王母明珠二	母贈女王慧姬		贈物留別〈12.遺珠入宮〉 對物思人〈27.繡衣寄詩〉 物流離傳遞訊息〈36.郵亭夫妻〉 續珠夫妻〈39.珠傳女信〉 對物思人〈42.並拜榮陞〉	

時期	劇名	表記	贈與對象	情感起始	情感轉折	情感圓滿
勃興期	《玉簪記》(註1)	繡衣詩	慧姬贈陳時策	傳情媒介〈27.繡衣寄詩〉〈29.繡衣得詩〉	因物洩情〈31.蘇門遇友〉	引起外力介入〈34.因詩賜配〉
	《玉簪記》	碧玉玉簪 鴛鴦扇墜	潘家聘陳、陳贈潘 陳家聘潘、潘贈陳	聘物〈2.命試〉	贈物留別〈23.追別〉	憑物相認〈33.合慶〉
	《鸞鎞記》	文姝鸞鎞一	杜家聘趙、趙贈杜	聘物〈2.論心〉	贈物留別〈9.催試〉 夫妻相贈	
		文姝鸞鎞二	杜家聘趙、趙贈魚，魚贈溫	定情物〈17.聘訂〉〈18.喜諧〉	贈物留別〈5.扶病〉 姐妹相贈	引起外力介入〈25.探婚〉〈26.合鎞〉
	《紅梨記》	素秋詩	汝舟收藏	傳情媒介〈2.詩要〉	（物流離至素）〈27.發跡〉	憑物證明身分〈29.三錯〉
		汝州詩	素秋收藏		對物思人〈12.投雍〉〈15.訴衷〉	
	《種玉記》	玉縑環	三仙贈霍、霍贈衛〈2.贈玉〉	定情物〈5.綵探〉〈6.箋允〉	因物洩情〈9.露遣〉 贈物留別〈10.愴別〉 對物思人〈19.薦柱〉	憑物相認〈21.聞命〉 少兒託子尋父〈22.來訪〉 去病認繼母〈23.遇親〉 去病認父
		玉拂塵	三仙聘霍、霍聘俞〈2.贈玉〉	（神靈藉物託兆）〈4.夢俊〉 聘物〈13.弼卷〉		詠物團圓〈榮壽〉

-192-

（註1）另在〈27.擇弟〉、〈30.情見〉與潘必正與姑母幾次將二物作為兩人感情盟證之代稱，以簪為主。

時期	劇名	表記	贈與收藏	情感起始	情感轉折	情感圓滿
	《飛丸記》	易弘器詩丸	王英收藏	傳情媒介〈6.遊園題畫〉〈7.得稿康詞〉	對物思人〈22.獨訴幽懷〉〈27.月下傷懷〉	引起神力介入 憑物相認〈25.誓盟牛女〉 合物團圓〈32.癸合飛丸〉
		嚴王英詩丸	弘器收藏	傳情媒介〈9.意傳飛稿〉〈10.丸裡緘懷〉	對物思人〈12.濟臨脫難〉〈14.故舊存身〉〈17.旅邸端摩〉〈20.雲窗望遇〉〈26.京邸道故〉	
時代無考	《金雀記》	金雀一	鶯贈潘、潘 / 鶯收藏	傳情媒介〈5.撦果〉〈6.議姻〉　聘物〈7.定婚〉〈9.成親〉	贈物留別〈11.分雀〉	憑物相認〈27.合雀〉 合物團圓〈28.臨任〉〈30.完聚〉
		金雀二	鶯臨別贈潘、潘聘鳳	聘物〈14.開宴〉	對物思人〈25.訪花〉	
	《霞箋記》	彥直詩箋	贈麗容、後題血詩回贈彥直	傳情媒介〈4.霞箋題字〉　定情物〈6.端陽佳會〉〈8.煙花巧騙〉	寄物溝通〈15.被賺登程〉〈16.踰牆巧騙〉	引起外力介入 憑物證明身分〈25.訴情待喜〉〈26.得箋窺認〉
		麗容詩箋	贈彥直、後和血詩回贈麗容	傳情媒介〈5.和韻題箋〉	（歸物堅盟）〈22.驛亭奇遇〉	詠物團圓〈27.霞箋重會〉〈29.引書報喜〉〈30.畫錦榮歸〉

附錄五　表記贈受人關係與贈與流向

劇　名	生旦關係	表記流向
荊釵記	情人→夫妻	生→旦＞生
香囊記	夫妻	母→生＞旦
浣紗記	情人	旦→旦、生
尋親記	夫妻	父＞子
明珠記	情人	旦→旦、生
玉簪記	情人	生←→旦
紅拂記	（樂昌）夫妻	生←→旦
	（紅拂）夫妻	旦＞生
還魂記	情人	旦→生
紫釵記	情人	旦→生→旦＞生
南柯記	夫妻	旦→生
春蕪記	情人	母→旦→生
琴心記	情人→夫妻	旦→生
玉鏡臺記	夫妻	生→旦→生
懷香記	情人	父→旦→生
鸞鎞記	（趙杜）夫妻	旦（姐）→小旦（妹）
		旦→生
	（魚溫）情人	小旦→小生

玉合記	情人→夫妻	生→旦＞生
金蓮記	情人	旦→生
青衫記	情人	生＞旦＞生
紅梨記	情人	生←→旦
焚香記	情人	旦→生
霞箋記	情人	生←→旦
西樓記	情人	（花箋）旦→生 （簪、玉）生←→旦
玉環記	情人	（扇墜）旦→生 （玉環）生→生、旦 （春容）旦→生
金雀記	（鸞）夫妻	旦→生→旦→生
	（鳳）情人	生→旦
贈書記	（夫妻）	旦→生
錦箋記	情人	旦＞生→旦→旦、生
蕉帕記	（情人）	貼→生
紫簫記	夫妻	生→旦
玉玦記	夫妻	旦→生
灌園記	情人	旦→生
種玉記	情人、夫妻	仙→生→二旦
龍膏記	情人	旦＞生＞旦→生
飛丸記	情人	生←→旦
雙珠記	母子 母女	母→子 母→女
總計	親人　　2　組	生→旦　　8　組
	情人　　25　組	旦→生　　19　組
	夫妻　　13　組	二人互贈　7　組

＊→贈與；＞流轉（不在統計之列）

＊《贈書記》中，生旦在婚前從未謀面，僅輾轉贈書之緣，也未及成為情人，直至劇
　末遞成為夫妻。《蕉帕記》中以貼旦飾演的狐仙幻形為旦飾演的胡弱妹贈物予龍
　驤，生、貼之間贈物的情感當似情人，但其真實身分又非為情人關係。此二劇的
　人物關係較為特殊，故以括號表示。

參考書目

各類以下按姓氏筆劃順序由簡至繁排列。

一、【古籍】

（一）戲曲類總集

1. 毛晉輯，吳曉玲校點：《汲古閣六十種曲》（北京：中華書局，2007）。

2. 毛晉輯，黃竹三、馮俊杰主編：《六十種曲評注》（長春：吉林人民出版社，2001）。

3. 王學奇主編：《元曲選校注》（石家莊：河北教育出版社，1994）。

4. 林侑蒔主編：《全明傳奇》（台北：天一出版社，1985）。

5. 徐文昭編：《風月錦囊》，收於王秋桂主編《善本戲曲叢刊》2集（台北：學生書局，1984）。

6. 徐文昭編，孫崇濤、黃仕忠箋校：《風月錦囊箋校》（北京：中華書局，2000）。

7. 秦淮墨客：《樂府紅珊》，收於王秋桂主編《善本戲曲叢刊》10集（台北：學生書局，1984）。

8. 臧懋循：《元曲選》（台北：宏業書局，1982）。

（二）戲曲類別集

1. 孔尚任撰，王季思等注：《桃花扇》（台北：里仁書局，1991）。

2. 李漁：《閒情偶寄》（台北：明文書局，2002）。

3. 邱濬：《伍倫全備記》影印明世德堂刊本，收於鄭振鐸主編《古本戲曲叢刊初集・第四函》（台北：上海商務印書館，1954）。

4. 柯丹丘：《影鈔新刻元本王狀元荊釵記》，明嘉靖姑蘇葉氏刻本，收於鄭振鐸主編《古本戲曲叢刊》初集（二）（上海：商務印書館，1954）。

5. 柯丹丘撰，李贄評：《李卓吾先生批評古本荊釵記》，收於黃仕忠、金文京、喬秀岩編：《日本所藏稀見中國戲曲文獻叢刊‧第一輯‧第十三冊》（廣西：廣西師範大學出版社，2006）。

6. 洪昇撰：《長生殿》（台北：里仁出版社，1996）。

7. 高明著，錢南揚、李殿魁校注：《琵琶記》（台北：里仁書局，1998）。

8. 梁辰魚撰，張忱石、鍾文、劉尚榮、樓志偉校注：《浣紗記校注》（北京：中華書局，1994）。

9. 湯顯祖：《焚香記總評》，《古本戲曲叢刊初集‧第七函‧玉茗堂批評焚香記》。

10. 湯顯祖撰，徐朔方箋校：《湯顯祖全集》（北京：北京古籍出版社，1999）。

（三）戲曲理論類

1. 王世貞：《曲藻》，收於《中國古典戲劇論著集成》第四冊（北京：新華書店，1982）。

2. 王驥德著，陳多、葉長海注釋：《曲律》（長沙：湖南人民出版社，1983）。

3. 呂天成撰，吳書蔭校注：《曲品》（北京：中華書局，1990）。

4. 李調元：《劇話》，收於《中國古典戲曲論著集成》第八冊（北京：中國戲劇出版社，1959）。

5. 沈德符：《顧曲雜言》收於《中國古典戲劇論著集成》第四冊（北京：新華書店，1982）。

6. 周德清：《中原音韻》，收於《中國古典戲劇論著集成》第一冊（北京：中國戲劇出版社，1982）。

7. 祁彪佳：《遠山堂劇品》，收於《中國古典戲曲論著集成》第六冊（北京：中國戲劇出版社，1982）。

8. 姚燮：《今樂考證》，《中國古典戲曲論著集成》第十冊（北京：中國戲劇出版社，1982）。

9. 夏庭芝：《青樓集》，收於《中國古典戲劇論著集成》第二冊（北京：中國戲劇出版社，1982）。

10. 徐渭著，李復波、熊澄宇注釋：《南詞敍錄注釋》（北京：中國戲劇出版社，1989）。

11. 徐復祚：《三家村老曲談》，俞為民、孫蓉蓉主編：《歷代曲話彙編》（安徽：黃山書社，2006）。

12. 張琦：《衡曲麈談》，收於《中國古典戲劇論著集成》第四冊（北京：新華書店，1982）。

13. 梁廷柟：《曲話》，收於《中國古典戲劇論著集成》第八冊（北京：新華書店，1982）。

14. 劉熙載撰，袁津琥校注：《藝概注稿》（北京：中華書局，2009）。

15. 鍾嗣成撰：《錄鬼簿新校注》（北京：文學古籍刊行社，1957）。

（四）詩、文、小說、筆記類

1. 丁福保編：《全漢三國晉南北朝詩》（京都：中文出版社，1979）。

2. 文徵明：《文徵明集》（上海：上海古籍出版社，1987）。

3. 毛亨撰，鄭玄箋：《毛詩鄭箋》（台北：中華書局，1966）。

4. 王貞儀：《德風亭初集》，收於《叢書集成續編 193》（台北：新文豐出版公司，1989）

5. 王國維著，施議對校注：《人間詞話譯注》（長沙：岳麓書社，2003）。

6. 王逸撰：《楚辭章句》（台北：藝文出版社，1967）。

7. 朱元璋：《明太祖文集》，收於《文淵閣四庫全書‧集部‧一六二》（台北：台灣商務印書館，1986）。

8. 朱熹《楚辭集注》，景印元天曆庚午（三年及至順元年）陳忠甫宅刊本，國立中央圖書館善本叢刊第六種（台北：中央圖書館，1991）。

9. 余懷：《板橋雜記》（南京：南京出版社，2006）。

10. 吳承恩：《西遊記》（台北：祥林出版社，1973）。

11. 李昉：《太平廣記》（北京：中華書局，1986）。

12. 李劍國：《唐前志怪小說輯釋》（台北：文史哲出版社，1987）。

13. 孟棨：《本事詩》，收於顧元慶輯：《陽山顧氏文房》（台北：藝文印書館，1966）。

14. 孟稱舜：《古今詞統》，《續修四庫全書‧集部‧別集類》（上海：上海古籍出版社，1995）。

15. 施耐庵：《水滸傳》（台北：里仁書局，2001）。

16. 洪楩編輯，石昌渝校點：《清平山堂話本》（江蘇：江蘇古籍出版社，1990）。

17. 洪興祖撰：《楚辭補注》（北縣：鼎淵文化，2005）。

18. 胡應麟：《少室山房筆叢》（台北：世界書局，1981）。

19. 唐圭璋：《全宋詞》（北京：中華書局，1965）。

20. 徐渭：《徐渭集》（北京：中華書局，2003）。

21. 袁宏道：《袁中郎全集》（台北：偉文圖書出版社有限公司，1976）。

22. 屠隆：《冥廖子游》，收於《叢書集成初編 2987》（北京：中華書局，1985）。

23. 曹雪芹：《紅樓夢》（台北：里仁書局，2003）。

24. 梅鼎祚：《鹿裘石室集》，收於《續修四庫全書‧集部‧別集類》（上海：上海古籍出版社，1995）。

25. 清聖祖：《全唐詩》（北京：中華書局，1960）。

26. 郭茂倩編撰：《樂府詩集》（台北：里仁書局，1984）。

27. 陳宏天、高秀芳點校：《蘇轍集》（北京：中華書局，1990）。

28. 馮夢龍：《古今小說》，《馮夢龍全集》第一冊（江蘇：鳳凰出版社，2007）。

29. 馮夢龍：《情史》，《馮夢龍全集》第七冊（江蘇：鳳凰出版社，2007）。

30. 馮夢龍：《掛枝兒》、《山歌》，《馮夢龍全集》第十冊（江蘇：鳳凰出版社，2007）。

31. 馮夢龍：《墨憨齋定本傳奇》，《馮夢龍全集》第十一、十二冊（江蘇：鳳凰出版社，2007）。

32. 逯欽立輯校：《先秦漢魏晉南北朝詩》（台北：木鐸出版社，1988）。

33. 楊家駱編：《古詩十九首集釋》（台北：世界書局，1997）。

34. 董誥等編：《全唐文》（北京：中華書局，1983）。

35. 劉勰著，王更生注譯：《文心雕龍讀本》（台北：文史哲出版社，2004）。

36. 蕭統編，李善注：《昭明文選》（台北：文化圖書，1979）。

37. 錢謙益：《列朝詩集小傳》（上海：上海古籍出版社，1983）。

38. 錢鍾書：《管錐篇》第一冊（臺北：書林出版公司，1990）。

39. 謝肇淛：《五雜組》，收於《續修四庫全書‧子部‧雜家類》（上海：古籍出版社，2002）。

40. 鍾嶸著，汪中選注：《詩品》（台北：正中書局，1997）。

41. 顧起元：《客座贅語》（北京：中華書局，1997）。

（五）其他

1. 文震亨：《長物志》（台北：商務印書館，1966）。

2. 王陽明撰：《王陽明全集》（上海：上海古籍出版社，1997）。

3. 王傳村輯錄：《太上感應篇釋錄》（台南：和裕出版社，2002）。

4. 王誥、劉雨纂修：《江寧縣志》據明正德刻本影印，收於《北京圖書館古籍珍本叢刊24‧史部‧地理類》（北京：書目文獻出版社，1988）。

5. 司馬光撰，莫友芝批校：《家範‧卷六‧女》（台北：廣文書局，1995）。

6. 申時行：《明會典》（王雲五主編，台北：台灣商務印書館，1968）。

7. 朱淑真：《朱淑真集注》（浙江：浙江古籍出版社，1985）。

8. 朱謙之校釋《老子校釋》（台北：華正書局，1986）。

9. 何心隱撰，容肇祖整理：《何心隱集‧卷二‧寡欲》（台北：弘文館出版社，1986）。

10. 何晏注，邢昺疏：《論語注疏》（台北：藝文印書館，1997）。

11. 李塨：《周易傳注》（台北：廣文書局，1974）。

12. 李贄撰，張建業主編：《李贄文集》（北京：社會科學文獻出版社，2000）。

13. 杜佑：《通典》，收於《景印文淵閣四庫全書‧史部三六一》（台北：台灣商務印書館，1983）。

14. 周世昌：《萬曆重修崑山縣志》（台北：台灣學生書局，1987）。

15. 孟子撰，楊伯達譯注：《孟子譯注》（北京：中華書局，1988）。

16. 房玄齡等撰：《晉書》（台北：鼎文書局，1976）。

17. 紀昀：《欽定四庫全書總目》（北京：中華書局，1997）。

18. 范曄撰，李賢等注，楊家駱主編：《新校本後漢書并附編十三種》（台北：鼎文書局，1997）。

19. 范鎬纂修，王廷榦編纂，邱時庸校刊：《嘉靖涇縣志》（上海：上海書店，1990）。

20. 若那跋陀羅譯：《大般涅槃經》，大藏經刊行會編《大正新修大藏經‧涅槃部》（台北：新文豐出版社，1983～1988）。

21. 倪師孟等纂，陳□纘等修：《吳江縣志》（台北：成文出版社，1975）。

22. 張廷玉等撰，楊家駱主編：《新校本明史并附編六種》（台北：鼎文書局，1975）。

23. 張福清編注：《女誡——婦女的枷鎖》（北京：中央民族大學出版社，1996）。

24. 許卿相：《許雲邨貽謀》據鹽邑志林本影印，收於《叢書集成初編975》（北京：中華書局，1985）。

25. 陳鼓應注譯：《莊子今注今譯‧齊物論》（台北：台灣商務印書館，1989）。

26. 程顥、程頤：《二程集》（北京：中華書局，1981）。

27. 黃宗羲撰，沈善洪主編：《黃宗羲全集》（杭州：浙江古籍出版社，2004）。

28. 黃省曾：〈吳風錄〉，收於《續修四庫全書‧史部‧地理類》（上海：上海古籍出版社，2002）。

29. 溫以介：《溫氏母訓》，據學海類編本排印初編，收於《叢書集成初編976》（北京：中華書局，1985）。

30. 管志道：《從先維俗議》，收於《四庫全書存目叢書‧子部第八八冊‧雜家類》（台南：莊嚴文化事業有限公司，1995）。

31. 劉向撰，王天海譯注：《說苑》（台北：台灣古籍出版社，1996）。

32. 鄭玄注，孔穎達疏：《禮記注疏》（台北：藝文印書館，1997）。

33. 鄭玄注，賈公彥疏：《儀禮注疏》（台北：藝文印書館，1982）。

34. 鄭玄注，賈公彥疏：《周禮注疏‧天官》（台北：藝文印書館，1997）。

35. 錢謙益：《汲古閣書跋》（上海：上海古籍出版社，2005）。

36. 歸有光：《震川先生集》（上海：上海古籍出版社，2007）。

二、【近現代著作】

（一）戲曲通論

◎專著

1. 王季烈述：《集成曲譜‧螾廬曲談》（北京：商務印書館，1925）。
2. 吳梅：《中國戲曲概論》（台北：學海出版社，1979）
3. 吳梅《顧曲麈談》（台北：台灣商務印書館，1988）。
4. 寧宗一、陸林、田桂民編著：《明代戲劇研究概述》（天津：天津教育出版社，1992）。
5. 錢南揚：《戲文概論》（台北：里仁書局，2000）。

（二）戲曲史

◎專著

1. 周貽白：《中國戲劇史長編》（上海：上海書店出版社，2004）。
2. 金寧芬：《明代戲曲史》（北京：社會科學文獻出版社，2007）。
3. 青木正兒：《中國近世戲曲史》（台北：台灣商務印書館，1982）。
4. 胡忌、劉致中：《崑劇發展史》（北京：中國戲劇出版社，1989）。
5. 許金榜：《中國戲曲文學史》（北京：中國文學出版社，1994）。
6. 張庚、郭漢成：《中國戲曲通史》（臺北：大鴻圖書有限公司，1998）。
7. 郭英德：《明清傳奇史》（南京：江蘇古籍出版社，1999）。
8. 陸萼庭：《崑劇演出史稿（修訂本）》（台北：國家出版社，2002）。
9. 廖奔、劉彥君：《中國戲曲發展史》（山西：山西教育出版社，2000）。

（三）戲曲研究

◎專著

1. 王安祈：《明傳奇之劇場及其藝術研究》（台北：台灣學生書局，1986）。
2. 王安祈：《明代戲曲五論——附明傳奇勾沉書目》（台北：大安出版社，1990）。
3. 王璦玲：《晚明清初戲曲之審美構思與其藝術呈現》（台北：中央研究院中國文哲研究所，2005）。
4. 朱偉明：《中國古典戲曲論稿》（台北：國家出版社，2006）。
5. 吳秀華：《明末清初小說戲曲中的女性形象研究》（南京：江蘇古籍出版社，2002）。

6. 李曉：《比較研究：古劇結構原理》（北京：中國戲劇出版社，1989）。

7. 李祥林：《戲曲文化中的性別研究和原型分析》（台北：國家出版社，2006）。

8. 李惠綿：《戲曲批評概念史考論》（台北：里仁書局，2002）。

9. 李艷：《明清道教與戲劇研究》（成都：巴蜀書社，2006）。

10. 沈堯：《戲曲美學論文集》（台北：丹青圖書公司，1986）。

11. 周秦：《蘇州崑曲》（台北：國家出版社，2002）。

12. 林鶴宜：《規律與變異：明清戲曲學辨疑》（台北：里仁書局，2003）。

13. 金夢華：《汲古閣六十種曲敘錄》（台北：嘉新水泥公司文化基金會，1969）。

14. 俞爲民：《明清傳奇考論》（台北：華正書局，1993）。

15. 俞爲民：《李漁《閑情偶記》曲論研究》（南京：江蘇教育出版社，1994）。

16. 施旭升：《中國戲曲審美文化論》（北京：北京廣播學院出版社，2002）。

17. 高禎臨：《明傳奇戲劇情節研究》（台北：文津出版社，2005）。

18. 張庚、蓋叫天：《戲曲美學論文集》（台北：丹青出版社，1986）。

19. 張庚：《戲曲藝術論》（台北：丹青出版社，1987）。

20. 張敬：《明清傳奇導論》（台北：華正書局，1986）

21. 張淑香：《元雜劇中的愛情與社會》（台北：大安出版社，1991）。

22. 許子漢：《明傳奇排場三要素發展歷程之研究》（台北：台大出版委員會，1999）。

23. 許建中：《明清傳奇結構研究》（鄭州：中州古籍出版社，1999）。

24. 郭英德：《明清文人傳奇研究》（台北：文津出版社，1991）。

25. 郭英德：《中國戲曲的藝術精神》（台北：國家出版社，2006）。

26. 郭英德：《明清傳奇戲曲文體研究》（北京：商務印書館，2007）。

27. 陳竹：《明清言情劇作學史稿》（武昌：華中師範大學出版社，1991）。

28. 陸萼庭：《清代戲曲與崑劇》（台北：國家出版社，2005）。

29. 傅謹：《戲曲美學》（台北：文津出版社，1995）。

30. 傅謹：《中國戲劇藝術論》（太原：山西教育出版社，2000）。

31. 曾永義：《從腔調說到崑曲》（台北：國家出版社，2002）。

32. 華瑋、王瓊玲主編：《明清戲曲國際研討會論文集》（中央研究院中國文哲研究所籌備處，1998）。

33. 黃麗貞：《南劇六十種曲研究》（台北：臺灣商務印書館，1995）。

34. 董每戡：《五大名劇論》（北京：人民文學出版社，1984）。

35. 廖玉蕙：《細說桃花扇——思想與情愛》（台北：三民書局，1997）。

36. 趙山林：《中國戲曲傳播接受史》（上海：人民出版社，2008）。

37. 鄭傳寅：《傳統文化與古典戲曲》（台北：揚智文化事業股份有限公司，1995）。

38. 鄭傳寅：《古代戲曲與東方文化》（台北：國家出版社，2010）。

39. 顏天佑：《元雜劇八論》（台北：文史哲出版社，1996）。

◎期刊論文

1. Cyril Birch 著，賴瑞和譯：〈明傳奇的一些關注和技巧〉，收於《中外文學》第九卷第三期，1980。

2. 毛德富：〈明中後期市民文學中的價值變易與消費觀念〉，《文藝研究》，第二期，1998。

3. 王昊：〈古代戲曲道具功能簡論〉，《安徽師大學報・哲學社會科學版》第25卷第四期，1997。

4. 王長安：〈傳統婚嫁情致與戲曲程式〉，《戲劇藝術》，第77期，1997。

5. 王慶芳：〈古代愛情劇中信物的作用及文化意蘊解析〉，《孝感學院學報》第24卷第四期，2004。

6. 王瓊玲：〈明清傳奇名作中主題意識之深化與其結構設計〉，《中國文哲研究集刊》第七期（臺北：中央研究院中國文哲研究所，1995）。

7. 王瓊玲：〈明末清初才子佳人劇之言情內涵及其所引生之審美構思〉，《中國文哲研究集刊》第18期，2001。

8. 王瓊玲：〈論明清傳奇名作中「情境呈現」與「情節發展」之關聯性〉，《中國文哲研究集刊》第四期，1993。

9. 冉常建：〈戲曲寫意美學原則與寫實因素的結合〉，《戲曲藝術》，2001。

10. 田勝根：〈明清戲曲境界論的美學意蘊〉，《戲劇・戲曲研究》，1999。

11. 朱國慶：〈戲劇衝突的最高本質〉，《戲劇・戲曲研究》，1996。

12. 吳毓華：〈戲曲藝術與道德〉，《戲曲研究》（八）（北京：文化藝術出版社，1983）。

13. 吳雙：〈明代戲曲題材新探〉，《戲劇、戲曲研究》，1994。

14. 李元貞：〈元明愛情團圓劇的思想框架〉，《中外文學》第十卷第一期，1981。

15. 李佳蓮：〈情往似贈、「物來如答」——明清傳奇中「贈物」情節之探討〉，《蘇州大學第五屆中國崑曲國際學術研討會論文集》，2009。

16. 李真瑜：〈元代愛情劇體式淺說〉，《文學遺產》726期，《光明日報》，1987。

17. 李復波：〈古代篇幅最大流傳最廣的戲曲選集《六十種曲》〉，《文史知識》，1987。

18. 林鶴宜：〈阮大鋮對於「錯認」、「巧合」編劇手法的運用〉，收於《戲曲小說研究》第二集（台北：聯經出版社，1989）。

19. 俞爲民：〈傳奇精華的匯集——《六十種曲》〉，《古典文學知識》，1995。

20. 姚旭峰：〈試論明清傳奇中的「才子佳人」模式〉，《上海大學學報》（社會科學版）第二期，1996。

21. 紀德君：〈明末清初小説戲曲中佳人形象的文化解讀〉，《明清小説研究》第一期，2003。

22. 馬也：〈中國傳統戲曲結構特徵三題〉，《戲曲研究》第 10 輯，1983。

23. 馬衍：〈毛晉與《六十種曲》〉，《徐州師範大學學報（哲學社會科學版）》第 25 卷第三期，1999。

24. 張青：〈明傳奇中的定情信物〉，《民俗研究》第二期，2003。

25. 張新建：〈中國戲曲窠臼面面觀〉，《中華戲曲》，第 15 輯（太原：山西古籍出版社，1993）。

26. 許子漢：〈戲曲「關目」義涵之討論〉，收於《東華人文學報》第二期，2002。

27. 許建中：〈論明清之際通俗文學中社會價值取向的嬗變〉，《明清小説研究》第 3、4 期，1990。

28. 曾永義：〈中國古典戲劇的特質〉，曾永義主編，陳芳英助編：《中國古典文學論文精選叢刊戲劇類二》（台北：幼獅文化事業公司，1980）。

29. 曾永義：〈我國戲劇的形式和類別〉《中外文學‧文學批評與戲劇之部》三版，1985。

30. 萬春：〈明清傳奇中的美玉意象〉，《戲曲研究》第 66 輯，2004。

31. 葉長海：〈明清戲曲演藝論〉，收於《明清戲曲國際研討會論文集》上冊（台北：中央研究院文哲所，2002）。

32. 葉長海：〈明清戲曲與女性角色〉，《戲劇藝術》第 68 期，1994 年第四期。

33. 葉慶炳：〈論傳奇家門的體制〉，收於《第二屆國際漢學會議論文集‧文學組》下冊（台北：中央研究院，1981）。

34. 劉彦君：〈晚明社會與文人傳奇〉，《戲曲》第 75 期，1995。

35. 蔣小平：〈才女與文人的雙向建構——略論晚明傳奇中才女形象的文人化〉，《戲曲研究》第七十八輯，2009。

36. 蔡孟珍：〈由表演美學論古典戲曲的特殊綜合歷程〉，《國文學報》，1998。

◎學位論文

1. 方冠女：《古典戲曲中琵琶的作用研究——以雜劇、傳奇爲範圍》，玄奘中國語文研究所碩士論文，2004。

2. 吳政樺：《戲曲程式、戲曲體制、戲曲窠臼之概念義涵及其分野研究》，國立東華大學中國語文學系碩士論文，2005。

3. 宋敏菁：《荊釵記在崑劇及梨園戲中的演出研究》，國立成功大學碩士論

文，2001。

4. 李佑球：《《六十種曲》愛情劇研究》，湖南師範大學碩士論文，2007。

5. 李相喆：《明代戲曲創作論研究》，國立台灣師範大學國文所博士論文，1995。

6. 李桂柱：《明傳奇所見的中國女性》，台灣大學中國文學研究所碩士論文，1970。

7. 李梅慈：《以物象為題之元雜劇作品結構研究》，彰化師範大學國文研究所碩士論文，1991。

8. 周彥文：《毛晉汲古閣刻書考》，東海大學中文所碩士論文，1980。

9. 林鶴宜：《阮大鋮石巢四種研究》，東海大學中文研究所碩士論文，1986。

10. 侯雲舒：《明清戲劇理論之結構概念研究》，中山大學中文所碩士論文，1994。

11. 侯雲舒：《古典劇論中敘事理論研究》，清華大學中文所博士論文，2001。

12. 梁惠敏：《中國戲曲私奔程式研究》，輔仁大學中文所碩士論文，2001。

13. 童敦慧：《元明戲曲「殉情復生論」之研究》，中國文化大學藝術研究所碩士論文，1993。

14. 楊小佩：《「還魂重生」情節之研究——以元明兩代市民文學為例》，國立花蓮師範學院民間文學研究所碩士論文，2004。

15. 熊翠玉：《元明兩代愛情還魂劇研究》，逢甲大學中文研究所碩士論文，2006。

16. 潘麗珠：《《元曲選》百種雜劇情節結構分析》，國立台灣師範大學國文研究所博士論文，1992。

17. 錢則貞：《中國傳統戲曲中離／還魂之研究》，中國文化大學藝術研究所碩士論文，1985。

18. 關漢琪：《中國「桃」文化研究——以古典戲曲為例》，逢甲大學中文研究所碩士論文，2004。

（四）中國古典詩文、小說研究

◎專著

1. 王立：《中國古代文學十大主題：原型與流變》（台北：文史哲出版社，1994）。

2. 李志宏：《明末清初才子佳人小說敘事研究》（台北：大安出版社，2008）。

3. 邱江寧：《清初才子佳人小說敘事模式研究》（上海：三聯書店，2005）。

4. 胡萬川：《話本與才子佳人小說之研究》（臺北：大安出版社，1994）。

5. 徐岱：《小說敘事學》（北京：中國社會科學出版社，1992）。

6. 陳植鍔：《詩歌意象論：微觀詩史初探》（北京：中國社會科學出版社，1992）。

7. 萬晴川：《巫文化視野中的中國古代小說》（北京：中國社會科學出版社，2003）。

8. 聞一多：《聞一多全集·詩經新義》（台北：里仁書局，1996）。

9. 劉衛英：《明清小說寶物崇拜研究》（北京：中國社會科學出版社，2008）。

10. 蘇興：《才子佳人小說述林》（瀋陽：春風文藝出版社，1984）。

◎期刊

1. 王立：〈情物意象與中國古代相思文學主題〉，《山東師大學報（社會科學版）》第一期，1998。

2. 王馥慶：〈「三言」中定情信物價值論〉，《榆林學院學報》第五卷第 17 期，2007。

3. 張一民：〈談《紅樓夢》中定情信物的設計〉，《淮陰師範學院學報（哲學社會科學版）》第三十卷，2008。

（五）文化研究

◎專著

1. 【加】卜正民著，方駿、王秀麗、羅天佑譯：《縱樂的困惑——明朝的商業與文化》（北京：三聯書店，2004）。

2. 【美】牟斯著，汪珍宜、何翠萍譯：《禮物：舊社會中交換的形式與功能》（the form and reason for exchange in archaicsocieties）（台北：遠流出版社，1989）。

3. 【美】高彥頤著，李志生譯：《閨塾師——明末清初江南的才女文化》（南京：江蘇人民出版社，2005）。

4. 【美】曼素恩著，楊雅婷譯：《蘭閨寶錄：晚明至盛清時的中國婦女》（北縣：左岸文化出版社，2005）。

5. 【義】史華羅撰，林舒俐、謝琰、孟琢譯：《中國歷史中的情感文化——對明清文獻的跨學科文本研究》（北京：商務印書館，2009）

6. 孔令宏：《宋明道教思想研究》（北京：宗教文化出版社，2002）。

7. 方志遠：《明代城市與市民文學》（北京：中華書局，2005）。

8. 毛文芳：《物·性別·觀看——明末清初文化書寫新探》（台北：台灣學生書局，2001）。

9. 王邦雄、岑溢成、楊祖漢、高柏園著：《中國哲學史》（台北：里仁書局，2005）。

10. 王貴民：《中國禮俗史》（台北：文津出版社，1993）。

11. 田培棟：《明代社會經濟史研究》（北京：燕山出版社，2008）。

12. 成復旺：《神與物游——論中國傳統審美方式》（北京：中國人民大學出版

社，1993）。

13. 余英時：《余英時文集‧第三卷‧儒家倫理與商人精神》（桂林：廣西師範大學出版社，2004）。

14. 吳中杰主編：《中國古代審美文化論》（上海：上海古籍出版社，2003）。

15. 吳仁安：《明清江南望族與社會經濟文化》（上海：上海人民出版社，2001）。

16. 李春林：《大團圓：一種複雜的民族文化意識》（台北：雲龍出版社，1991）。

17. 周明初：《晚明士人心態與文學個案》（北京：東方出版社，1997）。

18. 柳素平：《晚明名妓文化研究》（武漢：武漢大學出版社，2008）。

19. 容世誠：《戲曲人類學初探》，（臺北：麥田出版，1997）。

20. 祝瑞開主編：《中國婚姻家庭史》（上海：學林出版社，1999）。

21. 袁濟喜：《和——中國古典審美理想》（北京：中國人民大學出版社，1989）。

22. 張正明：《明清晉商及民風》（北京：人民出版社，2003）。

23. 許平：《饋贈禮俗》（北京：中國華僑出版公司，1990）。

24. 陳永革：《陽明學派與晚明佛教》（北京：中國人民大學出版社，2009）。

25. 陳東原：《中國婦女生活史》（上海：商務印書館，1928）。

26. 陳鵬：《中國婚姻史稿》（北京：中華書局，1990）。

27. 陳顧遠：《中國婚姻史》（上海：商務印書館，1936）。

28. 雪犁主編：《中華民俗源流集成‧婚姻卷》（甘肅：人民出版社，1994）。

29. 章義和、陳春雷：《貞節史》（上海：上海文藝出版社，1999）

30. 華梅：《服飾與中國文化》（北京：人民出版社，2001）。

31. 楊伯達：《巫玉之光——中國史前玉文化考論》（上海：上海古籍出版社，2005）。

32. 董家遵：《中國古代婚姻史研究》（廣東：人民出版社，1998）。

33. 詹鄞鑫：《神靈與祭祀：中國傳統宗教綜論》（南京：江蘇古籍出版社，1992）

34. 繆咏禾：《明代出版史稿》（南京：江蘇人民出版社，2000）。

35. 羅中峰：《中國傳統文人審美生活方式之研究》（台北：紅葉文化，2001）。

◎期刊論文

1. 孫康宜：〈性別與經典論：從明清文人的女性觀說起〉，《中國婦女與文學論集》第二集（臺北：稻香出版社，1999）。

2. 徐泓：〈明代社會風氣的變遷——以江、浙地區為例〉，中央研究院編印：《中央研究院第二屆國際漢學會議論文集‧明清與近代史組》上冊（台北：中央研究院，1989）。

3. 康正果：〈重新認識明清才女〉，《中外文學》，第22卷第六期，1981。

4. 張燕：〈論中國玉器的形而上意義及其衍變〉，《東南大學學報》（社會科學版），第一卷第四期，1999。

（六）其他

◎專著

1. 陳鵬翔主編：《主題學研究論文集》（台北：東大圖書，1983）。
2. 黃應貴主編：《物與物質文化》（台北：中央研究院民族學研究所，2004）。

◎期刊論文

1. 丁和根：〈戲劇藝術符號結構系統分析〉，《戲劇》第四期，2000。
2. 布魯薩克：〈中國戲曲中的符號〉，《藝術符號學》（麻州：麻省理工學院出版社，1976）。
3. 陳鵬翔：〈主題學研究與中國文學〉，《中外文學》，1983。

（七）工具書

1. 中華書局編輯部：《辭海》（台北：中華書局，1965）。
2. 毛效同編：《湯顯祖研究資料彙編》（上海：上海古籍出版社，1986）。
3. 王利器：《元明清三代禁毀小說戲曲史料》（上海：上海古籍出版社，1981）。
4. 金夢華：《汲古閣六十種曲敘錄》（台北：嘉新水泥公司文化基金會，1969）。
5. 洪惟助主編：《崑曲辭典》（宜蘭：國立傳統藝術中心，2002）。
6. 洪惟助主編：《崑劇研究資料索引》（台北：國家出版社，2002）
7. 許少峰：《近代漢語大辭典》（北京：中華書局，2008）。
8. 許慎著，段玉裁注：《說文解字》（台北：書銘出版事業有限公司，1994）。
9. 郭英德：《明清傳奇綜錄》（石家莊：河北教育出版社，1997）。
10. 陸侃如、馮沅君：《南戲拾遺》（台北：古亭書屋，1969）。
11. 堯宗田編著：《中國古典小說用語辭典》（台北：聯經出版事業，1985）
12. 趙景深：《宋元南戲考略》（北京：人民文學出版社，1990）。
13. 廣東、廣西、湖南、河南辭源修訂組：《辭源》大陸版（台北：遠流出版公司，1988）。
14. 蔡毅：《中國古典戲曲序跋彙編》（山東：齊魯書社，1989）。
15. 鄭傳寅、張健主編：《中國民俗辭典》（香港：商務印書館，1987）。
16. 錢南揚：《宋元南戲百一錄》（臺北：哈佛燕京學社，1969）。
17. 錢南揚：《宋元戲文輯佚》（上海：上海古典出版社，1956）。
18. 謝大年：《曲海總目提要》（天津：天津古籍書店，1992）。
19. 顧學詰、王學奇編著：《元曲釋詞》（北京：中國社會科學出版社，1983）。